딸꾹질

송은일 소설

문이당

작가의 말

어릴 때 점방에서 막걸리 받아 오던 때를 제외한다면, 술을 처음 마신 건 고등학교 2학년 때이다. 우리 형제들의 자취방으로, 나와 동갑이던 이종 사촌이 수시로 놀러 오곤 했는데 그놈이 5월 초 늦은 밤에 술에 취해 찾아왔다. 놈이 들고 온 봉지에서 나온 건 럼 캡틴큐라는 술병 두 개였다. 후크 선장 같은 애꾸눈 사내가 놈처럼 삐딱한 표정으로 상표에 붙어 있었다.

따로 설명할 것도 없이 놈은 불량 학생이었고 나는 불량함과 건전함에 양다리를 걸쳤던 어중간한 애였다. 그 밤에는 내가 건전 모드였던지 놈한테 소리쳤다. 야! 너, 뭐가 되려고 만날 이 모양이냐? 놈이 흐흥 코웃음을 날렸다. 그리고 술병 마개를 비틀어 술을 들이켜고는 말했다. 나는 뭐가 될지, 뭘 하며 살고 싶은지 전혀 모르겠다. 그러는 너는 네가 뭘 하고 싶은지 아냐?

나도 물론 몰랐다. 중1 때였다면 작가가 될 거라고 큰소리쳤을 텐데, 고2는 작가라는 단어를 입에 걸지 못했다. 그때는 작가가 어마어마한 재능을 가진, 내가 닿을 수 없는 세계에 사는 존재들인 줄 알았다. '나무를 만드시는 분은 오직 하느님'뿐이거니와 '나 같은 바보도' 소설을 지을 수 있으리라는 걸 상상하기 어려웠던 즈음이었으니까.

나의 온갖 무능과 열등함이 밀려들면서 대답을 못하고 있으려니 화가 났다. 심사가 자연스레 불량 모드로 전환되었던 것 같다. 나도 병마개를 비틀어 술을 마셨다. 술맛이 어찌나 지독하던지 오기가 피어났다. 술 한 모금, 물 한 모금 번갈아 가며 한 병을 다 마셨다. 사이사이 나는 작가가 될 거라고, 절대 시시하게 살지 않을 거고 너처럼 시시한 인간들은 만나지도 않고 살 거라고 큰소리쳤다.
 나한테 작가적 재능보다 술에 대한 적응력이 높다는 걸 놈이 가르친 셈이었다. 술이 깨면서 내가 쳤던 큰소리는 잊었고 남은 건 술과의 친밀감뿐이었다. 술은 스무 살에 시작하고 소설 습작은 서른 살에 시작했으니, 놈이 화근이었던 것이다. 그 밤에 시시함을 운운했던 게 방정맞았던가. 첫 소설집을 묶기 위해 내가 쓴 것들을 모아 추려 봤더니 맨 시시한 사람들의 시시한 삶에 관한 이야기투성이다. 긴 몸에 유난한 곱슬머리와 잘 웃던 작은 눈을 가졌던 나의 동갑내기 이종 사촌이 생각난 건 그래서일 터이다. 놈은 시시하게 살기 싫었던지 스물여덟 살에 트럭을 몰고 저세상으로 훌쩍 건너가 버렸다. 나는 시시한 사람살이를 특별하게 만드느라 나날이 시시하다.

2006년 초여름
송 은 일

차례 / 딸꾹질

4   작가의 말

9   37도 2부
35   꽃집 아줌마 강선덕의 특별한 하루
63   꿈꾸는 실낙원
93   너무, 아름다운 예외
127 딸꾹질
167 랩소디 인 블루
203 써니를 위하여
225 아내의 진홍빛 슬리퍼
253 천적 퇴치법
279 폐원(廢園)에 도는 별

309 해설 : '새삼' 같은 삶, 새삼스러운 이야기 / 장일구

37도 2부

1

　손톱만 한 꽃잎 한 장이 나풀나풀 내려오더니 내 앞의 차창에 들러붙었다. 나도 모르게 허리를 늘여 입김을 훅 불고 나서야 꽃잎이 창 바깥에 있다는 생각이 드는데 옆 자리의 동주가 어이구, 소리를 냈다.
　「더 세게 불어 보지 그러니? 그게 날아갈지 말지 나도 궁금하네.」
　실험을 해볼 필요는 없을 것 같았다. 바람이 부는지 벚꽃 잎들이 눈송이처럼 흩날리기 시작했다. 시야가 하얗다.
　「예전에 무슨 노래 가사에 하늘과 땅 사이에 꽃비가 내리더니, 어쩌고 하는 표현이 있었는데 딱 그거네. 꽃잎이 비처럼 내리잖아.」
　나는 바람에 날리는 꽃잎을 눈송이 같다 생각했는데 동주는 예전 노래 가사에 나오는 꽃비라고 표현한다. 상투적인 내 표현에 비해 세상에 유포돼 있는 묘사들을 적재적소에 가져다 쓰는 동주의 표현이 훨씬 사실적이다. 때로 꽤 독창적이기도 했다. 지난겨울 길가 소나무 가지에 쌓인 눈을 보며 내가 크리스마스트리에 얹힌 솜 같다 했을 때 동주는 쑥버무리처럼 보인다고 했다. 대학 졸업 후 사회단체에서 일하면서 서른 살에 결혼하고 여덟 살, 여섯 살짜리 사내아이 둘을 키우고 있는 동주와 대학 졸업과 동시에 결혼한 뒤 서른 살에 이혼하고 혼자 사는 나는 나이 말고는 공통점이 드물다. 경제 관련 단체에서 일하면서도 시를 줄줄 외고 있는 동주에 비해 글짓기 선생이라는 나는 날마다 읽는 시조차 전문을 외고 있는 것이 없었다. 월급을 돼지 꼬리만큼 받으면서 일하는 동주가 줄담배를 피우며 술을 마실 때 자영업을 하는 나는 눈치 봐가며 맹물을 들이켰다. 매양 그런 식이다.

신호등이 바뀌고 길이 열렸다. 동주가 나를 데리고 가려는 곳이 그만큼 가까워졌다는 뜻이다. 정확하게는 내가 동주의 힘을 빌려서라도 가려는 산부인과가 코앞이었다. 임신 8주째였다. 6주째에 임신을 확인하고 전했을 때 동주의 첫 반응은 첫 임신이네, 축하해였다. 그리고 10초쯤의 침묵 뒤에 축하할 일인지 모르겠지만 말이야, 라고 덧붙였다. 그때부터 2주가량 둘은 나의 임신에 관해 숱하게 이야기를 나눴다. 나는 아마도 동주가 아이를 낳으라고 주장해 주기를 바랐던 것 같다. 나이가 적은 것도 아닌데 남자 없다고 애 못 키우겠느냐고 얼러 주기를. 당당한 싱글 맘이 될 만큼의 능력은 있지 않느냐고 부추겨 주기를. 하지만 동주는 내 몸에 든 존재에 어떤 호칭도 붙이지 않았다. 아기나 아이나 생명이나 씨앗이나 존재라는 지칭을 귀신같이 피했다. 하다못해 그것이라는 대명사조차 쓰지 않았다. 동주의 그런 어법이 나를 얼마나 서운하게 하는지 말하지 못했다. 온갖 손익만 계산했다. 결론이 처음부터 정해져 있었음을, 하여 동주가 내 몸에 든 존재에 이름 붙이기를 거부했음을 인정할 수밖에 없었던 게 어젯밤이었다.

2

그는 이따금 예고 없이 학원 안으로 들어서곤 한다. 대개 아이들이 돌아가고 함께 일하는 두 교사도 퇴근하고 난 뒤 혼자서 뒷정리를 하고 있을 때이긴 했다. 그는 젊었을 때도 자포자기라고나 할까, 실패의 냄새 같은 걸 피우고 다녔다. 모자란 것이라곤 없어 보이는 젊은 남자가 드리우고 다니는 결핍의 그림자는 몹시 퇴폐적이었고 나는 그 분위기에 풍덩 뛰어들었다. 오늘도 그는 반년쯤 만에, 사흘쯤 굶은 얼굴로 나타나 정수기에서 뜨거운 물을 받고 일회용 봉지 커피를 타 소파에 털썩 앉더니 혼잣말인 듯 나한테 묻는다.
「저녁 먹었나?」
말꼬리가 처진 기색이 벌써 전작이 있었나 보다. 술을 아무리 마셔도 얼굴색이 변하는 사람은 아니었다.
「먹었어요.」

아침 겸 점심을 먹고 출근해 학교에서 일찌감치 오는 초등학생들을 맞고 점심 겸 저녁을 먹은 뒤 중학생들을 맞는 게 내 일상이었다. 그도 그걸 알면서 달리 할 말이 없어 묻는 것이다. 헤어진 지 6년 된 전남편과 나는 만나면 정말이지 나눌 말이 없었다. 내 몸을 전혀 건드리려 하지 않는 그였으므로 함께할 일은 더욱 없다. 그럼에도 그는 잊을 만하면 한번씩 찾아와 저 혼자 마시는 술판에 나를 들러리 세우고 싶어 했다.

「일 다 끝났으면 술 한잔 하지?」

「아직 많이 남았어요.」

눈앞에 펼쳐진 중학 2학년생의 글은 세상을 향한 반항으로 꽉 차 있다. 파스퇴르의 「과학은 국경이 없으나, 과학자는 조국이 있다」라는 말을 바탕으로 쓰인 지문을 읽고 '과학의 가치중립성'의 의미를 논술하라는 문제였다. 녀석이 제 글에 붙인 제목은 '물리 과학이 양파보다 싫어'이다. 가치중립성에 대해 써보라는데 싫다고 선언부터 하고 보는 것이다. 녀석은 늘 이런 식이었다. 제 주장이 뚜렷하면서도 기발해 글 읽는 재미는 쏠쏠한 녀석인데 표현이 거칠었다. 말하다,가 들어가야 할 대목에다 지껄이다,라고 쓰기 일쑤였다. 사람을 떨거지로 표현하고 행동이라는 단어를 거침없이 지랄로 대치했다. 부러 위악을 부리는 녀석의 글은 읽을 때마다 난감했다. 녀석뿐만 아니라 다른 녀석들도 다 제각기 방식으로 길들여지기를 한사코 거부했다. 계집애들은 지능적으로, 사내애들은 막무

가내로 제 생각들을 난도질해 내게 밀쳤다.
 내가 할 일은 제각각 튀는 녀석들의 글을 논리와 정연함이라는 규범 속에다 붙들어 매는 것이다. 그러자니 나도 세상의 규범을 다시 익혀야 할 판인데, 서른일곱 살에 되새겨 봐야 하는 세상의 규범은 너무 겁나는 것이거나 하찮은 것이었다. 차라리 눈을 감는 게 일을 줄이는 방법이었다. 거기까지 돌아가지 않아도 일은 끝이 없었다. 아이들이 써놓고 나간 글들을 그날로 다 읽고 손봐 놓지 않으면 일이 걷잡을 수 없이 쌓였다. 일이 쌓이면 건성으로 하게 되고 표가 났다. 학부모들은 내 불성실을 귀신같이 알아챘다. 논술용 원고지 위에 내가 표시한 붉은 색깔이 많을수록, 원고지 하단에 내가 덧붙인 글이 길수록 아이들의 모친들은 나의 성실과 실력을 믿었다.
「그럼 일해. 끝날 때까지 기다릴게.」
「약속이 있다니까.」
「당신 나갈 때 나도 나갈게. 그냥 여기서 잠깐 쉬고 싶어서 그래.」
 서른 살 봄에 이혼하고 다섯 달 만에 걸려 온 전화에서 그는 석 달 전에 재혼을 했노라고 친절하게 알려 주었다. 예상했던 일이었으므로 놀라지 않았다. 그의 어머니에겐 손자가 급했을 터였다. 평생 혼자 살 만큼 떼어 줄 테니 떨어져 나가라는 그의 어머니 말이 아니었어도 나도 그에게서 떨어져 나오고 싶던 참이었다. 하루 진료를 끝낸 뒤에는 온갖 짓을 다 하며 살면서 세상 어떤 것에도 애착을 느끼지 못하는 심드렁한 표정의 그를 견디기 힘들어 어느 날 출근하는 그를 붙잡고 물었다. 아이 때문만은 아닌 것 같고, 뭘 하고 싶어요? 그때 그는 죽고 싶다,는 한마디를 뱉어 놓고 출근했다. 그날 그를 놓아주기로 작정했다. 이혼이 둘이서 밥 먹기보다 쉬웠다.

「요새 논술이 난리던데 학생은 좀 많아졌어?」

작년까지에 비하면 비약적으로 늘었다. 어차피 짜깁기투성이인 교재이나마 동료 교사들과 합작으로 세 권이나 더 만들었다. 함께 일하는 두 교사가 선생을 더 들여 고등학생들을 받자고 주장하던 즈음이었다. 아예 전문화를 시키자는 것인데 나는 일을 더 크게 벌일 자신이 서질 않았다. 중학생들보다 고등학생들이 목적의식이 훨씬 뚜렷할 터이므로 통제는 더 쉬울지 몰라도 내가 나를 다 걸고 덤벼야만 가능한 일이었다. 나는 모험을 할 만한 재력이 없거니와 그 정도로 치열하게 살고 싶지도 않았다.

「제법. 월세 내고 교사들 월급 주고, 그 외에 특별히 크게 드는 비용은 없는 편이라 그런대로 괜찮아요. 학원 차를 따로 운용하는 것도 아니고. 어쨌든 이제 나, 그만 찾아오지 그래요. 당신 부인이랑 당신 어머니, 당신이 나한테 드나드는 거 알면 나를 잡아먹으려고 할 텐데. 내가 그런 일 당할 이유는 없잖아?」

「어쩌다 한번이니 좀 봐주라. 내가 당신한테 뭘 원하는 것도 아니잖아.」

「그러게, 원하는 것도 없으면서 왜 찾아오냐고.」

「이조현한테 미쳐 살던 시절이 가끔 생각나 그런다면 이해가 가겠나?」

「아니. 당신은 늘 뭔가에 미쳐 살았잖아. 사진, 그림, 운동, 차, 여자, 술, 기타 등등. 지금은 뭐에 미쳐 있는지 모르지만 현재 나한테 미쳤을 리는 없으니, 왜 나를 찾아오는지 이해 못하겠어.」

그는 더 이상의 이해를 구하지 않고 품속을 뒤지더니 담배를 꺼내 들었다. 그의 입에 물린 담배를 보고서야 나는 책상에서 몸을 일으켜 소파 뒤쪽 이중 창문을 차례로 열었다. 서늘한 바람과 함께 바깥의 소음이 왁자하게 밀려든다. 나는 아직 임신 중이었다. 지난 토요일 산부인과에서 아무 짓도 못하고 도망치듯 나오고 말았다. 접수대 앞에서 고개를 가로젓는 나한테 동주는 서늘하다 못해 싸늘한 눈빛으로 고개를 끄덕이더니 따라 나왔다. 거리의 벚꽃이 거의 지던 날이었다.

탁하나마 봄기운이 물씬 묻은 바람이 사무실 안으로 들어온다. 그가 피우는 담배 냄새가 몹시 역하다. 이제껏 누군가 피우는 담배 냄새를 싫다 여긴 적이 없는데 요즘은 이 냄새가 몹시 싫었다. 동주는 내가 입덧을 시작한 거라고 했다. 입덧이 본격화되면 몸에 새겨지는 기억도 그만큼 많아질 텐데⋯⋯. 그렇게 끝을 흐릴 때도 동주 말에는 아기라는 주체가 빠져 있었다. 동주는 내가 몸속의 것을 한 존재로 키워 세상에 내보내지 못할 여자라는 걸 나보다 명확히 알고 있는 것이다.

담배 피우는 그의 맞은편에 앉기도, 내 책상으로 돌아가 앉기도 어색해 창문 앞에서 바깥 풍경만 내다본다. 그와 결혼하기 전 1년여의 시간들이 태곳적인 듯 아스라했다. 아버지가 의사인 그는 외아들이자 그때 인턴이었다. 내 아버지는 자식이 넷이나 달린 말단 공무원이었고 나는 국문과 졸업반이었다. 둘의 결합은 남자 집안의 격렬한 반대에 부딪쳤다. 반대에 부딪친 연애는 한층 감미롭고 애틋했다. 그는 반대나 거절에 직면하면 투지가 펄펄 생기는 남자였다. 아니, 그는 장벽에 부딪쳐야만 의지가 발동하는 사람이었다.

「애 엄마가 또 아이를 가졌대.」

그가 혼잣말인 듯 뇌까린 말에 나는 창 앞에서 돌아선다. 그와 더불어 아이를 낳고 싶었던 때 나는 혼자서 세 번이나 정밀 진단을 받았다. 내 몸에 아기가 실리지 않는 이유를 발견할 수 없다고 했다. 인공 시술을 해보겠느냐는 병원의 권유는 따르지 않았다. 그때 남편은 그렇게까지 해서 아이를 낳고 싶은 욕망이 없던 사람이었다. 내가 느낀 바로는 그랬다. 이제 두 아이의 아버지가 될 참인 그는 여전히 세상 모든 것과 무연한 얼굴을 하고 소파 등받이에 깊숙이 몸을 묻은 채이다. 그의 손가락 새에 끼인 담배 개비는 꽁초가 다 되어 있다. 그의 손가락에서 꽁초를 빼내어 커피가 식은 채 고스란히 남아 있는 잔에다 집어넣는 나를 그가 게슴츠레한 눈으로 건너보았다.

「큰아이가 지금 여섯 살인가? 터울이 많은 셈인데, 축하할 일 아니에요? 좋은 일에 그런 얼굴, 어울리지 않아. 가질 거 다 가진 사람이 괜한 엄살 피우는 것 같아 보기도 싫고. 내가 당신하고 살기 싫었던 가장 큰 이유가 그런 얼굴 때문이었어. 그러지 마요.」

어차피 오늘 밤에 아이들 글을 수정하기는 틀렸다. 그를 버려두고 퇴근 준비를 하는데 책상 한쪽에 뒀던 핸드폰이 울렸다. 액정 화면에 뜬 익숙한 숫자는 지난해 11월 말에 결별한 남자의 것이었다. 헤어지고 나서 김원재라는 이름을 삭제해 버렸더니 이름 대신 숫자로만 찾아온 것이다. 수십 번 헤어지고 다시 만나기를 반복하던 차였으므로 그때도 일주일도 지나지 않아 연락이 오려니 여겼다. 그런데 연락이 오지 않았다. 나도 하지 않았다. 이번에야말로 정말 끝났구나 했다. 그의 번호를 본 것만으로도 가슴이 뛰지만 전 남편 앞에서 다른 남자의 전화를 받고 싶지 않아 전원을 끈다. 전 남편이 전처의 현재 남자 때문에 미치지는 않겠지만 예전 애인이 혼자 미칠 터였다. 다행인 건 김원재가 애인의 일터까지 찾아오지 않을 거라는 사실이다. 그는 혼자 미칠 수 있을지 몰라도 절대, 남의 눈에 띌 수 있는 위험을 자초하지 않았다.

「왜 전화를 안 받고 끊어 버려?」

「빚쟁이 전화예요.」

「당신 빚 있어? 얼마나?」

「얼마면, 갚아 주려고?」

「갚아 줄게. 얼마나 돼?」

「시절이 좋은가 인심도 좋으시네. 그렇지만 당신이 걱정하지 않아도 될 만큼은 나도 버니까 신경 쓰지 말아요. 그만 나가요. 술 마시는 거 봐 줄게. 대신 오늘이 마지막이야.」

매번 마지막이라는 단서를 붙이지만 말하는 사람이나 듣는 사람이나 허사라는 걸 안다. 마지막이라는 건 작정한다고 오는 게 아니라 어느 순간 문득 깨닫는 것이었다. 그래, 이게 마지막이구나. 그게 마지막이었구나.

「혹시 이조현, 남자 생겼니?」

「새삼스럽게, 당신답지 않게 그런 걸 왜 물어?」

「어쩐지 다른 때하고 분위기가 달라서. 앞에 있는데도 아주 멀게 느껴지거든. 쌀쌀맞고.」

1년에 서너 차례 찾는 전처한테 다른 남자가 있거니와 임신까지 했다고 하면 살맛이 펄펄 날 남자였다. 느닷없이 맞닥뜨린 장벽이거나 새로 발견한 여자인 듯이 몰두할 사람이었다. 그걸 알기 때문에 지금까지 그에게 나를 지나갔거나 머무르고 있는 남자들에 대해 한 번도 이야기하지 않았다.

「지난번 당신을 만났을 때하고 지금하고 달라진 게 있다면 내 나이겠지. 어쨌든 관심 두지 마요.」

이제 9시였다. 내가 아니어도 어디서든 남은 밤 시간을 죽이고 술에 의식이 마취된 뒤에야 제 식구들이 있는 집으로 들어갈 남자에게는 너무 이른 시각이다. 아래층 음악 학원에서는 아직 수업이 진행 중인지 서너 대의 피아노가 동시에 내는 소리가 올라왔다. 그중 한 곡은 며칠째 이 시간이면 들리는 〈클레멘타인〉이다. 그가 〈클레멘타인〉의 가사를 허밍처럼 읊조리며 먼저 사무실을 나갔다. 문을 잠그고 나갔더니 그는 건물 입구에서 찻길 쪽을 향해 서서 담배를 피우고 있다. 뒷모습이 길 잃은 노숙자처럼 허랑해 보인다. 함께 살 때는 그의 뒷모습을 보지 못했다. 바람이 몹시 차다.

3

두어 달 전 한밤중에 동주한테 전화를 했더니 아직 밖에 있다며 데리러 나와 달라고 했다. 핑계치고는 너무 허술했으므로 나를 불러내려는 이유가 따로 있는 것 같았다. 재즈 카페 '스모킹 룸'에는 손님들 몇이 일행인 듯 바에 나란히 앉아 어울리고 있었다. 거기서 동주가 연애를 하고 있다는 걸 알게 되었다. 함께 있던 상대는 동주가 일하는 단체의 서포터 격인 남자였다. 둘이서 화장실에 갔을 때 물었다. 혹시 그 남자 독신이니? 상처했거나 이혼했냐고. 내 물음에 동주가 술기로 잔뜩 풀어진 채 키들키들 웃으며 속삭였다. 애 둘에 마누라에 제 어머니까지 한집에 모시고 사는 작자야. 둘이서 서로한테 부스러기처럼 남은 청춘의 단물 다 빨아먹었으니 이제 끝내려는 참이고. 서로 37도 2부의 체온을 가진 새 숙주를 찾아야 할 때가 됐다는 걸 인정했거든.

평소에도 어려운 말을 어렵게 하면서 일은 쉽게 만드는 데 일가견이 있는 동주이긴 했지만 그날 밤엔 화가 났다. 나한테 남자들이 왔다가 가는 과정을 다 들으면서 제 남자를 꼭꼭 숨겨 두었다는 배신감 때문이 아니었다. 37도 2부의 체온을 가진 숙주라는 표현에 질렸다. 내가 기생충이 된 것처럼 고약한 기분이었다. 제 남자를 잘라 내면서 나를 비난하는 것 같았다. 화장실이 아니었다면 취중 설전을 한바탕 벌였을지도 모른다.

어쨌든 나를 불러내 남자와의 결별에 증인까지 세웠던 동주는 그날을 끝으로 미련 없이 남자를 털어 냈는데 나한테는 그날 한 남자가 신기루처럼 다가왔다. 카페 주인 루니였다. 가게의 절반 정도를 뮤직 박스로 만들어 시디를 가득 진열해 놓고 손님들에게 음악을 들려주며 술을 파는 남자. 그날 그가 쓴 주름이 잔뜩 진 편물 모자가 특이했다. 모자가 멋지세요, 했더니 그가 훌러덩 모자를 벗어 보이며 대머립니다, 하는 바람에 좌중에 웃음판이 터졌다. 모자 칭찬을 받은 값으로 숙녀 분께 와인을 대접하겠다며 그가 공술을 돌렸다. 그가 낸 와인의 이름이 스모킹 룬이었다. 카페 이름이 술 이름에서 나왔다는 설명을 곁들이며 그가 내 잔에 술을 따라 주었다. 내 잔에 석 잔째 술을 따르는 루니를 지켜보던 동주가 내 귀에 대고 취한 목소리로 속삭였다. '남란(男亂)'이라는 신조어를 만들어야 할까 보다, 늘그막에 대체 웬 난리니.

취중이었음에도 동주가 느꼈던 게 맞았던가. 다음 날 메일 함을 열었을 때 루니한테서 메일이 와 있었다. 새벽 4시입니다,로 시작된 편지였다. 스무 명 남짓한 하룻밤 손님이 다 나간 뒤 가게 문을 닫았다고. 그는 그 시각이면 혼자 앉아 손님들에게 틀어 줬던 시디를 제자리에 꽂고 손님들이 놓고 간 명함을 명함첩에 정리한다고 했다. 그 첫 편지에서 그는 나를, 잘 빚은 가면처럼 소리 없이 웃는 사람이라고 표현했다. 가게에 머문 세 시간 동안 내가 한 번도 소리 내어 웃지 않았다는 것이었다. 웃지 않는 여자가 마음에 쓰였다고. 그 편지를 보면서 나는 명함을 놓고 간 손님들을 향해 죄 쏘아 대는 호객성 메일인가 했다. 그렇다 해도 읽을 만한 글이라 날마다 일기처럼 쓰인 그의 메일을 은근히 기다리게 되었다. 며칠 만에 그의 메일이 나를 적시한 것임을 느꼈을 때는 가슴이 설레었다. 그의 메일은 나를 향한 것이라기보다 그 스스로를 들여다보는 투이지만, 글만 보면 수정하고 싶은 내 직업병을 발동시켜도 손볼 데가 없을 정도로 깔끔했다. 루니가 여자 손님들에게 수작을 거는 데 선수라고 해도 기꺼이 넘어가고 싶을 만큼 그의 문장에 호감이 갔다.

봄의 과수원으로 오세요.
꽃과 촛불과 술이 있어요.
당신이 안 오신다면
이런 것들이 다 무슨 소용이겠어요.
당신이 오신다면

또한 이런 것들이
다 무슨 소용이겠어요.*

며칠 전, 당신만큼 아름다운 한 손님이 저희 가게 낙서장에 아주 예쁜 필체로 적어 주신 시입니다. 시의 출처를 물었더니 가르쳐 주기에 책을 샀습니다. 12세기쯤 이슬람에 루미라는 시인이 있었답니다. 그쪽에서는 거의 신화적인 존재로 불리는 시인이라나요. 그날부터 책 속의 이 시를 자꾸 들여다보다가 오늘은 급기야 은은한 연둣빛 한지를 사왔습니다. 제 딴에는 한껏 멋을 부려 시를 옮겨 적고 표구점에 맡겨 족자로 만들어 걸었지요. 실내가 어두운 편이라 족자를 비추는 자그만 조명도 따로 설치했고요. 언젠가 당신께서 오신다면 보실 수 있을 겁니다.

루니의 편지는 늘 나를 향해 미소를 짓는 것 같으면서도 군더더기가 없다. 그 깔끔함 때문에 나는 답장을 할 수가 없었다. 답장을 하게 되면 그에게 독신이냐고 묻는 주책을 부리게 될 것 같았다. 게다가 그가 보내 오는 메일을 받는 와중에 임신 사실까지 알게 되었다. '스모킹 룬'과 루니를 향해 슬금슬금 돋던 호기심과 내 웃음을 기억하는 상대에 대한 그리움이 서리 맞은 풀처럼 추레해졌다.

지난 연말에 맞선을 봤다. 김원재와 정말 끝났는지를 믿지 못하

* 현경, 《결국은 아름다움이 우리를 구원할 거야》, 열림원, 2002.

던 때였지만 그를 떨어내기 위해서라기보다 혼자 사는 딸을 그냥 두고 보지 못하는 어머니의 관성에 따른 것이었다. 끼리끼리 논다더니 정형외과 의사라는 그도 이혼한 남자였다. 그런데 한 번 보고 나면 그뿐이라 여겨 만나게 된 남자가 뜻밖에도 적극적으로 나왔다. 처음 만난 날 말을 섞었을 뿐인데 몸을 섞은 듯 굴며 이튿날 다시 만나기를 청해 왔다. 세 번째 만났을 때 정말 몸을 섞었다. 말이나 맘보다 몸이 더 잘 맞았다. 두 달쯤, 하루 걸러 한 번씩 만나 밥을 먹고 술을 마시고 모텔을 전전했다. 그와의 헤어짐은 만날 때보다 적나라했다. 개업의라는 사람이 알고 보니 다른 일에 투자했다가 몽땅 말아먹고 난 맹탕이었다. 구들장이 사람 덕을 보려 한다더니 그는 결혼하고 당분간 내 집에 얹혀살겠다고 나섰다. 당분간 좋아하시네, 일순간에 정나미가 뚝 떨어졌다. 그와 헤어지고 난 뒤에야 내 생애의 첫 임신을 알았다는 것도 문제가 되지 않았다. 그와 헤어지기 전에 임신을 깨달았다면 내가 어쨌을지 그 정황을 떠올리면 외려 끔찍했다.

 꽃과 촛불과 술이 있는 곳. 봄날 과수원은 어떤 풍경일까. 한 번도 가보지 못한 곳인 듯 멀기만 한 그곳. 루니의 편지 위에 들어와 있는 김원재의 메일을 읽지 않고 삭제한다. 그와 내가 어울렸던 과수원에는 이제 꽃도 나무도 없다. 삭제한 김원재를 쓰레기통에서 불러내 수신 거부를 해놓고 컴퓨터를 끈다. 밤이 깊었고 잠을 자야 할 때였다. 요즘 나의 유일한 문제라면 잠들기였다. 첫사랑과 헤어졌을 때, 교사 임용 시험에 실패했을 때, 결혼하거나 이혼을 하거나 남자들과 헤어진 뒤에도 잠을 못 자 헤맨 적이 없었다. 그런데 임신 사실을 알고 나서부터 잠자기가 어려웠다. 봄밤이 길었다.

4

둔기에 맞아 죽은 여자는 임신한 걸로 드러났다. DNA 검사 결과 여자를 죽인 범인은 여자를 임신시킨 남자로 밝혀졌다. 남자는 여자가 임신한 사실을 몰랐지만 알았어도 다를 건 없었을 거라고 증거를 들이댄 수사관들 앞에서 진술한다. 미국 TV 시리즈물 〈CSI 과학수사대〉를 보면서 수시로 느끼는 건 인간은 참 반성하기 싫어하는 동물이라는 것이다. 돌이켜 봐야 자신이 의도했던 삶은 이미 막이 내렸다는 것을 깨달은 자들의 얼굴에는 대개 옅은 자조나 무심함이 남는다. 드물게는 세상에 대한 냉소로 끝맺기도 했다. 조금 전, 냉소적인 얼굴로 클로즈업되었다 화면에서 사라진 범인은 제 아내를 놓치면 모든 걸 잃는 남자였다. 대강의 줄거리가 그랬다. 제 아내를 잃으면 세상 모든 것을 놓치는 사내가 어쩌면 김원재랑 그리 닮았냐. 코웃음 치면서 졸며 보느라 세밀한 장면들을 놓쳤다. 아직도 대학 시간 강사인 김원재가 그랬다. 아이가 없는 그의 아내는 이미 전임이었다. 장인은 그의 전공과목 교수였다.

광고가 15분쯤 진행되고 나면 〈CSI 과학수사대〉의 다른 버전인 〈FBI 실종 수사대〉가 방영될 터였다. 그것까지 다 보고 난 담에야 나는 정신이 말짱해져 출근 준비를 하기 마련이었다. 다시 깜박 잠이 들려는 즈음에 초인종이 울렸다. 목요일 오전 10시쯤이니 어느 교단 사람들이 포교하기 위해 들르기 십상인 시각이다. 내버려 두면 문밖에 교리 전단지 한 장 붙여 놓고 떠날 터여서 이불을 끌어당기는데 연이어 초인종이 울렸다. 텔레비전 때문에 거실 소파를 침대로 삼은 터라 초인종 소리가 귀청이 아프게 들렸다. 리모컨으로 텔레비전 소리를 줄이고 이불을 아예 머리끝까지 뒤집어썼더니 문을 두드리는 소리가 났다. 통통, 통통, 통. 약속한 적 없이 나한테 김원재의 암호로 굳어진 소리. 아마도 이번 학기 목요일 강의가 잡히지 않았을 남자가 찾아왔다는 신호였다. 문 두드리는 소리가 그치나 했더니 핸드폰이 울렸다.

　네가 내 폭탄이다. 네가 터지면 나도 터져. 그렇게 사랑을 속삭인 그에게 나는 유일하고도 치명적인 약점이었다. 그는 누군가 자신의 치명적인 약점을 알아챌까 봐 큰 소리를 내지 않았다. 성격이 워낙 차분하기도 했다. 어떤 위험도 겪으려 하지 않는 그는 내가 막나가겠다고 미쳐 날뛰면 외려 더 냉철해졌다. 내가 미쳐 제 아내한테 자신의 불륜을 고하고 나선다 해도, 그래서 이혼을 하게 될지라도 자신이 나랑 결혼할 일은 결코 없다는 걸 낮은 목소리로 표명했다. 자신에게 그럴 힘이 없다는 사실까지도 수시로 솔직하게 밝히는 사람이었다. 내가 한껏 화풀이를 하고 나서 잠잠해지면 그는 나를 안고 속삭였다. 나 좀 봐주라 조현아. 제발 조용히 살아 주

라. 사실 그에게는 잘못이 없었다. 그를 붙들고 늘어진 쪽은 나였다. 끊겼다가 울리기를 반복하는 전화기를 들여다보다 내려놓고는 문을 열었다. 그는 내가 안에 있는 것을 당연하게 여겼던 듯 화난 눈으로 나를 노려보았다.

「아침부터 웬일이야?」

「그렇게 물을 거면 끝까지 문을 열지 말아야 하는 거 아닌가? 어쨌든 들어가도 되나?」

「문밖에서 해결하고 갈 수 있는 용건이면 그렇게 하시던가요.」

「그새 다른 남자라도 생겼나?」

나는 그동안 남자들을 향해 나한테 남자는 너뿐이라는 식의 정치(情致)를 너무 심하게 해온 게 틀림없다 싶으니 웃음이 났다. 내 웃음이 기분 나쁜지 남자가 안으로 쑥 들어왔다. 내가 만난 남자 중에 학교를 제일 오래 다니고, 가장 조용하며 용모가 그중 준수한 그였다. 그에게 이미 아이가 있다면 달랐을까. 나는 그의 아이를 낳고 싶었다. 그의 아이를 낳고 그를 차지하고 싶어 오래도록 혼자 전쟁을 치렀다. 들어선 그는 몇 년 동안 지녀 온 제 습관대로 욕실로 들어가 손부터 씻고 나왔다. 그는 내 집에 오면 늘 손을 씻고 차가 끓여지기를 기다렸다. 그렇게 길들인 건 물론 나였다. 그가 나한테 와 있을 때만큼은 다른 관계를 잊기 바랐던 것이다. 의미가 사라진 다음에도 반복되는 그의 습관을 보고 있자니 또 웃음이 났다.

남자를 위해 차를 끓이는 대신 옷을 준비해 그가 나온 욕실로 들어가 소변을 보고 샤워를 했다. 뜨거운 물줄기 아래서 살갗이 벌게질 만큼 오래 버티다 욕실을 나왔더니 뜻밖의 상황이 벌어져 있다. 남녀 관계에도 반전이라는 게 있는가. 다섯 달 만에 제집에 들어선 듯 들어온 김원재가 커피를 끓여 내 앞에 차려 내왔다. 연한 향을 풍기는 헤이즐넛 커피였다. 빈속에는 그걸 마시는 내 기호까지 고려한 것이다. 오래 살고 볼 일이네. 한껏 방자해진 나는 그가 차려 놓은 식탁 앞에 앉아 찻잔을 들어 먼저 향기를 마신다. 나는 어쩌면 지난 토요일 산부인과에서 그냥 돌아서 나온 뒤부터 무서운 게 없어진 것 같았다. 뭐든 될 대로 되라는 심사였다.

「제일 맛있는 차가 내 집에서 다른 사람이 끓여 준 차라는 걸 이제 알겠네. 고마워.」

「꼭 내가 차 끓인 게 처음인 것처럼 말투가 왜 그래?」

「지난 몇 년 동안 당신이 나 차 끓여 준 거 처음이라는 사실을 모르나 보네?」

「억지 부리지 마. 당신 집에서는 어쨌는지 다 기억나지 않지만 같이 여행 다닐 때는 내가 차 끓여 바쳤잖아.」

내 차와 내 신용 카드로만 길을 열고 다녔던 몇 차례의 여행에서 그가 차를 끓인 적이 있었던가. 기억나지 않는다.

「그랬나? 암튼 어쩌자고? 다시 계속하자고? 그래서 온 거야?」

대답 대신 식탁 맞은편에 서 있던 그가 내 바로 앞에 와 섰다. 내 손에서 찻잔을 뺏어 내려놓고는 나를 일으키더니 샤워하고 입은 옷의 단추를 풀었다. 늘 해오던 일이었으므로 그가 나를 안아 들고 침대로 옮긴 뒤 남은 단추를 다 풀게 내버려 둔다. 상의가 벗겨져 나갔다. 등 뒤로 들어온 그의 손길에 브래지어 호크가 풀렸다. 그는 나를 알몸으로 만들어 한참의 전희를 벌인 뒤에야 제 옷을 벗는 습관을 가진 사람이었다. 내가 겪은 여러 남자 중에서 자기 습관에 가장 충실한 사람이 그였다. 그동안 예측 가능한 그의 습관들은 나에게 이루지 못할 안타까운 사랑의 징표였다. 난공불락의 벽이었다. 갑자기 싫증이 나 아랫도리를 벗기려 드는 김원재를 거세게 밀어냈다. 예상치 못한 힘에 떠밀려 내 발치께로 밀려난 남자가 의아한 눈으로 숨을 몰아쉬었다.

「출근해야 해. 교사들하고 교재 회의하기로 했거든.」

「지금 그게, 이 상황에서 할 소리야?」

「습관이 무섭기는 하네. 상황을 잠깐 잊었어. 내가 당장 출근해야 하는 거, 내가 당신하고 이미 끝난 사이라는 거. 그리고……」

「이러지 마 조현아. 너 아니면 나는 갈 데가 없어. 알잖아.」

전남편에게 나의 임신은 꺼져 가는 불길에 기름 뿌리는 격이 될 터라 입을 다물었다. 신기루처럼 다가온 루니한테는 나를 지키고 싶은 허영 때문에 아예 접근도 하지 않는다. 내 집에다 나를 유폐시켜 놓고 이따금 찾아와 제 열등감을 달래고 가는 이 남자한테는 어떨까. 아마도 사그라져 가는 불에다 물 끼얹는 형국일 터이다.

「일단 나가자. 나가서 밥 사먹고 각자 오늘 할 일 해.」

「그럼 당신은 천천히 출근 준비해. 내가 간단하게 뭐 좀 만들어 볼 테니.」

「아니, 오늘은 나가서 먹기로 해. 할 말도 있고.」

「당신 출근시키고 나는 집에 있을게. 읽을 게 많거든. 책 보다가 저녁 해놓을 테니 끝나는 대로 와.」

한 번도 헤어져 본 적이 없었던 때로 돌아간 것 같다. 그가 도서관 대신 내 집으로 오면 나는 그에게 아침 겸 점심을 해 먹이고 출근했다. 오후 내내 혼자 집 지키며 공부할 그를 생각하며 서둘러 퇴근하면서 시장을 봐 왔고 그에게 저녁을 지어 먹였다. 저녁을 먹은 뒤에는 비디오테이프를 빌려다 보거나 음악을 듣거나 각자 책을 읽었다. 자정쯤 도서관을 나서듯 그가 떠나고 나면 나는 쉽게 잠이 들었다. 1년쯤 혹은 1년 반쯤. 이후는 헤어지기 위한 몸부림이었다는 게 맞을 것이다. 자르고 돌아서면 어느새 돋아나 상대에게 이어져 있는 촉수 같은 것을 또 잘라 내는 과정이었다.

「나 임신했어. 8주 됐대.」

침대에 걸터앉아 내가 옷을 챙겨 입는 걸 재밌다는 듯이 지켜보던 남자가 내 말을 이해하지 못했는지 낯을 찡그렸다.

「뭐라고 했어?」

「임신했다고.」

핏기 가신 얼굴로 1분쯤 석상처럼 앉아 있던 남자가 일어났다. 무슨 말인가 하려다 주먹 쥔 손을 몇 차례 흔들더니 거실로 나갔다. 식탁 위에 놓았던 가방을 들고는 현관에 벗어 놓은 신을 신고 돌아보지 않은 채 문을 열었다. 그림자처럼 나가 버린 그의 모습 뒤로 텅, 하며 닫히는 문소리만 남았다. 10시 10분이었다. 그가 들어왔다 나가기까지 20분쯤 걸렸다. 텔레비전 속의 〈FBI 실종수사대〉는 이제 막 사라진 사람을 찾느라 바삐 움직이고 있었다. 이 프로그램을 다 보고 아침 겸 점심을 먹고 출근하면 맞춤할 시간이었다.

5

눈꺼풀이 무거워 눈을 뜰 수가 없는데 어딘가에서 들려오는 비명 소리는 멀면서도 날카롭다. 어떤 여자가 누군가에게 마구 얻어맞는 모양이다. 아니, 그건 아닐 것이다. 내가 병원에 와 있는 게 틀림없으니 아마도 산부인과일 터이고, 그렇다면 어떤 여자가 아기를 낳고 있는 것이다. 아랫배 언저리에 얼음 칼로 저미는 듯한 싸늘한 통증이 지나간다. 연이어 썩썩 베이는 것처럼 아프다. 신음을 흘렸던가. 누군가 내 몸을 조심스레 흔들며 속삭였다. 조현아 일어났니? 정신 차리고 눈 좀 떠 봐. 동주 목소리다. 눈을 떴더니 바로 옆에 앉아 내려다보고 있던 동주가 환하게 웃는다.

「잘 잤어?」

동주가 잘 잤느냐고 물으니 한참 잘 자고 일어난 것 같다. 방금 느꼈던 통증도 이웃 방 여자의 것이었던 듯 잠잠하다. 몸을 일으켜

보니 아랫도리가 묵지근하긴 해도 자면서 느꼈던 통증은 없어진 듯했다. 자는 동안 모든 게 다 지나가 버린 것이다. 팔에 꽂힌 링거 주사도 거의 다 맞은 것 같았다.

「내가 얼마나 잤어?」

「열다섯 시간쯤?」

「겨우?」

「하혈하면서 기절한 인간이 열다섯 시간 만에 깨어나서 겨우라니?」

이틀 밤을 제대로 못 자고 오전 내내 헤매다가 화장실을 다녀오던 때였다. 문턱에 걸려 넘어졌던 것 같은데 아파서 넘어진 건지 넘어져서 아팠던 건지 모르겠다. 아랫배가 베이는 듯이 아프면서 머릿속이 하얘졌다.

「너는 어떻게 알고 왔어?」

「네가 전화했잖아. 내가 네 집으로 가면서 119 불렀고. 기억 안 나?」

아아 결국 이렇게 보내는구나, 하는 생각을 했던 것 같기도 하다. 내가 어떻게 여기까지 왔는지는 기억이 나지 않았다. 중간에 두어 차례 잠깐 깨 내가 병원에 와 있다는 걸 느끼긴 했지만 다른 생각까지 할 겨를은 없었다.

「나, 언제 퇴원하면 된대?」

「열이 내렸으니 너 괜찮으면 아무 때나. 어떠니?」

「집에 가서 쉬지 뭐.」

「밖에 비가 오긴 하지만 뭐 괜찮겠지. 집에 가서 맛난 거 해 먹자.」

동주가 팔을 뻗더니 침대 맡 탁자 서랍에서 핸드폰을 꺼내 내밀었다.

「너 병실로 옮겨 놓고 내가 네 집에 가서 속옷이랑 챙겨 왔어. 핸드폰도 가져왔는데, 부재중 전화가 스무 통쯤, 문자 메시지가 열댓 차례 들어왔어. 김원재지?」

지난 목요일 오전, 그는 흙탕물 뒤집어쓴 얼굴로 나간 뒤 네 시간 만에 다시 전화를 해왔다. 받지 않았더니 문자 메시지가 연이어 왔다. 그는 내가 자신을 떨치기 위해 거짓말을 한 거라고 믿기로 작정한 듯했다. 나는 전원을 끄지 않은 채 이따금 들어오는 메시지들을 읽기만 했다. 나중에는 나 스스로도 그를 밀쳐 내느라 거짓말을 한 것 같은 착각이 들 정도였다.

「통화 기록 전부 지워 줘. 메시지도. 안 보고 싶어.」

전화기를 만지면 메시지들을 읽고 싶을 터였다. 나 좀 봐주라 조현아. 그 한 문장이면 내 안에 도사리고 있던 미련이 기지개를 켜며 살아날 것이고 그러면 또 반복하게 될 것이었다. 전화기의 기록을 지운다고 머릿속에 새겨진 숫자들까지 당장 사라지는 게 아니라는 걸 알지만 우선 뻗대고 보는 것이다. 뻗대다 보면 뻗댈 만해지는 것 또한 모르지 않으니. 고개를 끄덕인 동주가 통화 기록과 메시지들을 지우더니 전화기를 탁자에 내려놓았다. 링거 주머니를 살피곤 주사기를 빼 달래야겠다며 병실을 나갔다.

일요일 오전 거리에는 안개 서린 듯 봄비가 부슬거렸다. 먹을 것 좀 사서 집으로 가자던 동주는 차를 할인 마트 쪽으로 움직이고 있다. 어제, 친구가 상을 당했다며 제 아이들을 친정에 데려다 놓았다더니 휴가 맞은 듯이 한가한 얼굴이다.

꽃집 아줌마 강선덕의 특별한 하루

1

짙은 보라색 꽃잎에 샛노란 꽃술을 단 프리뮬러, 진분홍의 임파티엔스, 흰 비올라팬지, 노란 미카로즈, 새빨간 주리안……. 선덕은 기억력을 확인하듯 꽃 이름을 일일이 뇌까려 본다. 4월 풀꽃들 위에 초여름 햇살 같은 아침 볕이 드리웠다. 가게들마다 온실 앞에 내놓은 극채색의 봄꽃들로 광장엔 불이 난 것 같았다. 붕붕붕, 꽃향기를 맡으면 힘이 솟는 꼬마 자동차……. 아이들이 어릴 때 부르던 노래가 머릿속으로 찾아온 건 화훼 단지 광장에 봄꽃들이 본격적으로 진열되기 시작하고부터였다. 광장에 들어서기만 하면 날마다 외어야 하는 주문처럼 노래가 입 안에서 굴렀다. 꼬마 차가 나가신다 길을 비켜라 랄랄랄라…….

교외로 나가는 길목에 백여 평씩 되는 스무 동의 온실이 군락을 이루고 있었다. 동화 화원은 맨 끝 집이었다. 선덕은 출근할 때마다 단지 입구에서 동화 화원까지의 2백 미터 남짓한 거리를 느리게 걷는다. 꽃 가게 직원으로서 이웃 가게에 어떤 식물이 새로 들어왔는지, 진열은 어떻게 했는지를 살피기 위해서였다. 오늘로 출근한 지 꼭 석 달째인 동화 화원은 선덕이 15년 만에 얻은 직장이었다.

도시 밖으로 난 도로가 화훼 단지를 기점으로 약간 굽어졌다가 다시 직선으로 뻗는 형태여서 동화 화원 근방에는 여백이 많았다. 단지를 찾아오는 차들이 되돌아서는 지점이 동화 화원 앞이기도 했다. 웰빙 바람이 불면서 없어서 못 팔았다던 산세비에리아가 갈색 플라스틱 화분에 담겨 온실 앞터에 줄지어 놓였다. 백 포기일 터이다. 아직도 제일 잘나가는 품목이 산세비에리아와 스파티필룸 등, 건강을 도와준다고 소문난 식물들이다. 그제 주문했던 품목들이 이른 아침에 들어온 모양인데 벌써 정리가 다 돼 있다. 선덕은 싸들고 온 김밥 도시락을 작업대 위에, 손가방은 작업대 아래에 놓고는 온실 안쪽을 향해 소리친다.

「저 왔습니다.」

대답이 들리지 않는다. 여느 때보다 한 시간이나 이른 출근이긴 하다. 다른 가게들이 대개 그렇듯 동화 화원 안쪽에도 방이 들여져 있었다. 동화는 그 방, 화원 안에서 나무와 함께 살았다. 어린 날의 동화는 자폐아였다고 했다. 그의 모친은 아들이 그냥 바보인 줄 알았다. 넋을 반쯤만 가지고 태어난 바보라 말을 제대로 못하고 사람하고 눈도 못 맞추는 거라고. 그런 아이가 나무나 풀에는 환장하듯 골몰했다. 아이가 보이지 않아 찾아보면 대문 밖 오동나무에 올라가 매미처럼 붙어 있거나 골목 언저리 민들레 포기 옆에 엎드려 있기 일쑤였다. 가만 두면 하루 종일이라도 그렇게 노는 아이는 영락없는 바보일 수밖에 없었다. 남들이 모두 바보로 여기는 자신의 아이한테 식물이 살길임을 동화 모친이 깨달은 건 아이가 열 살쯤 됐을 때였다. 아이를 키우고 자신도 살기 위해 동화 모친은 식물에 관한 공부를 하면서 화원을 시작했다.

인기척 없던 온실 안쪽에서 사람이 나왔다. 동화 화원이라는 로고가 샛노랗게 인쇄된 길고 검은 앞치마에 노란 장화를 신은 동화다. 어깨까지 늘어진 머리카락이 덜 마른 걸 보니 아침 일을 마치고 씻은 모양인데 옷은 씻기 전의 걸 다시 입은 듯 후줄근하다. 나날이 드세지는 봄볕과 온실 열기에 그을린 얼굴은 거무스레하고 머리는 긴 데다 수염을 제대로 밀지 않아 야위고 거칠어 보인다. 동화는 사람을 향해 웃는 일이 별로 없다. 먼저 인사할 줄 모르거니와 받은 인사에 대꾸할 줄도 모른다. 선덕은 동화 화원에 손님으로 다닐 때 그를 벙어리로 알았다.

「아침부터 일 많이 했네? 사장님은? 어머니 아직 안 나오셨어?」

선덕이 작업대 서랍 안에서 앞치마를 꺼내 입으며 묻자 외면하듯 서 있던 동화가 제 앞치마 주머니에서 전화기를 꺼내 쑥 내밀었다. 눈길은 식물에 가 있다. 제가 하고 싶은 말만 하는 그는 시선도 맞추고 싶은 대상하고만 맞췄다. 그런 그에게 말을 시키려면 식물에 대해 물으면 되었다. 나무나 풀의 이름, 나무의 나이나 가꾸는 방법에 대해 물으면 짧게나마 제격 대답했다. 그의 그런 습성을 제대로 아는 사람은 물론 그의 모친뿐이었다. 선덕은 날마다 나무에 대해 공부하듯 그를 공부하는 중이었다.

「어머니한테 전화하라고? 왜, 무슨 일이 있으시데?」

그들 모자의 전화기 단축키 1번은 서로를 향해 연결돼 있었다. 그의 어머니는 서른한 살인 아들이 멀지 않은 곳에 있어도 소리 내 부르는 대신 전화벨을 울려 신호했다. 누군가에게 뭔가 설명해야 할 때 동화는 제 전화기 단축키를 눌러 상대에게 건넸다. 어머니한테 설명 들으라는 뜻이었다. 선덕한테 건넬 때는 그냥 준다. 선덕이 단축키를 누르자 곧장 그래 엄마야, 하며 동화 모친이 나타났다.

「사장님 전데요, 전화하라고 하셨어요?」

선덕이 통화를 시작하자 동화는 밖으로 고개를 돌린다. 바깥을 살피는 듯하지만 통화 내용을 들으려는 자세다. 그는 주위 사람 말을 찬찬히 듣는 귀를 가졌다. 반응은 아주 느리거나 거의 없지만 그가 자신의 말을 귀 기울여 듣는다는 사실을 깨달은 뒤부터 선덕은 그에게 자주 말을 걸었다.

「나 지금 병원인데…….」

「사장님 아프세요?」

「아니, 내가 아픈 게 아니고 이 양반이 간밤에 편찮아서 모시고 왔어.」

「어디, 많이 편찮으세요?」

「요 며칠 감기 기운을 보이더니 간밤에는 통 맥을 못 추더라고. 오늘은 내가 못 나갈 거 같아. 어련히 알아서 하겠지만 강 군 자네가 가게며 그 사람 좀 챙기라고. 필요하다면 최 군 일찌감치 오라 하고.」

아들을 그 사람이라 부르는 사장은 선덕을 강 군이라 호칭했다. 최 군은 선덕이 퇴근할 무렵에 출근해 밤 10시까지 근무하는 아르바이트 직원이었다. 그는 원예학을 전공하는 대학생이었다.

「알겠습니다. 걱정 마세요 사장님.」

동화 모친이 가리킨 양반은 그이가 쉰 살에 만난 두 번째 남편이었다. 동화 모친은 바보를 낳은 죄로, 그 바보를 키우기 위해, 멀쩡한 아이를 낳고 싶어 하던 남편을 버렸다. 20여 년을 아들을 키우며 살던 중에 남자를 만나게 되었다. 남자는 죽은 아내가 키우던 식물들이 주인을 잃은 뒤 몸살을 하자 화원에 들르게 되었고 그게 인연이 되어 동화 모친과 결혼하게 됐던 것이다. 공무원으로 정년 퇴직을 한 뒤 건설 회사 모델 하우스 경비로 취직한 동화의 새 아버지는 쉬는 날이면 화원에 나와 일을 도왔다.

「동화 씨, 아침 아직 안 먹었죠? 우선 이걸로 때워요. 우리 애들 소풍, 아니 수련회 가는데 점심 도시락 싸오란다 해서 김밥을 말았거든.」

같은 중학교에 다니는 선덕의 두 아이들은 사흘 일정으로 여행을 떠났다. 출발은 같이했지만 목적지는 달랐다. 큰아이는 설악산 쪽으로 수학여행을 갔고 작은아이는 봄 소풍 대신 남해 바닷가로 수련회를 갔다. 여느 날 등교보다 한 시간 반이나 빠른 시각에 아이들을 내보내고 나니 멍했다. 새벽부터 바삐 움직인 탓도 있었지만 저녁에 아이들이 돌아오지 않을 거라는 사실을 뒤늦게 깨달았기 때문이었다.

「강선덕 김밥 쌀 수 있어요?」

동화가 작업대 위에 놓인 도시락을 쳐다보며 감탄하듯 묻는다. 김밥을 쌀 수 있냐니. 선덕은 어이가 없었지만 도시락을 싼 보자기를 풀며 예사롭게 중얼거린다.

「나 김밥 아주 잘 싸요. 동화 씨랑 사장님이 나 여기 취직 안 시켜 줬으면 김밥 가게에서 일하는 아줌마가 되었을지도 몰라. 내가 제일 잘하는 게 김밥 만드는 일이거든. 자 먹어 봐요.」

남편을 떠나보내고 한 달쯤 됐을 때야 선덕은 자신이 돈을 벌어야 한다는 사실을 깨달았다. 어차피 큰 돈벌이에 대한 욕심을 부릴 처지도 아니니 뭐든지 할 수 있을 거라 여겼다. 착각이었다. 집 근동의 가게들은 담합이라도 한 듯이 종업원을 구하지 않았다. 불황 탓이라 했다. 우유 배달이나 신문 배달도 선덕 몫은 아니었다. 직접 무슨 일을 벌여 보자 싶어도 경험이 없었다. 일을 벌일 자신감은 더 없었다. 그나마 할 수 있는 게 김밥 말기여서 김밥 집이나 해 볼까 궁리하며 살펴보니 집 근처에만도 김밥 집이 십수 군데나 됐다. 두 달을 궁리하고도 일을 찾을 수가 없었다. 눈이 펄펄 날리던 지난 1월 중순경 한 시간을 걸어 다니다 보니 이쪽이었다. 동화 화원에 단골손님으로 다닌 지 세 해 남짓 되던 때였다. 화원 구조가 집의 거실만큼이나 훤했다. 온실 안쪽 깊은 곳, 거대한 선인장들의 숲 그늘에 쪼그려 앉아 몸을 녹였다. 연탄난로 옆이었다. 열기에 녹는 얼음처럼 질금질금 눈물이 났다. 남편 장례를 치르면서도 흘리지 않았던 눈물이었다. 울고 있는 선덕 곁으로 동화 모친이 다가와 찻잔을 내밀며 물었다. 넉 달 만에 사람이 아주 옴팍 삭아 왔구먼. 뭐가 문젠가?

「맛이 제법이에요, 강선덕.」

김밥을 우적우적 씹으면서 동화가 모처럼 눈을 맞추고 웃는다. 그에게 제법이라는 단어는 최상의 칭찬을 의미했다. 모친에게 그렇게 들으며 자란 때문이었다. 늘 아들을 다독여야 했던 여자의 과장 없는 칭찬법. 동화 모친은 지금도 이따금 우리 아들 제법이라는 말로 제 안에 갇힌 아들을 불러냈다. 선덕은 냉장고에서 생수 통을 꺼내 물을 따라 도시락 옆에 놓아 주며 천천히 먹으라고 이른다. 가끔 그가 작은아이 재준보다 더 어려 보였다.

「강선덕도 먹어요.」

그에게 선덕은 아줌마나 강 군이 아닌 강선덕이었다. 그는 사람이든 나무든 모든 대상을 고유 명사로 불렀다. 그는 이름을 모르는 대상과는 이야기를 할 수가 없었다. 어쩔 수 없이 해야 하는 경우는 상대와 초점이 어긋나기 일쑤라 좀처럼 입을 열려 하지 않았다. 선덕에게 함께 먹자는 그의 말은 이례적인 것이었다.

「나는 많이 먹고 나왔어. 먹고, 이렇게 싸오고도 집에 남은 게 있는걸. 애들이 긴 소풍 떠난다는 걸 생각 못하고 새벽 내내 김밥을 말았잖아. 바보같이. 내가 원래 좀 그렇기는 해.」

「맞아요. 강선덕 바보야. 만날 나한테 물어보잖아요. 애는 이름이 뭐야. 애는? 쟤는?」

오늘은 그가 말을 많이 한다. 흉내를 내기까지 하다니. 선덕이 소리 내어 웃는다. 보통 때 그가 말을 거의 않으니 별수 없이 선덕이 수다스러워졌다. 그의 모친이 자리를 비울 때는 특히 그랬다. 아이들 이야기며 집에 있는 식물들, 이웃 가게들에서 전해 들은 이야기들까지, 하자고 들면 이야깃거리는 끝이 없었다. 첫 손님이 들어오는 중이었다.

2

따르릉, 전화 받으세요. 아기 목소리의 핸드폰 벨 소리는 선덕의 작은아이가 어리광 피울 때의 목소리와 닮았다. 녀석이 어젯밤 가지고 놀다가 바꿔 놓은 신호음이다. 연년생임에도 큰아이와 작은아이는 열 살쯤 터울이 지는 것처럼 하는 짓이 차이 났다. 큰아이는 성격이 약간 차고 과묵했다. 작은아이는 재잘대기 좋아하고 여렸다. 아직도 밤이면 제 베개를 들고 어미 품으로 들어오기 일쑤였다. 선덕은 면장갑을 낀 채 앞치마 주머니에서 전화기를 꺼내 발신자가 누군지 살핀다. 며칠 전부터 하루 한두 차례씩 찾아오는 번호, 이정아의 것이다. 남편의 마지막 연인. 지금 서른한 살인가. 그러고 보니 동화와 같은 나이다. 선덕은 폴더를 열었다 닫으며 수신을 거부했다.

  요즘은 전화를 골라 받았다. 수시로 걸려 오는 전화의 대부분은 과부 집안의 안부 묻기로 시작됐다가 그쪽 사정을 말하는 것으로 끝났다. 선덕이 남편의 교통사고 사망 보험금을 제법 받았으리라는 소문이 동네방네 난 모양이었다. 선덕 수준으로는 제법 받긴 했다. 그중 절반가량이 남편이 남긴 빚을 갚는 데에 들어갔다. 스무 해를 월급쟁이로 살았던 남편의 빚이 그렇게 많은 줄 선덕은 보험금을 수령한 뒤에야 알았다. 집을 옮기며 받은 융자금까지 다 갚고 남은 금액이 많지 않다는 걸 그들은 믿으려 하지 않았고 선덕은 구구절절 설명하기가 싫었다. 시가며 친정 식구들, 친구들까지, 그들한테는 아이 둘을 데리고 살아야 할 선덕이 복권에 당첨된 과부로 보이는 듯했다. 투자를 하라거나 함께 사업을 하자거나 간에 그들 처지가 하나같이 어렵기는 했다. 다니던 회사에서 퇴직한 뒤 사업을 벌였다가 어려운 상태에 빠지는 순서까지도 닮았다. 조금씩이라도 벌면서 아껴 쓴다면 아이들 학교 마칠 때까지 간신히 버틸 수 있는 돈을 잃을 것인가, 아이들의 친척을 잃을 것인가. 선덕은 돈을 선택했다.

「강선덕 왜 자꾸 전화 안 받아요?」

옮겨 심은 산세비에리아 밑동을 이끼와 돌로 장식하던 동화가 의아한 듯 쳐다보았다. 볕에 그을린 낯빛과 잘 깎지 않는 수염에 묻혀 쉽게 눈에 띄지 않지만 그의 눈동자는 서른한 살이라 믿기 어려울 만큼 맑다. 뭐든 이해하거나 아무것도 이해 못할 것 같은 눈빛.

「받기 싫은 전화가 너무 많아서.」

「최재준 전화 아니에요?」

「최재준 전화는 아까 받았잖아. 바닷가에 도착했다고.」

동화는 재준이 아니라는 말에 안심한 듯 완성한 화분을 안고는 광장 쪽으로 나갔다. 예고 없이 아비를 잃고 겨울을 지낸 뒤 중학교에 입학한 작은아이는 학교에서도 수시로 전화를 해왔다. 어미와 통화가 되지 않았던 지난달 어느 날 녀석은 벌게진 얼굴로 택시를 타고 화원으로 찾아왔다. 선덕이 전화기를 가방 속에 넣어 둔 걸 잊고 손님을 맞느라 바빴던 시각에 녀석은 신열과 두통을 앓다가 급기야 조퇴를 했던 것이다. 머리가 깨지려고 한다면서 어머니한테 가봐야겠다고 울기까지 하더군요. 양호실도, 병원도 싫다 해서 택시 불러 태워 보냈습니다. 어미만큼 키가 큰 녀석을 안고 담임선생과 통화를 하면서 선덕은 기가 막혀 울었다. 그때 동화가 슬그머니 다가들었다. 어미 품에다 고개를 박고 있는 녀석의 등을 그가 손가락으로 톡톡 건드렸다. 재준이 고개를 들자 동화가 손을 까닥까닥하며 따라오라는 시늉을 했다. 녀석이 그를 따라 온실 안쪽으로 들어갔다. 둘이서 뭘 하는지 조용했다. 한참 뒤 때 아닌 군밤 냄새가 나기 시작했고 녀석이 지르는 비명이 들렸다. 아 뜨거! 군밤이 튀는 듯한 녀석의 웃음소리도 났다.

알밤 굽기 전에 둘이서 뭘 한 거니? 저녁 퇴근길에 선덕이 묻자 작은아이는 아무것도 안 했다며 고개를 저었다. 아저씨가 그냥 난로 옆에 있는 의자에 앉혀 줬어. 내 머리에다 손을 올려놓더니 가만있더라? 나도 괜히 가만있었잖아. 진짜 바보들 같았다니까. 바보 같은 기분이 되니까 머리 아픈 것도 잊어버리고 있는데, 아저씨가 방으로 가서 밤을 한 바가지 가지고 나왔어. 그러고는 난로에다 잔뜩 올려놓더라. 바보 같아서 쳐다보고 있는데 갑자기 알밤이 마구 뛰어다니잖아. 얼마나 놀랐다고. 근데 엄마 그 아저씨 진짜 바보야? 가짜 바보야? 녀석의 물음에 선덕은 더 바보 같은 소리를 했다. 그 아저씨는 나무야. 나무처럼 서서 버티면서 조용히 꽃을 피우는 사람.

전화가 다시 울렸다. 예상했듯 또 이정아다. 오늘은 기어이 통화를 하겠다고 작심했는지 질기다. 남해 바다에서 여기까지 아픈 머리를 싸안고 오고도 남을 녀석이 있는 한 선덕에게 전화기 전원을 끌 자유는 없었다. 전화벨은 계속 울린다. 받지 않으면 종일이라도 울릴 기세다. 선덕은 하는 수 없이 전화기 폴더를 열었다.

「사모님? 저 최부장님 밑에서 일하던 이정아인데요.」

이정아가 부서 회식 뒤풀이를 빙자해 선덕의 집에 온 건 두 번이었다. 그 첫 번째 방문 때 이정아가 남편의 현재 여자라는 걸 알아챘다. 사모님이 나무 키우는 취미를 가지셨다는 걸 부장님께 들었는데, 정말 집 안이 푸르네요. 사모님 참 멋지세요. 보통으로 들을 수 있는 말이 아주 맹랑했다. 스물아홉 살 먹은 남편 부하직원의 말투가 아니라 질투에 떨리는 불안한 목소리였다. 앞선 몇 차례의 경험 때문이었을 것이다. 본사에서 근무하다 지방 발령받은 걸 좌천으로 여기며 침울해 있던 사람이 서너 달쯤 지나자 여유를 부렸다. 시간이 거꾸로 흐르는 듯 젊어지기 시작했다. 그때부터 시작된 남편의 사랑은 이어달리기를 했다. 그가 사랑을 하느라 밖에 머무는 시간에 선덕은 식물을 사들였다. 봄이면 풀꽃을, 여름이면 치자를, 가을에는 국화를, 겨울이면 동백을 샀다. 틈틈이 선인장과 관엽식물을 구해 들였다. 식물들이 베란다를 넘어서 안방과 거실과 주방까지 가지를 쳤다. 남편 방과 뒤 베란다에도 입성했다. 아이들 방의 문턱만은 큰아이 경고로 넘지 못했다. 엄마, 다 좋은데 나무가 우리 방까지 쳐들어오게 하지는 마. 살벌하단 말이야!

「아 그 이정아 씨! 그런데 왜요?」

「좀 뵙고 싶은데요. 드릴 말씀이 있어서요. 제가 지금 사모님 계신 근처로 가도 될까요?」

「이제 9시 반인데 이정아 씨 지금 회사에 있을 시각 아니에요?」

「저, 진작 회사 그만두었습니다.」

「그래요? 그런데 어쩌나? 나는 지금 한창 일하는 중인데. 여기 직장이거든요.」

아아! 직장이라는 말이 뜻밖인가. 직장이라는 단어를 사용할 때마다 선덕 스스로도 아직 낯설 때가 있긴 하다. 첫아이를 가졌을 때 남편은 선덕이 직장 생활을 계속하길 바라지 않았다. 여직원들 애 키우면서 직장 일 하는 거 보기 싫어. 그의 말에 선덕은 두해 남짓 다니던 직장을 그다지 어렵지 않게 포기했다. 남편과 한 회사에서 일하는 게 선덕도 편치 않았던 참이었다.

「그럼, 몇 시쯤 퇴근하세요?」

이정아가 남편 빈소로 찾아왔을 때의 그 긴 생머리가 아직 그대로일까? 선덕은 불쑥 떠오른 의문에 수화기를 든 채 실소한다. 화장기 없이 파리한 얼굴이었는데 머리칼은 윤기가 자르르 흘렀다. 두 여자의 시선이 마주치지는 않았지만 선덕은 이정아의 머리칼이 진짜 생머리인지 스트레이트 퍼머를 한 머리인지를 집요하게 궁리했다. 까딱했으면 빈소를 나가는 이정아를 붙들어 그걸 물을 뻔했다.

「오늘은 늦게까지 일해야 하는데, 정 할 말이 있다면 지금 해요.」

「어제, 아기를 낳았어요. 계집애예요.」

언제인가부터 놀라는 감각이 닳아 버렸거나 잊어버린 것 같았다. 갑작스런 기척이나 느닷없는 소리에도 한 박자쯤 늦게 쳐다만 본다. 놀라는 감각만 무뎌진 게 아니었다. 슬프거나 기쁘거나 아픈 것들도 늘 한참 뒤에야 느꼈다. 그나마 이것 또한 지나가리라고 고개 틀고 딴청 부리다 보면 금세 지나갔다.

「만 번도 넘게 생각했을 거예요. 낳아도 되는가, 낳을 자격이 있는가. 부장님 가셨을 때, 빈소에서 태동만 느끼지 않았더라면 아마 못 낳았을 거예요. 사모님, 저는 그분을 사랑했습니다. 그분께 사랑받았고요. 그때 사고가 났던 새벽에, 저한테 오시던 길이었어요. 댁으로 가시기 전에 저랑 있다가 가셨는데, 다시 오는 중이라는 전화를 하셨어요. 이 길로 너한테 들어갈 테니 이제부터 같이 살자, 그러셨는데 못 오셨죠.」

바깥의 여자들한테 남편이 어떻게 비쳤든 선덕에게 그는 나이 들면서 차츰 비천해지던 그저 그런 남자였다. 그는 15년 넘게 다져진 틀을 깨겠다고 나설 만큼 부지런하거나 과감하지 않았다. 더불어 선덕은 오갈 데 없는 그의 여편네였다. 이혼을 거론할 만큼 순수하지 못했다. 가만 놔두면 끽해야 서너 달, 길어도 1년이면 끝나지 않던가. 텔레비전 광고대로 사랑은 움직이는 것이었다.

「새삼스레 나한테 이정아 씨 사랑을 강조하는 까닭이 뭔데요?」

「그냥 말씀드리고 싶었어요. 제가 벌인 이 일을 사모님께 이해받고 싶었다고나 할까요. 이런 기분을 뭐라고 표현해야 할지는 모르겠지만 사모님께 말씀드리고 나면 아기한테 훨씬 떳떳한 엄마일 수 있을 것 같았습니다.」

「그래서 훨씬 떳떳해졌어요?」

「제 아이의 존재를 당당하게 세상에 밝힌 것 같은 기분은 들어요. 자신도 생기고요. 사모님 댁 애들 이름, 재하, 재준이죠? 저, 아기 이름을 재인으로 지으려고요. 이해해 주셨으면 좋겠어요.」
「이해는 안 되지만, 이정아 씨 아인데 이정아 씨 마음대로 해요. 그리고 부럽네. 이정아 씨 그런 마음. 나는 그런 걸 깡그리 잃어버렸거든. 내가 한때 최민한이라는 남자를 사랑했다는 사실까지도 까맣게 잊었어. 정아 씨 덕에 그 사람을 다시 봐야 할 거 같아요. 그 사람이 누군가한테, 여태도 이렇게 깊은 사랑을 받을 수 있는 사람이란 걸 몰랐거든. 아무튼 이정아 씨, 다시는 이런 전화 받고 싶지 않아요. 만나기는 더 싫고. 이름을 어떻게 짓든지 아기 잘 키우면서 자신 있게 살아요.」

무슨 말인가 더 하고 싶어 하는 저쪽의 기색이 느껴졌지만 선덕은 전화기 폴더를 닫았다. 1억이 넘었던 남편의 빚이 어느 쪽으로 어떻게 흘러갔건 그것 또한 지나간 일이었다. 동화가 찻잔을 손에 쥐고 물끄러미 선덕을 바라보고 섰다가 잔을 내밀었다. 차가운 녹차였다. 선덕이 그 차를 다 들이켜는 동안 동화는 아무것도 못 들은 것처럼 밑 흙을 깐 토분에다 산세비에리아를 앉힌다. 단숨에 차를 들이켠 선덕이 화분에 들어앉은 산세비에리아 포기를 붙들자 동화가 삽으로 거름과 모래 섞인 흙을 떠 뿌리를 덮었다. 벌써 햇볕이 너무 따갑다. 분갈이 작업장에다 파라솔이라도 설치해야 할 것 같다. 밖에서 함께 일하는 시간이 길어지면서 두 사람의 얼굴빛은 차츰 닮아 가는 참이었다.

3

 쉰 살쯤 될까. 도톰한 몸매에 윤기 나는 얼굴이지만 거드름은 피우지 않을 손님이다. 차를 끓여 건넨 선덕은 손님 인상을 보면서 어떻게 대응해야 할지 가닥을 잡는다. 빈 화분을 일곱 개나 싣고 온 손님이었다. 손님 차에서 흙이 덕지덕지 말라붙은 빈 화분을 내린 동화가 물을 뿌려 씻고 있다. 그 화분에 담겼던 식물은 전부 죽거나 시들어 버려졌을 터이다. 그렇게 화분째 버려진 식물들은 선덕의 아파트 단지 안에도 흔했다. 선덕은 아직 죽지 않은 식물들을 발견하면 주워 들였다. 화분만 주워 나무를 사다 심기도 했다. 선덕의 집에 가득한 식물들의 절반은 그렇게 선덕을 찾아와 새잎을 틔우며 되살아났고 꽃을 피웠다. 그때나 지금이나 사람보다 꽃이 아름다웠다.

「저 화분들에 심을 나무를 아줌마가 추천해 줬으면 좋겠어요. 비싸지 않고 키우기 쉬운, 이왕이면 예쁜 꽃이 피는 걸로. 근데 아줌마, 이 나무는 참 멋지네. 값이 얼마나 될라나?」

 손님이 만지는 나무는 수령이 25년쯤 된다는 벤자민이었다. 비싸지 않은 걸 찾고서도 나무의 형태에 눈을 앗긴 걸 보니 엔간한 걸 추천해도 받아들일 만한 손님이다.

「그 벤자민은 25년쯤 키운 건데요, 듬직하면서도 아름답죠? 잘 키운 사내아이처럼요. 40만 원이랍니다.」

「그렇게나 비싸?」

「나무 모양이 워낙 잘 잡혀서요. 그리고 나무 나이가 있잖아요.」
「하기는, 스물다섯 해를 내가 키웠다고 했을 때 4백만 원에도 못 팔지. 우리 큰애가 스물 다섯 살인데, 아이고, 나무한테 사람 세월 가져다 붙이니까 무섭다.」

손님은 자신이 한 말에 진저리 치는 시늉을 해보이며 웃는다. 그를 따라 웃는 선덕은 나무에다 사람의 세월이 아니라 살기를 투사한 적이 있었다. 부두 인형에 꽂은 바늘처럼 저주 담긴 말이 독 묻은 바늘이 되어 나무를 죽일 수도 있다는 걸 그때 알았다. 키가 천장에 닿을 만큼 크고 잎이 풍성했던 벤자민이었다. 창밖에 펄펄 눈이 내리던 그날 아침 벤자민 화분의 흙이 먼지 날릴 만큼 말라 있는 게 눈에 띄었다. 그 순간 물을 준 게 열흘이 넘었을 거라는 사실을 깨달았지만 식물 따위에 신경 쓸 상태가 아니었다. 새벽에 들어온 남편과 큰소리를 주고받았다. 남편은 그길로 나가 버렸고 선덕은 한숨도 못 잔 상태였다. 가능하다면 나무를 뽑아 칼처럼 휘두르고 싶었다. 뽑을 수 없으므로 마구 뒤흔들었다. 네깟 것 죽든 말든 나하고 무슨 상관이냐고, 죽고 싶으면 죽어 버리라고 고래고래 저주를 뿌렸다. 제정신이 든 것은 술 한 병을 다 마시고 잠을 자고 일어난 오후였다. 태풍 지나간 자리처럼 흐트러진 푸른 낙엽을 쓸어내고 나무에 물을 주었다. 아이들에게 화풀이를 하고 난 뒤 사과하듯 나무한테도 사과했다. 미안해 벤자민. 너한테 한 말이 아니었어. 이파리가 지기 시작한 건 그 일주일 뒤쯤이었다. 와스스와스스. 나뭇잎은 날마다 수백 장씩 무너지듯 쏟아졌다. 수없이 사과하고 애원했지만 소용없었다. 벤자민은 죽기 위해 바다로 걸어 들어가는 인간처럼 묵묵히 스러졌다. 이파리가 한 잎도 남김 없이 지고 가지가 다 말라 버리기까지 한 달 정도 걸렸을 것이다.

「손님, 거실에서 키우실 건지 베란다에서 키우실 건지 말씀해 주시면 추천해 드리기가 쉬울 것 같은데요.」

「거실 에어컨 옆 공간이 넓은데 거기하고, 주방 냉장고 옆도 비어 있는데 거기서도 잘 클 수 있는 거라면 하나쯤 있으면 좋겠고, 애들 방에도 하나씩 놔 볼까 싶어요. 군대 가고 학교 가느라 만날 방이 비어 있으니 쓸쓸하데. 나머지는 베란다에 둘 거예요.」

어쩌면 큰손님들을 치르려는지도 모르겠다. 집 안 분위기를 연출해야 할 필요가 있는 어려운 손님. 화분들이 그 집으로 들어간 순간 그 식물은 오래전부터 그곳에 자리 잡고 평화를 누리고 있었던 듯 태연하게 사람을 맞아들일 것이다. 남편도 이따금 회사 사람들을 집으로 데려왔다. 손님들이 집 안 곳곳에서 푸르게 반짝이는 나무들을 보며 감탄하는 걸 즐겼다. 가끔 상관이나 본사에서 온 동기들을 초대하기도 했다. 그럴 때는 비싸고 모양 좋은 나무를 한 그루쯤 더 들여놓기를 은근히 종용했다.

나무를 다 고른 손님은 자신이 가져온 화분에 나무를 옮겨 심는 동화를 창 너머로 지켜본다. 동화의 손길은 단조로운 것 같으면서도 능란하다. 화분 크기에 맞춰 잔뿌리를 다듬거나 털어서 나무를 앉히고 나무 습성에 맞는 흙을 넣고 나무의 모양에 맞는 장식용 이끼나 흙을 넣어 마무리한다. 동화가 그렇게 나무를 심으면 선덕은 나무들의 이름표를 썼다. 이름표 밑에다 며칠에 한번 정도씩 물을 줘야 하는지, 분갈이는 언제 해야 할지를 적었다. 동화 화원 전화번호도 일일이 적는다.

「배달을 해드려야겠는데 몇 시쯤이 좋으시겠어요?」

「지금 집으로 갈 거예요. 모레 큰손님들을 치르게 돼서 집 안 정리를 하는 중이거든요. 결제는 카드로 할 건데, 저기 저 나무, 벤자민까지 아울러서 석 달 할부로 합시다. 한번 눈에 드니까 기어이 가져다 놓고 싶네. 기름 값 정도는 빼주겠지?」

「3만 원 빼드리겠습니다. 그리고 서비스로 벤자민 화분은 손님 마음에 드시는 걸로 바꿔 심어 드릴게요. 바깥의 자기, 옹기 화분들 중에서 골라 보세요.」

「아줌마 일하는 게 아주 시원시원하네요. 밖에 있는 저 사람 일하는 것도 그렇고. 조용조용 일 잘하는 사람들 보면 참 보기가 좋아.」

혼자 일할 때의 동화는 바보로도 장애인으로도 보이지 않는다. 일에 몰두해 있는 모습을 홀리듯 지켜보고 있노라면 그에게서 빛이 났다. 그런 동화에게 시선을 보내는 손님들이 가끔 있었다. 대개는 어딘가 모자라는 막일꾼으로 보고 말 붙이기조차 꺼리지만 드물게는 조용히 일 잘하는 남자를 발견해 내는 듯했다.

「혹시, 나무들에 뭔가 문제가 생긴 듯해 보이시면 나무 이름표 보고 연락 주세요. 찾아뵙고 살펴 드리겠습니다. 필요한 경우엔 이곳으로 싣고 와서 입원한 환자처럼 고쳐 드리고요. 바깥에 있는 저 사람이 나무 의사랍니다. 아주 죽지만 않았다면 싱싱하게 되살려 드릴 수 있어요.」

「나무도 애프터서비스를 해준다니, 재미있네. 안심도 되고. 나름대로 살핀다고 살피는데도 늘 1년을 못 가거든. 죽은 나무 내버리고 빈 화분 들고 돌아설 때 얼마나 속이 상한지 몰라.」

「그러실 거예요. 이쪽으로 오셔서 화분을 골라 보세요.」

동화 모친은 취직한 지 사흘째 나던 선덕에게 장사 수완이 있다고 했다. 몇 년 동안 화분에 담긴 식물들을 사들이거나 주워 들여 키우면서 터득하고 느낀 것들이었지만 어떤 일에 대해서든 수완 있다는 칭찬은 동화 모친한테서 처음 들었다. 덕분에 선덕은 나무 장사 잘하는 아줌마가 되었다. 한두 시간 안에 배달을 하겠다는 약조를 받고 손님이 돌아간 뒤 선덕이 책상 위를 정리하는데 전화가 울렸다. 동화 모친의 세 번째 전화였다. 그의 남편은 병원에 들어간 김에 종합 검진을 받기로 한 모양이었다.

「바깥어른은 어떠세요?」

「조짐이 안 좋다 싶은 게 불길하네. 어쨌든 강 군, 이 양반이 통 기운을 못 차리니까 오늘 내가 가게 나가긴 틀린 것 같아. 내일도 봐야 알겠고. 강 군 애들은 수학여행 갔다고? 허전하겠네. 우리 그 사람 좀 잘 부탁해. 맛난 것 좀 시켜서 같이 저녁도 먹고. 자네 월급은 통장에 들어갔네. 이달부터 월급을 올려 정했어. 자동 이체를 시켰고. 성과급이라고 해야 하나, 앞으로 그건 보너스로 줄게.」

「고맙습니다 사장님. 열심히 할게요.」

첫 달 월급으로 80만 원을 받았고 지난달에는 100만 원을 받았다. 이번엔 월급이 정해졌고 보너스도 받게 되었다. 동화 모친은 자신이 자주 자리를 비우게 될지도 모를 상황에 대비하고 있었다. 자식에 관한 한 동화 모친은 끝없는 약자였다. 제 어머니의 걱정을 아는지 모르는지 동화는 배달할 식물들의 분갈이에 몰두해 있다. 그는 아픈 나무를 낫게 하고 거의 죽은 나무를 살리고 비닐 컵에 담긴 모종들을 큰 나무로 키워 꽃을 피우고 열매를 맺게 할 수는 있어도 그 나무들의 값을 매기지는 못했다. 그건 그의 의식 밖의 일이었다.

선덕은 배달을 하기 위해 용역 사무실에 전화를 걸었다. 노란 포장을 둘러쓴 동화 화원 트럭은 가게 앞 큰길가에서 심심한 듯 서 있다. 운전을 못하거니와 손님과 대거리를 못하는 동화는 배달을 할 수 없었다. 운전은 하지만 큰 화분을 감당하기 힘든 선덕도 혼자 배달을 못하기는 마찬가지다. 두 사람이 함께 배달을 하면 손발이 척척 맞지만 가게를 지킬 사람이 없으므로 오늘 배달은 내내 용역 회사를 시켰다. 그런데 딸을 낳았다고? 사랑? 자신 있어 좋겠네! 뭐든 자신 있다고 안간힘을 쓰던 몇 시간 전의 이정아 목소리가 아직도 귀에서 자르랑거렸다. 징그러운 년. 누굴 향한 것인지 알 수 없는 욕이 불쑥 튀어나와 선덕은 얼른 주변을 살핀다. 귀 밝은 동화는 다행히 바깥에 있었다.

4

소리를 소거한 채 켜놓은 텔레비전에서는 영화가 나왔다. 수십 번은 보았을 영화 〈페이스 오프〉다. 화면 안에서는 소리 없는 수술이 진행 중이다. 얼굴 바꾸기. 나는 네가 되리라. 독종 형사 존 트라볼타의 얼굴에 악종 범죄자 니콜라스 케이지 얼굴이 씌워진다. 제 가죽을 떼어 내는 줄도 모르고 혼수에 빠져 있는 범죄자한테는 형사의 얼굴이 얹힌다. 뚝딱뚝딱. 내 안에 있는 너, 네 안에 있는 나를 불러내리라. 준비 끝. 이제 네 안으로 들어가 너와 정면충돌을 해야겠지.

더 이상 너한테 가랑이 벌려 대기 싫어. 나 아니어도 충분하잖아? 나가서 아무 구멍이나 찾아 쑤셔. 그 새벽에 선덕은 그렇게 얼굴 바꾸기를 시도했다. 자정 넘어 들어온 남편이 이때쯤 한번은 치러야지 싶은 얼굴로 침대에 걸터앉았을 때였다. 어처구니가 없었던가. 발딱 일어난 남편은 놀란 눈을 뜬 채 한동안 말을 못했다. 왜! 내 상소리가 놀랍니? 고상한 네 사랑이 모욕당한 것 같아 기분 더러워? 가서 위로받으면 되겠네……. 한없이 주절댈 수 있을 것 같았던 선덕의 입은 갑자기 날아온 주먹에 일그러져 멈췄다. 입 안에 핏물이 괴는 비릿함을 느끼면서 선덕은 넘어졌고 문을 쾅 닫고 나가는 소리와 함께 기절하듯 잠이 들었다. 잠이 깬 건 전화벨 때문이었다. 남편이 사고를 당했다는 경찰의 전화였다. 선덕이 응급실에 도착했을 때 그는 벌써 영안실에 내려가 있었다.

선덕은 소파에 누운 채 손을 뻗어 몇 번이나 울렸다가 꺼지고 다시 울리는 핸드폰을 가져다 귀에 댔다. 최민한 씨 부인되시냐는 뜬금없는 남자 목소리였다. 때 아니게 들려온 남편 이름에 선덕은 몸을 일으켰다.

「저는 이정아라고 최민한 씨가 버려 논 계집애 오빠 되는 사람입니다.」

최민한이 버려 놓은 계집애의 오빠라니. 헛웃음이 났다.

「뒤늦게 뭘 잘못 아신 것 같습니다.」

「잘 알았건 잘못 알았건, 여기 병원인데 당장 와서 애 데려가세요. 그 집 핏줄이라니 데려가 키우시라 그 말입니다.」

「그 아기가 누구 핏줄인지 확인해 줄 최민한이 없어서 드릴 말씀도 없군요. 그래도 굳이 핏줄을 말씀하시겠다면 그 댁 핏줄인 것만은 확실하지 않은가요? 동생이 그 핏줄을 낳을 때까지 뭘 하시다가 지금 나타나셨는지 모르지만, 동생하고 나누실 말씀이지 세상에 없는 최민한 안사람한테 하실 말씀은 아닌 것 같습니다.」

「이거 보세요, 사모님. 그렇게 안면 몰수를 하시면, 사람 도리가 아니지 않습니까? 처녀 애를 데려다 열세 평짜리 전세 아파트 하나 달랑 얻어 살림 차려 살았으면, 그래서 아이까지 태어났으면 책임을 져 주셔야죠. 제 동생이 잘했다는 거 아닙니다. 그러고 사는 줄 알았으면 진작 말렸을 겁니다. 몰라서 못 말렸던 것도 변명의 여지는 없습니다만 어쨌든 애가 태어나지 않았습니까. 병원에 입원했다는 소식 듣고 와서 보니 하, 기가 막혀 말이 안 나올 지경입니다. 가게랍시고 벌인 코딱지만 한 피자 집은 파리만 날리다가 그나마 내놨다고 하고요. 애는 태어났는데 애 아버지는 저세상 사람이라 하고, 애 낳은 계집애는 도저히 사람 몰골이 아니고. 잘잘못을 따질 계제가 아닌 것 같아 사모님께 전화를 드렸습니다. 우선 한번 찾아와 주시지요. 중도클리닉이라는 병원 산부인괍니다.」

소리소리 지르다가 안 되겠다 싶었던가 낮추어진 그의 목소리는 설득조가 되어 끝났다. 어쨌든 애가 태어났다지만 선덕은 할 말이 생각나지 않았다. 기다리겠다고 대답을 채근하는 소리를 들으며 전화기를 접는다. 다시 울릴 게 뻔한 전화벨을 감당하기 싫어 진동으로 돌려놓고 텔레비전을 멍하게 바라보았다. 형사 존의 얼굴을 쓰고 혼수상태에 빠져 있던 범죄자 니콜라스가 깨어나 활보하고 있었다. 그는 형사 존이다. 아니, 그는 범죄자 니콜라스다. 아니, 모르겠다. 뻔히 알고 있던 내용이 마구 뒤섞여 누가 누군지 알 수가 없다. 텔레비전 리모콘 전원을 눌러 버린다. 화면이 툭 소리를 내며 꺼진다. 그림만 움직이던 화면이 꺼졌음에도 갑자기 너무 조용하다. 고요하다 못해 호젓하다. 아이들이 집을 비웠다는 사실이 이제야 실감 난다. 내일모레면 애들 오는데 뭐! 괜히 중얼거리다 눈을 감고 잠이 되돌아오기를 기다린다. 남편이 있을 때는 자주 새벽까지 깨어 있곤 했다. 잠들었다가도 새벽이면 깼다. 그때마다 남편이 들어와 있거나 그를 기다리는 자신이 있었다. 지금은 돌아올 남편도 없고 그를 기다리는 자신도 없다. 그저 졸다 깬 여자가 있을 뿐이다.

5

붕붕붕 아주 작은 자동차 꼬마 자동차가 나간다. 붕붕붕……. 꽃들이 숨어 버려서인가 그다음 가사가 생각나지 않는다. 가게들마다 광장에 내놨던 식물들을 안으로 들여놓거나 온실 가까이 당겨 놓고 그물로 포장을 쳤다. 온실마다 안에 사람들이 있을 텐데 인적이 드물어진 광장은 횅하다. 동화 화원 앞에는 동화가 나와 있었다. 간판을 제외한 다른 전등을 끄고 분갈이 작업장 불빛 아래에 혼자 나앉은 그는 굼지럭굼지럭 잠자리를 마련하려는 노숙자 같다. 그는 비닐 컵에 담긴 엽란 화분들을 죽 늘어놓고 쪼개 심는 중이었다. 한 포기의 엽란이 그의 손에서 셋이나 네 포기로 증식되고 있었다. 그렇게 쪼개져 심어진 엽란들은 온실 구석구석에서 이끼처럼 흩어져 자라다가 한두 달쯤 뒤에는 광장으로 나설 것이다. 선덕이 느닷없이, 술병까지 들고 나타났음에도 동화는 놀라지 않는다. 왔냐는 듯 쳐다보더니 스티로폼으로 만든 깔개를 집어 주고는 하던 일을 계속한다. 술에 취한 선덕은 그가 내준 깔개에 털썩 앉는다. 봄밤의 바람이 습하고 서늘하다.

「애들이 없으니까 할 일이 너무 없는 거 있지. 하고 싶은 일은 더 없고. 옛날 같았으면 아마 밤새 분갈이를 했을 거야. 얘는 이 화분에 어울리겠네, 하면서 일을 시작하면 도미노 현상이 생기거든. 도미노 현상이 뭐냐면, 나무 하나가 병들면 그 주변 나무들이 죄 병이 걸리는 거 같은 거야. 하나를 바꾸기 위해서 나머지 아홉을 전부 바꿔야 하는 사태 같은 거. 암튼 나는 이제 나무 장수가 됐잖아. 그런 쓸데없는, 애들한테 좋지도 않은 짓을 왜 벌이겠어? 일을 안 벌이니까 시간이 너무, 너무 많더라. 술을 마셨지. 그리고 집을 나왔어. 갈 데가 있어야 말이지. 그렇다고 징징 짜면서 걸어 다닐 수도 없고. 예전엔 걸어 다니면서 그런 적 많았거든. 그 버릇이 남았나 봐. 작정 없이 걸으면 괜히 눈물이 나. 여기 오려고 택시를 탔는데 택시 기사가, 밤에 술병 들고 다니는 아줌마는 첨 봤습니다, 그러는 거야. 좀 창피하긴 하더라. 화도 나고. 근데 동화 씨, 화가 나면 화를 내야 하는데, 왜 슬플까?」

동화는 자신이 만지는 엽란처럼 말이 없다. 선덕은 잔이 없으므로 술병째 술 한 모금을 마신다. 입 안과 식도가 타는 듯이 뜨겁더니 가려운 데를 긁은 듯 시원해진다. 한 모금을 더 마신다. 입 안이 알알하다. 10분도 채 못 탄 택시 안에서도 서너 모금을 마셨다. 택시 기사한테 그런 말을 듣는 건 당연했다.

「동화 씨는 술에 취한 사람 별로 구경 못했지? 내가 지금 딱 술에 취한 사람이야, 술 취한 아줌마. 택시에서 내리는데, 기사가 혼잣말인 것처럼, 그렇지만 나한테 다 들리게 그러더라. 세상이 어떻게 되려고, 진짜 별꼴을 다 보네! 나도 내가 별꼴이긴 해. 심장에 바람이 들었나 봐. 애들이 한꺼번에 집을 비운 게 첨이잖아. 이때껏 혼자 집에 있어 본 적이 없는데 언제 술을 취하도록 마셔 봤겠어? 이상한 전화를 받았는데 끊고 나니까, 내가 어찌나 치사하던지 머리가 아플 지경이지 뭐야. 뻔히 아는 일을 나는 몰라, 내 책임 아냐, 혼자 막 우겼거든. 우기다 보니 내가 뭘 우기던 참이었는지도 잊었는데, 술이 마시고 싶더라. 우리 집에 술이 아주 많거든. 서른 병도 넘어. 그거 전부 선물, 아니 뇌물로 받은 술이야. 동화 씨가 술을 마실 줄 알면 한 병, 아니 많이 가져다줄 텐데. 아니 아냐. 술 맛 같은 거 몰라도 괜찮아. 알 필요 없어. 졸립기나 한걸 뭐.」

저만치 시외로 통하는 도로에는 차들이 씽씽 달린다. 이웃 화원들은 불 하나씩을 켜놓은 채 하루를 닫아 거는 중이다. 가물가물 졸린 눈으로 주변을 둘러보던 선덕의 손에서 술병이 빠져나가 흙더미 위로 넘어진다. 그 바람에 눈을 치뜨고 쳐다보고 있는 동화를 향해 흐흥, 웃는다. 동화가 술병을 한쪽으로 치우며 선덕 곁으로 옮겨 앉는다. 졸음에 겨워 기울어지던 선덕의 고개가 나무둥치처럼 다가온 동화의 등에 얹힌다. 잠깐 기대도 괜찮을 것 같아 선덕은 한숨을 쉬며 눈을 감는다.

꿈꾸는 실낙원

 이장 목소리는 누에 기듯 느릿느릿한 데다 스피커의 잡음마저 심해 알아듣기가 여의치 않았다. 쉽지 않은 대로 알아들은 소리는 동민들보고 울력 나오라는 것이었다. 새마을 운동이라는 것이 벌어지던 시절에 한참 떠들썩했던 퇴비 증산 운동이 요즘 새로 인 듯했다. 약기운 탓인지 동네 사람들한테 울력을 나오라는 방송이 금방 들린 것도 같고 한참 전인 것도 같다. 약을 먹으면 몽롱해서 소리와 형상이 어지럽게 엇갈린다. 곡괭이에 찍히는 것 같은 통증이 없는 대신 천장의 벽지 무늬조차 구분할 수가 없다. 천장이 내려앉았다가 떨어져 나가는 멍한 울림이 중진을 귀신처럼 싸고 든다.
 바깥엔 매미 소리가 개울물처럼 흘러 다녔다. 이따금 새끼 제비들이 재재거릴 뿐 개 짖는 소리조차 들리지 않는다. 시계 없는 방에 누운 중진은 시각을 가늠할 수가 없다. 며칠 동안 밖으로 나서 보지도 못했다. 노모가 절구통에 꿍꿍 찧어 헝겊으로 짜낸 쓰디쓴

녹즙을 한 사발 들이켜고 죽 몇 숟가락 떠먹고 오줌이 마려우면 뒤집힌 자라가 허우적거리듯 일어나 간신히 요강에 몇 방울 흘리고 다시 누워 지냈을 뿐이다. 노모는 또 어느 언덕배기엔가 엎드려서 풀숲을 할퀴며 한숨을 깔고 있을 터이다.

중진이 자신의 뜨락으로 돌아왔던 즈음에 장마가 시작되었다. 돌아온 날 밤부터 날마다 빗소리만 듣고 살았던 것 같은데 장마가 끝났는가, 오늘은 바깥이 멀그스름하다. 방바닥은 미지근하다. 삼복이 지나는 동안에도 노모는 날마다 군불을 한 부삽씩 지폈다. 중진의 몸은 이미 더위도 추위도 느끼지 못한다. 성한 사람이 들어서면 숨이 막힌다는 방에서 그는 적당히 온기를 느낄 뿐이다. 세간이 거의 없는 방구석에는 약봉지와 비닐에 싸인 주사기며 주사약들이 뒹굴고 있다. 방 안에 잔뜩 밴 약 냄새가 역하다. 익숙해질 법한 시간도 됐는데 이따금 그것을 느낄 때마다 중진은 지레 숨이 막히는 것 같았다.

오른쪽 가슴 밑이 맷돌을 올려놓은 듯 무겁고 뼈근하다. 손을 올려 보면 딱딱한 것이 손바닥 가득 만져진다. 하루에도 몇 번씩 격심한 통증이 찾아드는 데도 중진은 자신이 왜 방에 누워 있는지를 잊어버리곤 문득문득 낯간지러운 무료를 느꼈다. 미련 없이, 헐거운 누더기를 벗듯이 빠져나온 병원 침대보다는 자신의 방이 아무래도 편키는 하다. 몸이 아픈 것도 기동이 점점 불편해진다는 것 말고는 견딜 만했다. 할 일이란 사지의 움직임이 얼마만큼씩 더뎌

져 가는가를 가늠하는 일뿐이어서 이따금씩 날카롭게 찾아드는 통증조차도 자신이 아직 살아 있음에 대한 증거 같아 기꺼웠다. 까무룩 잦아드는 듯한 졸음이 다시 찾아온다. 이대로 영영 깨어나지 못할 수도 있으리라 여기면서도 중진은 썰물처럼 밀려드는 잠에다 자신을 맡긴 채 눈을 감는다. 몸이 밑 모를 저 어딘가로 빠르게 가라앉는 중이었다.

중진이 집에 돌아온 이후 열고 나갈 엄두를 못 내본 녹슨 철 대문이 철컥대다 벌끈 열리더니 월남치마에 덕지덕지 흙을 묻힌 노모가 잰걸음으로 들어섰다. 아직도 저게 남았던가 싶은 쭈그렁한 망태를 손목에 걸친 채 노모가 대문 옆 감나무 밑에서 숨을 몰아쉰다. 굽은 허리를 억지로 펴면서 쪽 진 머리에서 흘러내린 머리카락을 걷어 올리는데 칠칠한 머리카락이 골 깊은 주름살에 달라붙어 애를 먹이는 모양이다. 아들이 마루에 나와 앉아 있는 것을 본 성주댁이 질겁한 듯 되똥거리며 다가왔다.

「아이, 왜 나와 있냐? 배가 고프냐?」

사람이 늙으면 목소리도 늙는 것인가. 노모의 목소리는 놋쇠 그릇에 퍼렇게 끼어 있던 더께를 긁는 것처럼 뜰적거린다. 마흔여섯 해를 살고 있는 내 목소리는 어떤가. 중진은 문득 자신의 목소리가 궁금해 부러 큰 소리를 내본다.

「아침 먹은 지가 얼마나 됐다고요. 뭘 그리 많이 해오셨소?」

사실 배고픔을 모르게 된 지가 벌써 여러 날이었다. 노모의 성마른 몸짓 때문에 쓸데없는 짓 그만두라는 소리를 두 번 못했을 따름이다. 나가 그람은 시퍼런 자식새끼 앞세움시롱 두 손 놓고 뭘 할 거다냐. 이 꼴 볼라고 질긴 목심 이서 왔등가 싶어서 쎄 빼물고 죽고 자픈디······. 성주댁이 그런 자잘한 푸념이나 한숨을 자식 앞에서 늘어놓지 않게 된 것도 한참 되었다. 장가만 들이면 그날로 죽어도 좋을 성싶게 그 일만이 소원이더니 색시감 앞서 찾아든 저승사자가 아들 앞에서 얼쩡거리고 있는 것을 생각하면 언감생심 어떤 내색도 할 수가 없는 것이다.

성주댁은 새벽에 쓰고 나서 깨끗하게 닦달해 놓은 절구통을 살펴본다. 먼지 들어가지 말라고 펑퍼짐한 자배기를 엎어 놓았다. 샘가에 앉아 망태 속에서 가지가지 풀들을 집어내 고무 함지에 놓는다. 수도꼭지를 비틀자 윙, 하는 모터 소리와 함께 퀄퀄 쏟아진 물이 풀 위에서 법석을 떨었다. 물동이를 이고 나갈까. 두레박질을 한번 할까. 이 좋은 세상에 사지 육신이 멀쩡한 자식을 성가도 못 시키고 결국 앞세워야 하리라는 생각이 들 때마다 성주댁의 사지가 떨린다. 불미나리며 돌나물, 민들레와 쑥들이 물줄기 아래서 퍼렇게 살아난다. 생즙을 해 먹이면 좋다는 소리를 암 병동 복도에서 들었다. 귀동냥으로 들은 소리를 더 자세히 들으려고 성주댁은 한나절을 남의 병실 앞을 기웃거렸다. 말기 간암은 결국은 죽는다는 말 따위는 못 들은 듯 아들을 퇴원시켜 집으로 돌아왔다. 들판에 지천으로 깔린 것들이 약이 된다니 그보다 반가운 소리가 없었다. 아들을 살릴 자신이 생기자 굼벵이 버둥거리는 형국이기는 해도 아직 꼼지락거릴 수 있는 스스로가 그렇게 대견할 수 없었다. 뿌리 한 줄기도 떨어져 나가지 않게 깨끗이 씻은 풀들을 절구통에 넣은 성주댁은 아들 앞에서 허우적이며 절구질 할 일이 시뜻해서 등을 보인다.

성주댁의 휜 등이 절구공이를 힘겹게 들어 올리는 것을 보며 중진은 허공으로 시선을 옮긴다. 제비 한 마리가 부엌 앞 처마 밑의 제집으로 날아들었다. 여섯 마리의 새끼들이 일제히 재재잭거렸다. 고추잠자리를 물고 온 어미를 반기는 품새가 열광적이다. 어쩌다 방 밖으로 나오면 제비집 쪽을 올려다보는 일이 요즘 중진의 소일거리였다. 새끼 제비가 철에 비해 너무 늦은 것 같아 형에게 물었더니 알 너덧 개가 제비집째 떨어져 박살이 났다고 설명했다. 요즘에는 제비도 부실 공사를 하는 갑드라, 형이 우스갯소리를 했었다. 새로 지은 제비집에서 갓 깨어난 새끼 제비들이 고향으로 막 돌아온 중진을 반겼던 셈이다. 제비가 워낙 많이 먹는 생물이란 걸 일 삼아 관찰하게 된 요즘에야 알았다. 어미 제비 한 쌍은 쉬지 않고 먹이를 물어 날랐고 새끼들은 중진이 밖으로 나올 때마다 제비 꼴이 박혀 갔다.

「이것 마시고 방에 들어가 눠라.」

성주댁이 내민 사발에는 시퍼런 풀 즙이 넘칠 듯 담겼다. 죽을 일보다 하루 몇 차례 사발 가득 담긴 풀 즙 마실 일이 더 큰일처럼 느껴지지만 중진은 노모의 손에서 그릇을 받아, 두어 모금 마신다. 음식 맛을 모르게 된 지도 여러 날 되었다. 중진은 한 모금을 더 마시고는 속에 들어간 것들을 삭이기 위해 숨을 쉰다.

「중수한테서는 전화가 왔다고 합디요?」

「오냐. 저녁때나 돼야 올랑갑드라.」

「그라믄 엄니, 들어가서 잠깐 누우시오.」

「죽 쑬란디 누울 새가 어딨냐.」

「아침에 남은 거 그냥 데워 주시오. 그라고 엄니는 죽 잡숫지 말아요. 종일 돌아댕기시느라고 기운 빠르실 것인디 잘 자셔야지요.」

「내 걱정은 마라.」

「엄니!」

「알았다. 알았어. 니 이거 마시는 거 보고 잠 눌란다.」

어린 날, 무엇이나 배부르게 먹을 수 있는 형편은 아니었다. 아이들은 지게 지고 나서면 으레 풀이나 나뭇잎을 뒤적거렸다. 득득 긁히는 버짐을 털어 내며 중진도 참꽃 잎을 뜯었고 삐비를 헤집었다. 어떤 날은 생보리죽을 먹기도 했다. 그러나 민들레가 먹을 수 있는 풀이란 건 몰랐다. 중진은 사발에 담긴 퍼런 풀 즙을 몇 번이나 쉬어 가며 들이켠다. 입맛을 잃은 상태라 쓴 줄은 모르겠는데 한 사발을 다 마시자니 몹시 지루하고 지리다.

읍내 중학교를 졸업하고 나자 동창생들은 진학을 위해서거나 일자리를 찾아서 너나없이 고향을 떴다. 중진은 떠나고 싶지 않았다. 시골도 살기 좋아지고 있다고 생각했고 실제로도 그랬다. 새마을 운동의 극성스러웠던 물결이 지나간 뒤였던지라 동네는 이전에 비하면 천지가 개벽을 했다 할 만큼 달라졌고 동네에는 부녀회에서 운영하는 구판장까지 생겨 있었다. 중학교를 졸업한 뒤 그는 그 구판장 일을 보았다. 얌전한 총각이라고 누구나 입을 모아 칭찬해 주는 말들에 자전거를 밟는 발은 늘 신명이 붙었다. 그러면서 농사를 짓고 싶었는데 부칠 땅이 없었다. 몇 마지기 논, 몇 뙈기의 밭은 식구들이 먹고살기에도 야박스러웠다. 몇 년 만 벌어 와서 논밭을 사자는 생각이 들었다. 그래서 친구들의 뒤차를 타고 고향을 떠났다. 젊음이 무르익는 줄도 모르고 일을 배웠다. 자동차 정비 업소에서 기름때 가실 날이 없이 악착을 떨었다. 고향에서 야물어질 자신의 앞날만 꿈꿨다. 7년 만에 돌아왔더니 동네에는 서울로 가려는 사람들이 많았다. 집을 내놓은 사람에게서 집을 사고 논 다섯 마지기에 밭 두 뙈기도 곁들여 샀다. 값이 싼 게 웬 떡이냐 싶게 고마웠다. 혼자 살림에 동네일까지 보아 가며 밤낮 모르고 뛰었다. 총각 살림으로는 과하다 싶게 살림이 포실해졌다.

중진이 돌아왔을 때 벌써 생겨 있던 동네 안 새마을 유아원에 새 선생이 부임한 게 그 무렵이었다. 여선생이 아침마다 유아원을 향해 동네 앞길을 걸어 올라왔다. 눈을 부릅뜨고 보아도 동네에 처녀라곤 안 보이게 된 즈음이었다. 여선생이 오고 가는 시간이 눈여겨 보아졌다. 새마을 곡식 창고를 개량한 유아원을 중심으로 그의 행동 반경이 자꾸만 좁아졌다. 그럴 즈음 여선생이 종가 큰아들과 연애를 걸고 있음을 알게 됐다. 제대한 그 집 큰아들이 복학하기 전이라 집안일을 거들고 있던 참이었다. 동네 마루를 나서면 청년의 오토바이에 올라앉아 읍내로 나가는 여선생의 뒷모습을 자주 볼 수 있었다. 처음부터 무슨 욕심을 부린 것은 아니었다. 그저 얼굴 한번 보는 것으로 족했다. 서른 살 넘어 처음 느끼는 울렁거림이 낯 뜨거워 시치름한 얼굴을 애써 들고 다녀야 했다.

　종가 큰아들이 복학을 위해 떠나고 안 보이게 되었을 때 그가 한숨을 내쉰 건 여선생이 자신의 각시가 될 수도 있으리라는 소망이 생겨서는 아니었다. 감히 종가 종손과 겨룰 만한 배짱 같은 것은 없었다. 그럼에도 그즈음 어느 날 퇴근길의 여선생에게 자전거를 태워 주겠노라고 시선도 마주치지 못한 채 제안했다. 여선생이 자신의 자전거 뒷자리에 올라타리란 기대는 물론 없었다. 한데 여선생이 망설임 없이 뒷자리에 올라타 다리를 가지런히 모으고 그의 등을 붙잡는 게 아닌가. 심장이 멎을 것 같다는 표현이 유치한 게 아니었다. 여선생의 출근 시간에 맞춰 정류장으로 내려가고 퇴근 시간에 맞춰 유아원 앞에서 얼쩡거리길 반년 남짓 했을까. 여선생이 오고 가는 시간에 맞추느라 중진은 주변을 돌아다볼 겨를이 없었다. 동네에서는 종가 큰아들과 연애질하던 선생이 중진이와도 좋아

지낸다는 소문이 이미 무성해져 있었다. 200여 가구 남짓한 큰 동네, 타성바지가 드문 집성촌의 사건치고는 대단한 입방아감이었는데 그만이 무뎠다. 그 무렵 종가 큰아들이 샛바람처럼 다녀갔다. 여선생은 유아원엘 나오지 않았고 일주일 만에 후임 선생이 왔다.

그 뒤 한 번도 여선생에 대한 이야기를 들어 보지 못했다. 묻지도 않았다. 한번도 궁금하지 않았던 건 아니었다. 지금도 중진은 여선생에 대해 묻는 대신 성주댁에게 빈 사발을 넘기고 메마른 손바닥으로 입가를 훔쳐 낸다. 샘에서 사발을 부셔 샘 등에 엎은 성주댁이 금세 오겠다는 말을 남기고 총총히 대문을 나간다. 둘째 아들의 점심을 채울 죽을 쑤러 큰아들 집으로 가는 것이다. 큰며느리의 부엌에서 참깨나 들깨를 찾아내 씻고 새벽에 불려 놓은 쌀과 함께 갈 것이다. 오래지 않아 멈추게 될 어머니의 수고이므로 중진은 노모가 나간 대문을 멀겋게 건너다보다 엉금엉금 방으로 들어선다.

들들들. 갑자기 골목이 소란스럽다. 멀리서부터 차차 가까워진 소리였으련만 느닷없이 몰려온 폭풍처럼 느껴지는 경운기 소리다. 누렁이와 흰둥이가 기다리기나 했던 듯 한꺼번에 왕왕댄다. 그 소리를 기다렸던 것처럼 중진은 빛바랜 홑이불을 걷어 내고 몸을 일으켜 본다. 녹지근한 몸이 자신의 것 같지 않게 느리게 따라 일어선다. 사람 손 타는 일이 드물었던 문짝은 주인이 찾아든 지 한 달이 넘었는데도 여전히 삐걱거린다. 간신히 문을 열고 마루로 나서니 날카로운 햇살이 건조한 툇마루를 지키고 있다가 화살처럼 달려들었다. 그가 휘청거리며 문설주를 붙든다. 문 열리는 소리에 제집에 들어앉아 있던 개 두 마리가 쏜살처럼 뛰어나오더니 중진을 쳐다보며 겅중거린다.

손때를 탄 지 오래되어 가문 논바닥처럼 결이 갈라진 툇마루에서 1미터도 안 되는 토방이 벼랑처럼 아득하다. 자신이 서지는 않지만 내려가서 좀 꼼지락거려 보고 싶다. 부역 나간 형이 아직 돌아오지 않은 상태라 밥 때를 놓친 짐승들이 버글거리고 있었다. 3년 전 송아지 세 마리를 사다 넣은 것이 지금은 어미 소가 되어 새끼들을 옆에 붙이고 있다. 귀에는 축협에서 지정한 한우라는 딱지도 달았다. 요즘 소 값이 금값이라 했다. 중진이 형에게 의탁해 소를 들여놓은 것은 길러서 팔자는 속셈은 아니었다. 다른 짐승들도 마찬가지였다. 사람 소리는 들리지 않더라도 집을 비워 두기가 싫었다. 해서 명절 때만 되면 그의 집엔 짐승들이 늘어 갔다. 그의 집은 짐승들의 낙원이었다. 도둑고양이들까지 지천이었다. 그것들은 비어 있는 헛간을 제집 삼아 살며 온 집 안을 헤적이고 다녔다.

고무 슬리퍼를 간신히 발에 꿰고 마당으로 내려선다. 풀이 텃밭도 마당도 구분이 안 가게 우거졌다. 풀이 성근 곳에는 푸른 이끼가 모처럼의 햇빛으로 번들거린다. 슬레이트 지붕을 인 마당가 축사에는 암퇘지 일곱 마리와 암소 세 마리가 새끼들을 거느리고 제 세상처럼 살았다. 형 중환 씨가 어제 거름을 내는 기척이더니 축사 앞에 뭉실하게 솟은 거름 더미에서 발효하기 시작한 거름 냄새가 코를 찔렀다. 중진이 들어서자 고양이들이 먼지를 뒤집어쓴 구식 풍로 뒤쪽으로 소리 없이 사라졌다. 짐승들이 누워 있지 않은 칸엔 사료 포대 여러 개가 헝클어진 모습으로 누웠다. 주둥이가 트인 포대에 손을 넣어 바가지를 찾아낸 그가 힘들게 사료를 퍼낸다. 돼지들이 불불불 저희들 밥그릇으로 몰렸다. 반 포쯤 통째로 부어 줘야 할 텐데 침이 마를 뿐 엄두가 나지 않는다. 힘이 없는 채로 억지 쓰는 어린애처럼 바가지로 퍼주는 일을 되풀이하고는 수도꼭지를 틀어 물통도 채워 준다. 소구유에도 똑같이 한다. 그새 축사 앞에 몰려든 닭과 오리들에게도 모이를 내준다. 종종걸음으로 부리 다툼을 해대는 닭과 오리들은 하나같이 통통하게 살이 올랐다. 짐승들 밥을 다 주고 허리를 펴자 중진의 머릿속이 하얘진다. 땀이 비질비질 솟는다. 몇 달 만의 노동이었다. 움직이기가 힘들어지면서 땀 흘릴 일이 없더니 모처럼 찐득찐득 식은땀이 배어난다. 눈을 감은 채 심호흡을 가다듬으며 툇마루로 돌아와 몸을 부린다. 눈을 감으니 아득하게 추락하는 것 같다.

시내버스를 몰다가 나중엔 화물 트럭을 몰았다. 운전 일로는 화물 트럭이 맘도 편하고 보수도 나았다. 어느 날 빈틈없이 포장된 화물을 싣고 대전에서 돌아와 자신의 손바닥만 한 지하 셋방에 몸을 놓았을 때 급작스런 복통을 느꼈다. 지난봄이었다. 그날 밤사이 배 속에 가스가 차오르고 통증이 심해졌다. 중진은 낮에 휴게소에서 게걸스레 먹은 비빔밥이 체한 것이거니 여겼다. 방구석 페트 병에 반쯤 남아 있던 미지근한 콜라를 강소주 마시듯 빨며 아침까지 버텼다. 아침이 되자 견딜 만했다. 그래서 일을 나갔다. 회사에 도착하기 전에 소화제를 사 먹었다. 평소에 짜증스럽던 도로 체증이 오히려 다행스러웠다. 노인네 헛심 쓰듯 간신히 일을 마쳤다. 그날로 끝이었다. 다시는 운전대를 잡을 수 없었다. 헌 궤짝처럼 자신을 끌고 방으로 돌아와서 정신을 잃었던 것이다.

 온몸을 옥죄는 고통과 함께 아침을 맞고서야 그는 자신의 혼절을 깨달았고 별수 없이 병원을 찾았다. 동네 내과의 젊은 의사는 자세한 진찰을 해보지도 않고 그에게 큰 병원으로 갈 것부터 권했다. 대학 병원을 찾아가 진료를 받기까지는 주체 못하게 낯설고 지루했다. 대학 병원의 의사는 당장 입원을 하라 했다. 종합 검진을 해보자는 것이었다. 혈액 검사니 초음파니 자기 공명이니, 듣지도 보지도 못한 동위 원소니 하는 검사들을 사흘 걸쳐서 하는 동안 그는 저절로 중환자가 되었다. 결과를 기다릴 것도 없이 황달이 찾아왔다. 오른쪽 가슴 밑이 뻐근하고 돌덩이 같은 게 만져졌다. 그 부위에 간이 있다는 것을 그는 그때 처음 알았다. 병원 화장실 거울을 통해 본 그의 얼굴은 사나흘 새 누룩처럼 떠서 영락없이 중환자 몰골이었다. 결과를 가져온 의사는 지름이 10센티미터도 넘는 암 덩어리가 빠르게 커져 가고 있다고 했다. 손을 써볼 수도 없겠는데요. 그래도 얼마간 방사선 치료를 해보지요. 의사가 연민의 기색도 없이 태연한 얼굴이었으므로 중진도 맹장을 떼어 낸 듯이 헐겁게 서울 사는 동생 중수에게 연락을 했다.

중진은 방에 들어가서 누워야겠다 싶으면서도 쩡한 햇빛이 아까워 일어나지 못하고 마루에서 해바라기를 했다. 처마에 걸려 마루를 엿보는 햇빛이 난생처음 보는 듯이 눈부셔 눈을 게슴츠레 뜨고 있는데 덜 닫힌 대문으로 사람이 들어섰다. 종가의 형수뻘 되는 여인이다. 그의 억센 손에 제주도 관광 기념 글자가 찍힌 쟁반이 들려 있다. 쟁반에 수박 쪽과 참외, 복숭아가 색깔을 맞춘 듯이 곱게 얹혔다.

「오다가 엄니 만냈는디 아재, 점심은 잡삽담시룽요? 입가심이나 하시라고 가지고 왔소. 부역 나갔다가 오는 길에 밭에 들렀등만 묵을 것이 지천입디다. 사방에 묵을 것이 널렸어도 묵을 입이 모지란 세상이 되어 불지 않았소?」

「그러게요. 고맙습니다. 형수님.」

중진은 희미하게 웃는다. 그렇게 고왔던 형수가 세월과 햇볕에는 어쩔 수가 없구나 싶다. 중진이 부녀회 구판장 점원 일을 했던 10대 후반에 형수는 부녀회 실무를 보았다. 안팎의 일을 똑 부러지게 잘해 내던 형수였다. 자식 농사 또한 동네에선 으뜸가게 잘 지은 것으로 남부러움을 샀다. 여인의 스물네 살 난 막내딸이 지난봄에 서울에서 결혼했다. 중진이 병원에서 종합 검사를 받느라 피골이 상접해 가던 무렵이었다. 몸이 아프지 않았어도 그 결혼식에 가지는 못했을 것이다.
「아재, 입맛 안 댕겨도 엄니 생각해서 부지런히 잡수시오. 일어나야겠다고 악심 품으믄 몹쓸 병도 이긴답디다. 이 너른 마당이 오매불망 주인만 기다리고 있었는디 인자 일구고 살아야제라.」
서른 몇 살 때, 기껏 돌아왔던 고향을 다시 떠날 수밖에 없었던 그 일로 중진과 종가 사이에는 어떤 말도 오가지 않았다. 가뭇없는 꿈이었던 듯 누구의 입에서도 그 일에 대한 이야기를 들을 수가 없었다. 그랬으나 그 뒤부터 종갓집을 보기만 해도 중진의 얼굴에는 뭉클한 열기가 몰리곤 했다.
「형수님은 그 고생을 하시고도 여전히 고우십니다.」
「오매, 쩌그 소 막에 있는 소가 웃다가 사레 들겄소. 객쩍은 소리도 할 줄 아는 걸 봉게 아재도 나이가 들긴 했는갑소. 하기사 세월이 얼마나 흘렀는디. 세월이 유수라더니 그 이쁘든 애기 총각이 이러고 있는 걸 봉게 가슴이 꽉 멕히요. 아재, 힘 내시요잉.」
「걱정을 끼쳐서 죄송합니다.」
「별 말씀을 다 하시오.」
형수가 쟁반을 밀어 놓고 대문을 나간다. 마당엔 사람이 딛고 다니는 발자국을 따라 오솔길이 나 있다. 쐐기풀이라도 좀 털어 내고 싶은 마음이 있긴 했지만 낫을 들 기운조차 없는지라 중진은 방으로 기어든다. 닫혀 있던 방 안이 캄캄하게 그를 맞는다. 바깥의 햇빛 때문에 방 안에서는 더욱 역한 냄새가 나는 듯싶다. 그가 밖에 나가 있는 동안에도 그의 육신은 방 안에서 그 냄새와 함께 썩어 가는 중이다. 중진은 방 안의 어스레함에 익숙해지길 기다리지 못하고 흐트러진 이불 위로 쓰러진다. 통증이 몰려오고 있다. 그것들은 떼를 지어 하루에도 몇 차례씩 그를 짓밟고 지나간다. 낮에는 알약 진통제를 혼자 털어 넣고 참아 내지만 밤이 되면 읍내 보건소에서 일하는 동생뻘 되는 간호사가 나날이 곯아 가는 그의 몸에 진통제를 놓아 주고 갔다. 그러면 몽롱하게 하룻밤 견딜 만했다. 진통 시간이 짧고 극심하지 않을 땐 약 없이 버텨 보기도 했는데, 요즘은 그것들 없이는 한나절도 힘들었다. 어차피 스러질 몸뚱어리, 미리 약을 먹는다고 손해 볼 것도 없다. 작은 통증도 겪기가 싫은 것이다. 약 바구니에 미처 담기지 못한 약병에서 알약 대여섯 개를 덜어 낸다. 손바닥 위의 그것들은 갓 깬 병아리처럼 연한 노란색이다. 병원에서부터 약을 받아 들면 자주 기분이 이상해지곤 했다. 알약들을 말끄러미 바라보자니 새삼스레 그 기분이 되살아난다. 알약들의 색깔은 하나같이 곱다. 그의 평생에 누려 보지 못한 색깔 호사였다. 중진은 알약을 털어 입에 넣고 사탕을 아껴 먹듯 천천히 굴린다.

방문이 발칵 열린다. 내가 잠이 들었던 거구나 하고 깨닫는 순간 중진 곁에는 어느새 성주댁과 형 중환 씨가 앉아 있다. 중환 씨가 낮에 그의 방에 들어오는 일은 이삼 일 걸러서 한 번씩이다. 똥오줌 누는 거 이외에는 쓸모없었던 동생의 아랫도리를 벗기고 항문에다 관장약을 넣는 것이 중환 씨의 일이다. 중진은 잠든 듯이 어머니와 형의 일을 모른 체한다. 중환 씨도 동생이 통나무이기나 하듯 의향 묻는 일 없이 그 일을 반복한다. 환갑이 코앞인 중환 씨다. 삼 형제 사이에 누이 넷이 끼어 있어 그들은 터울이 많았다. 막내는 너무 어리고 손아래 동생 중진이 중환 씨에겐 힘이 되어 왔다. 앞날이 없는 동생을 보고 있자면 평생 해온 농사일이 자꾸만 헛짚였다. 노모를 돌려 앉히고 그 일을 하노라면 동생의 쪼그라든 자지가 턱없이 부아를 돋우는 것이다. 숨소리 한번 내지 않고 중환 씨가 방문을 닫고 나간다. 토방에 내려서는 중환 씨에게서 참았던 화증을 카악 내뱉는 소리가 들려온다. 그것을 신호로 중진이 눈을 뜬다. 방문 앞에 빛살이 너울거리는지 문살이 어지럽다.

「일어났드냐? 느그 형수 장에 간다는디 뭐 묵고 자픈 거 없냐?」

「염사가 없네요. 중수는 아직 안 왔어요?」

「인자 오겄지. 뭐 기운 채릴 것 좀 묵어야 안 쓰겄냐?」

「생각나믄 먹지요. 부역은 다 끝났답디요?」

「뒷일을 하고 있는갑드라. 시방 방앳간 옆에다가 풀 더미를 태산같이 쌓고 있드라. 한나절 일로 그만큼 모타 내는 것 보믄 사람 심이 참 무섭다.」

「엄니, 뭐 하나 물어볼게요.」

중진의 말에 성주댁이 벗겨 낸 아들의 속옷을 챙겨 들다 말고 주저앉는다. 중진은 그대로 누운 채이다. 망설이는 듯한 아들 기색에 성주댁의 눈초리가 뜨악한 채로 빛난다.

「옛날에 유아원 있을 때 말이요, 여선생 있었지요. 오래돼서 엄니 기억하실랑가 모르겄소.」

「그 노리 꼬랭지맹키 매꼬롬한 년 말이제? 그년을 나가 어째 잊어부렀을라디냐.」

「노루 꼬리요? 엄니도 참!」

「그년이 시방 왜 궁금한가 몰겄다?」

「그냥 할 일이 없으니 생각이 나네요. 어떻게 사는지.」

「우리 동네 사램도 아니고, 나가 어디서 그년 말을 들겄냐? 그 뒤에 언젠가 공장에 딱나무 껍데기 벳기러 가서 들응게 뭐, 어떤 놈하고 정분이 나서 읍내서도 안 보인다는 이약만 들었니라. 그년이 노리 꼬랭이도 아니고 백여시였제.」

「엄니는 그 사람을 어째 그리 미워하시오? 그 사람이 나한테 뭐 어쨌다고? 탓을 하려면 나를 탓해야제라.」

「고 백여시가 그르케 초를 쳐서 니가 장개도 못 들어 보고 이 꼬라지가 돼 분 것 같아서 고년 생각만 하믄 나넌 여적도 가심이 벌벌 떨린다.」

동생 중수가 그동안 중진을 위해 내세운 색시감이 열 명도 넘었다. 하지만 여자들은 한결같이 중진을 마다했다. 시골살이가 싫다는 게 그들의 공통된 이유였다. 중수가 각시부터 얻고 보자며 시골

가서 살 거라는 얘기를 빼라기에 의뭉한 표정으로 앉아 있었어도 맘을 건네 오는 여자는 없었다. 어느 여자에게도 자신이 서방 노릇 할 위인으로 보이지 않는다는 것을 인정한 것은 마흔이 넘으면서부터였다. 연변이니 필리핀 같은 데서 여자를 사와 결혼할 수도 있을 거라 했지만 중진은 포기했다.

「그 선생이 엄니한테 그런 말을 들을 이유는 없제라. 나 아니었으면 큰집 메느리 됐을 것인디.」

「하이고, 큰집 사램들은 봉사간디? 애당초 참한 여자가 아니었다. 심지가 굳은 년이었음사.」

「엄니 메느리 삼고 자폈소?」

「암만. 입은 삐뚤어져도 말은 바로 해얀다고, 동네 사람들 보란 대끼 메느리 삼고 자폈다. 지년이 홍시는 고사하고 곶감 비스꼬롬한 맴도 없음시롱 니한테 꼬리를 쳤으리라곤 생각 못했응게.」

「괜한 소리했다가 엠한 사람 욕만 먹였는갑소. 가셔서 쉬시오.」

「글 안 해도 빨래해 널고 나가 볼 참이다. 뭐 묵고 자픈 거 없냐?」

「큰집 행수가 갖다 놓은 과일 가져다 냉장고에나 넣으시오. 상하기 전에.」

「니는?」

「생각나믄 제가 달라고 할게요. 엄니는 맘 편히 잡수시오.」

「맘 펜히? 니 말이 펜쿠나 천하에 못난 놈이.」

성주댁이 열통적게 떠죽거리곤 방문을 닫고 나간다. 문을 열어

놓으라는 아들의 말에 바깥에서 다시 문을 잡아당기는 성주댁의 손길은 여전히 야발스럽다. 자세만 고쳐 누우면 마당이 훤히 내다보일 것이다. 마당가를 따라 죽 둘러 심어 놓은 과수들과 그 밑에서 잡초들과 섞여 얼굴을 알 수 없게 되어 가는 더덕 넝쿨들까지도. 손 넣을 틈 없이 저들끼리 어우러져 자라는 식물들이 야생 상태로 억세게 커가고 있다. 돌아눕지 않아 누렇게 뜬 벽지만 보여도 중진은 자신의 뜰을 손바닥 들여다보듯 그릴 수 있다. 그 뜰을 함께 일굴 꿈을 꿨었다. 한낮에 잠깐 자다가 꾼 꿈인 것처럼 허망하게, 흔적조차 없지만 오래, 오래도록 그 환상이 나머지 날들의 꿈자리를 서성였다. 작고 동그랗던 여자였다. 수줍어하는 그를 보며 안경 속에서 환히 웃던 눈. 자전거 뒷자리에 올라타 자신의 등을 붙잡던 작고 희던 손…….

자네들 온가. 들어가 보소. 부역하니라고 등이 휠 것인디 이렇게 잊지 않고 왔네들. 성주댁의 구시렁거리는 소리가 중진의 등을 잡아당긴다. 누가 툇마루에서 큼, 하는 기척을 낸다. 중진이 문 쪽으로 돌아눕기 위해 애를 쓴다.

「그 안이 꺼껍한게 안 들어갈라네. 오늘은 자네가 나오소.」

중진의 죽마고우들이다. 검붉게 그을리고 장승처럼 굳건해 뵈는 두 사내가 방문 안쪽을 향해 짓궂게 하는 소리다.

「누군 뼈가 빠지게 일하는디 누군 방에 누워서 빈둥거리기나 하는구만. 아, 얼렁 안 나오고 뭐 항가? 만날 그렇게 뉘만 있으면 되레 기운이 떨어지제, 쪼깐이라도 움직여야 몸도 살맛이 날 것 아닌가마시.」

일가인 동무 중우가 큰 소리로 시룽거린다. 중진이 누운 채 몸을 움직여 방 문턱까지 다가간다. 일찌감치 마을을 떠났다가 외지에 정착하지 못하고 돌아온 기남도 함께다. 지금은 둘 다 영농 후계자이자 동네의 대들보다. 몇 동씩이나 되는 비닐하우스에 매달려 사느라 마누라 고쟁이 구경할 짬이 없다면서도 그들은 날마다 중진에게 들르는 것을 잊지 않는다. 벌써 대학생 학부형인 중우가 기둥 옆에 세워 두었던 소주병을 앞으로 내세운다. 호주머니에 찔러 가지고 온 모양이다. 기웃하게 쓰고 있던 낡은 민방위 모자를 벗어 마루 구석으로 던지면서 소주잔으로 쓸 그릇을 찾아 구부정하게 부엌으로 들어가는 중우 등을 흘기며 기남이 한마디 던진다.

「술에 걸구가 들렸는가, 되게도 밝혀 쌓는구만. 어이 중진이, 오늘은 좀 어떤가?」

「그럭저럭 견딜 만해.」

「빨리 털고 일어나야제.」

방 문틀에 기대앉아 그래야지, 대답은 하는데 기운은 자꾸 졸아들기만 한다. 중우가 사기 사발 한 개를 들고 나와 샘가에서 쉬쉬 소리를 내며 빨래를 하고 있는 성주댁의 뒤통수에 대고 소리를 지른다. 엄니, 안줏거리 좀 주시오. 뭔 놈의 정지 구석에 짐치 한 꼭지가 안 보인다요? 중우의 투덜거림에 성주댁이 미안쩍다는 듯이, 살림을 살아야제…… 하며 말끝을 사리다 말고 방 안에 외랑 수박이랑 있다고 소리쳤다. 중진이 힘겹게 손을 뻗어 방문 안쪽에 아직 놓여 있던, 참외며 수박 따위가 얹힌 쟁반을 끄집어 밀어 준다. 단내 속에 벌써 신내가 섞이고 파리가 꼬이는 참이다. 중우가 걸터앉기 바쁘게 소주를 찰찰 붓더니 급히 들이켠다. 말타박을 하던 기남도 술을 따르기 바쁘게 들이마신다.

「아따, 안 묵는단 놈이 두 투갱이 반이라더니 지가 더 숨넘어가네.」

「이눔아. 말 좀 곱게 써라.」

「시방 그렇게 말하는 입은 새각시 입이여?」

「자네 입보다야 신사제.」

「신사가 떡 감다 사레들어 죽겄다.」

중진이 정말 모처럼 소리 내어 웃는데 아랫배가 몹시 당긴다. 빈 동굴에서 메아리처럼 울리기는 해도 자신의 웃음소리를 듣는 일은 즐겁다. 빈말로라도 그까짓 병이라고 몰아붙이지 못하는 사람들이다. 저희들끼리의 시망스런 말장난으로 병문안 온 시간을 때우려는 마음이 손에 잡히는 듯했다. 부러 말조심 않고 자근거리는 그들이 그래서 고맙다. 중우가 짓궂게 제가 마시려던 술 사발을 중진에게 내밀며, 자네도 한잔 할랑가? 하자 기남이 눈을 흘긴다.

「완마, 이 자가 한 잔 술에 벌써 맛이 간 모양이시? 평생 중진이 술 묵는 거 봤냐? 원래도 쐬주 한 모금이면 얼굴이 꽃 각시같이 벌게지는디 어따 술을 권해?」

「늙어 감시롱 술이나 배웠는가 싶어서 그랬제. 그렇게 타박할 건 뭐 있냐 이놈아.」

「참말로 미치겠네이. 시방 한판 붙어 보자고 시비냐?」

「해보자면 이 인사야, 내가 질 것 같냐? 삐삐 말린 잔멸치 꼴을 해가지고.」

중진이 또 웃는다. 갑자기 세상이 밝아 보인다. 이렇게 살 수도 있었을 텐데. 어느 빈 들판을 헤매다가 낯선 문 앞에 남 앞서 도착하게 되었을까. 술을 배우지 못한 것이 체질 탓이라고 몰아오긴 했었다. 그러나 한번 길을 트면 그것으로 날이 새고 저물 것 같은 두려움이 컸다. 이런 날이 앞에 쉬이 당도할 것을 알았다면 때때로 재미를 찾아 일부러 나서 보기도 했을 것이다.

「그만들 해라야. 그러다 씨름판 벌어지면 내 소 끌어갈 일 생기겠다. 아예 한 마리 내줘?」

중진이 내놓은 농담에 동무들이 희떱게 웃어 젖힌다. 농담을 일삼아 즐기는 사람들이기는 하다. 도저히 농담할 기분이 아닌데 떠들다 보면 친구의 병이 긴가민가하게 느껴져 자꾸만 소리가 높아지는지도 모른다.

「그라믄 씨름은 그만두고 풀 매기 시합이나 허자. 사람 들어온 지가 언젠데, 마당을 이 모양으로 두었으니.」

그들이 소주를 홀랑 털어 넣으며 일어선다. 중진이 자넨 예서 구경이나 하소. 마침 퇴비 소리에 귀가 닳는 판이니 유기질 비료 증산이나 해야 쓰겄네. 중우가 팽개쳤던 모자를 눌러쓰며 하는 말이다. 기남도 중진을 돌아보며 씩 웃는데 댓돌같이 그을린 얼굴에서 눈만 하얗게 반짝인다. 기남이 대문 앞에서 잘 벼린 낫 두 자루와 곡괭이 두 자루를 들고 들어온다. 처음부터 오늘은 그 일을 할 요량으로 찾아온 것이다. 빈 장독대 위에서 빨래를 널던 성주댁이 반색을 한다. 마당을 보면 나날이 속이 시끄러웠다. 그렇지만 혼자 손으로는 한쪽을 뽑기가 바쁘게 다른 쪽에서 비집고 나오는 그것들과의 실랑이질이 버거웠다. 짬도 없었다. 노구를 끌고 중병 든 자식 뒷바라지만으로도 벅찼던 참이다. 성주댁도 호미를 들고 마당의 잔풀들을 매기 시작한다. 중진은 방 문턱에 베개를 놓고 그 위에 엎드려서 그들을 내려다본다. 성주댁이 마당 안 파이게 조심스레 비워 낸 땅에 쇠비름이며 강아지풀, 망초, 쑥부쟁이 들이 한 아름씩 모인다. 그걸 바라보던 중진이 머리를 떨어뜨리며 잠이 든다. 또 정신을 잃는다는 생각을 하는 것은 그 혼자만의 몫이다. 노망났다가 잠깐 제정신 든 노인네처럼 그의 마음은 옛날로만 치닫다가 기운을 놓는다.

저녁으로 죽 몇 숟가락을 겨우 떠넣었는데도 속에서 받아들이지 않아 애를 태우는 참이다. 성주댁이 아들의 기색을 살피며 등을 가만가만 토닥여 주는데 밤벌레 소리가 끊이지 않고 들린다. 모자간에 그렇게 앉아 옛날에 한동네에 살았던, 지금은 없는 사람들 이야기나 나누다 잠이 들망정 텔레비전은 켜지 않는다. 집으로 돌아온 뒤 중진은 텔레비전 보기가 싫었다. 거기다 눈을 앗기고 있기에는 시간이 아까웠다. 벌레들 우는 소리며 지나가는 바람 소리, 드물게 골목을 걸어가는 사람들 발자국 소리를 듣는 게 좋았다. 막둥이가 오는갑다. 성주댁이 나지막이 말하는데 대문 덜컹이는 소리와 함께 개들이 시끄럽게 짖는다.

「아이고 덥네, 형님 좀 어떠슈?」

문을 열고 들어선 중수는 중진보다 키가 작지만 몸이 훨씬 다부지다. 막일에도 물렁해 뵈던 중진과는 달리 중수 어깨엔 못이 박인 단단함이 있다. 아직 방학일 아이들을 데려올 줄 알았던 중진은 동생의 뒤를 엿보다가 서운해진다. 밤들면서 가을 저녁 같은 선선한 바람이 모기장이 붙은 방문 안팎을 넘나드는데 중수는 땀을 많이 흘린다.

「견딜 만하다. 먼 길 오니라고 고생 많았다.」

「서울 빠져나오는데 차가 어떻게나 밀리던지 추석 때 귀향하는 기분이데요. 제길, 그렇게 미어지게라도 놀러들을 가고 싶은지. 길이 그 모양일 것 같기도 하고 따로 맘 쓰고 싶지도 않아서 애들은 안 데려왔어요. 개학도 얼마 안 남았고……」

아이들, 특히 막내를 기다렸을 형의 심정을 아는지라 중수가 셔츠를 벗어젖히며 늘어놓는 변명이다. 밥은 어쨌느냐고 성주댁이 뒤늦게 막내아들의 끼니를 챙긴다.

「큰집에 들러서 먹고 왔어요. 그나저나 형, 숨 가쁘게 돌아치며 살던 사람이 어떻게 지내시오?」

「뭘 하는지는 모르겠다만 날마다 하루해는 짧다.」

「시간이 잘 간다니 다행이네요. 그렇게 고집을 부리더니. 이러고 있느니 병원에서 무슨 짓이건 해봐야지.」

「희망만 있었다면야.」

「형님은 환자예요. 환자가 그걸 결정해요?」

「내 몸뚱아린게.」

「그렇게 잘난 사람이 쓸데없는 놈은 왜 오라 가라 법석이슈?」

병원에서 나오자고 했을 때 극구 말리다가 결국 화를 벌컥 냈던 동생이었다. 어쩔 수 없이 퇴원 수속을 해주면서도 중진의 얼굴을 바로 보려 하지 않았다. 한 달 만에 형을 보러 온 사람이 성질 끓는 대로 볼 부은 소리를 내지르는 까닭이 거기 있었다. 중수는 다감한 사람이었다. 일찍 아이 아버지가 되면서 고생을 한 탓인지 다섯 살 손위인 중진보다 나이가 더 들어 보였다. 형을 챙기는 면에서도 그랬다. 해서 중진도 때로 자신이 동생이 된 듯한 착각이 생기곤 했다.

너무 엇나갔다 싶어서 입을 다문 중수가 노모와 형의 얼굴을 번갈아 살피고 나서 천장을 향해 고개를 든다. 아직은 형이 괜찮아 보이는 게 심통 부릴 여유를 줬는지도 모른다. 대꼬챙이처럼 말라 있고 복쟁이 배인 양 불룩하긴 해도 황달기는 덜하다. 무엇보다도 표정이 평온해 보인다. 하지만 희망을 포기한 평화다. 체념한 채 오히려 편하게 생각하는 형이 무책임해 보이고 내던지고 싶게 못나 보인다.

「언제가 될지는 모르겠다만 나, 가면 말이다, 이 집은 그냥 이대로 됐으면 한다. 형님 손 닿을 때까지 만이라도. 그리고 저기 테레비 밑 서랍 열어 보면 통장 두 개 있다. 도장도 있고. 비밀 번호는 앞장 보면 알 거야. 액수가 크지는 않다. 하난 엄니 몫이고 네 이름으로 된 거는 애들 교육비 보태 써라.」

중진이 누구에게랄 것 없이 나직하게 한 말이었다. 풀벌레들 소리에 섞여 느리게 하는 말이 끝나자 치르르, 하는 소리들이 일시에 뚝 끊긴다. 그러더니 다시 소나기가 지나가듯 곤충들이 밤을 운다. 늦여름 저녁 공기가 떨린다. 계절의 오고 감을 제일 먼저 느끼는 미물들이 계절의 변화를 예고하고 있는 것이다.

「에이! 개구리 새끼들보다 더 시끄럽네.」

가을벌레들 소리가 마땅치 않은 중수는 화가 나는 것을 참느라 표정이 일그러진다. 성주댁은 뒤늦게야 중진의 말을 알아듣고 기가 막혀서 입매를 이죽거린다. 윗집에서 들리는 개 짖는 소리가 신호이기나 하듯 중수가 끝내 방을 뛰쳐나간다. 형이 석 달을 넘기기 어려우리라던 의사의 말이 명치끝에 체증처럼 늘 얹혀 왔었다. 그래도 설마, 한 사람의 생애가 그리 쉽게야 끝날까 보냐고 현실감

없이 지내 온 것도 사실이다. 이따위 집구석 두면 뭘 하고 불을 싸질러 버리면 어떻다는 것이냐. 병신 새끼! 살고 싶지도 않은 인간이 남아 있는 사람들 걱정은 뭐 하자고 하는가 말이다. 마당에 내려선 중수가 방 안을 향해 소리를 내지르는 대신 담배를 찾아 입에 무는데 손이 덜덜 떨린다.

중진은 잠에서 깨어나면서 기이한 느낌을 받는다. 눈 뜨는 일이 난생처음 해보는 것처럼 홀가분하고 신통하지 않은가. 눈이 열리자 보이는 천장의 파리똥마저 대견하다. 그 느낌이 사라질까 싶어 움직이기가 싫다. 이런 기분으로 눈을 떠본 적이 있었던가. 오늘 하루가 괜찮을 거다, 그렇게 기껍게 잠자리를 털어 내 본 적이 있던가. 밖에서 들려오는 소리들이 귓가에 와 닿는다. 가슴이 두근거린다. 개 짖는 소리와 제비들의 지저귐, 수도꼭지에서 물 흐르는 소리와 비비정한 소 울음소리. 경운기의 딸딸거림도 아침을 일깨운다. 일어나서 마당이라도 거닐어 보고 싶다. 내일 아침이라는 시간이 보장된 나날이 아니다. 맨발로 흙을 밟으면 한결 기운이 돋을 것이다.

몸을 일으킨다. 수상하다. 일어나야겠다는 의지는 생각뿐 몸이 움직이지 않는다. 특히 다리가 전혀 자기 것 같지 않다. 안간힘을 써서 옆으로 돌아누워 보려 시도하는데, 안 된다. 심호흡을 하고 다리를 들어 올려 본다. 조금도 움직이지 않는다. 실제로 그런가

하고 부릅뜬 눈으로 발치를 건너다본다. 흰모시 반바지 밑으로 드러난 정강이는 장작개비처럼 조금도 움직이지 않고 있다. 아아! 마비가 왔구나 드디어. 그래, 다리가 먼저 나를 떠났어. 중진은 의당 그러려니 머리를 주억거린다. 매일 밤 아들 곁에서 찌그러진 망태 마냥 웅크리고 자던 어머니는 샘가 절구통에 엎드려 절구공이와 실랑이를 하는지 먼 움직임으로만 느껴진다. 어머니와 대거리하는 동생 목소리도 우렁우렁 섞여든다. 다리를 움직여 보려던 생각을 포기하고 중진은 동생을 부른다. 큰 소리를 냈는데 실제로 자기 귀에 들리는 소리가 없다. 확인하듯 입 모양까지 생각해 가며 억지소리를 내보지만 너무 약해서 그의 목소리는 문 하나 바깥의 피붙이들에게 닿을 수가 없다. 겨우 손을 움직여 더듬거리자 약병이 잡힌다. 그걸 이를 악물고 붙잡아 문을 향해 던진다. 약병 뚜껑이 덜 닫혀 있었던지 반쯤 남은 알약들이 쫘르르 쏟아진다. 방바닥에 알약들이 배를 뒤집고 떠오른 올챙이들처럼 동동 구른다. 형님 일어났는갑네요. 밖에서 중수가 알아듣는 기척을 느끼고서야 중진은 부릅떴던 눈을 스르르 감는다.

「형 깼소?」

잘 열리지 않는 여닫이문을 밖에서 왈칵 당기며 중수가 들어섰다. 중진이 어렵잖게 눈을 떴다. 동생 뒤로 선뜻한 기온이 그림자 긴 아침 햇살을 달고 들어온다. 중수가 형 잘 잤느냐고 다시 묻다가 말고 굳는다. 형이 이상하지 않은가. 창고처럼 이것저것 쌓인 건넌

방에서 새우잠을 자고 일어나기가 바쁘게 형을 살폈다. 겨우 반 시간 전인데, 그때와 분명히 다르다. 중수의 낯빛이 갑자기 핼쑥해진다. 무너지듯 중진에게 달려들어 가뿐한 상체를 안아 들고 흔든다.
「형! 형님.」
가물가물 중진이 실눈을 뜨며 짜발량이처럼 웃는다. 하이고 난 또……. 중수가 중진의 상체를 제 무릎에 올려놓은 채 왈칵 눈시울을 붉힌다.
「아침부터 사람 놀랠 일 있소?」
무게가 느껴지지 않는, 마른 등걸 같은 중진의 찡그린 미소가 중수의 가슴을 쥐어뜯는다. 아프요? 의사를 부를까? 중수의 목멘 물음에 아니, 하고 대답은 하는데 소리가 거의 나지 않는다. 괜찮다고? 지금은 좀 안 좋아 뵈는데요? 중수의 외침에 중진이 고개를 흔든다. 주의해서 보지 않으면 아무 움직임도 느낄 수 없는 작은 고갯짓이다. 중진이 실낱같은 눈짓으로 동생의 상체를 끌어당긴다. 중수가 상체를 굽히자 미약한 숨결이 얼굴에 와 닿는다.
「무슨 할 말 있소?」
엄니랑 성 오시라고 해. 그 달싹거림의 의미를 겨우 알아들은 중수의 가슴이 철렁 내려앉는다. 일시에 피가 받으면서 찬 바람이 옴씰하게 갈비뼈 밑을 후비고 든다. 형을 바싹 끌어안으며 바깥을 향해 엄니! 하고 외치는 중수의 목소리가 잔뜩 쇠었다. 그를 따라 방에 들어왔던 햇살이 뒤엉킨 형제의 몸을 핥으며 술렁였다.

너무, 아름다운 예외

1

239킬로미터의 속도로 달리면 지고, 241킬로미터의 속도로 달리면 사고가 나고 마는 자동차 경주와 같던 시절. 그때는 지거나 죽는 걸 같은 일로 쳤다. 사고가 나는 게 당연했다. 열여덟 살이었다. 그때를 기점으로 나는 더 이상 젊지 못했다. 하지만 때로 역류의 시간을 겪곤 한다. 번번이 부딪치는 여자, 내 동정을 내버리는 시험지로 사용해 버렸던 계집애의 환영 때문이다. 불시에 얻어맞고 뒤늦게 느껴지는 통증처럼 몸 어딘가가 결리는 것은 여자와 부딪칠 때마다 겪는 증세다.

점심을 먹고 나왔나. 포갠 다리 위에 종이컵 든 손을 얹은 여자가 회사 뒤뜰 벤치에 오도카니 앉아 있다. 본사로 옮겨 와 한 달이 지나는 동안 문득문득 두리번거렸으니 우연히 보게 된 거라고는 할 수 없다. 전산 센터가 있는 9층에는 안 올라가 봤어도 날마다 내 사무실이 있는 6층에서 뒤뜰은 내다보았다. 종이컵에 든 커피를 홀짝이며 뜰로 나가자던 정 대리가 여자를 보고 굳어 있는 내 기색을 살피며 뭘 좀 안다는 얼굴로 다가든다.

「선배님 저 여자 첨 보셨죠? 전산 센터 정보 분석 팀장이에요. 입사할 때 1등이었다는 설이 있어요. 그래서 젤 일찍 과장 달았고요. 아마 선배님보다 한참 빠를걸요? 저 여자 잡으면 봉 잡는 건데, 사이버 인물같이 잘 안 잡히나 봐요. 근데 우리 동문인가 보던데요? 동문회에는 전혀 안 나와요. 누가 섹시한 마리아 같다고 했는데, 그럴듯해 보이죠?」

열여덟 살 때라면 정 대리를 향해 벌써 주먹이 나갔을 텐데, 참아지는 걸 보면 나이가 들기는 했다. 일부러 쫓아다녔다고까지는 할 수 없어도 같은 대학을 다니고 있다는 사실을 알게 된 순간부터 어쩔 수 없이 지켜보게 된 여자였다. 같은 회사 신입 사원 합격자 명단에서 박세진을 발견했을 때는 경악했다. 전생이 있다면, 그 어느 켜에 분명히 박세진이 있을 터였다. 그렇지 않다면 그런 식으로 충돌한 후에 이렇게 질기게 만날 수는 없지 않을까. 어머니와 할머니는 당신들이 전생에 무슨 업을 지었기에 나 같은 놈을 아들로 손자로 두었는지 모르겠다고 질리도록 한숨을 쉬었다. 피해자 측에서 쉬쉬하며 넘어갔더라면 또 모른다. 그 전의 패싸움이나 분탕질처럼 나를 덮어 주기 위해 할머니도 어머니도 숨죽이며 넘어갔을지도. 하지만 나를 비롯한 다섯 명의 패거리는 술과 약에서 깨어나지 못한 상태로 현장에서 검거됐고 학교에서 귀가하던 여학생을 끌어다 윤간했다는 사실은 날이 새기도 전에 세상에 알려졌다. 신문 사회면 한 귀퉁이에 실렸던 것이다. 그 계집애의 아버지가 밤마다 같은 시각에 딸을 마중 다닌다는 사실을 우리가 어찌 알았겠는가. 하나같이 제정신이 아닌 상태에서 표적을 포획하는 데만 골몰했으므로 계집애를 끌고 짓다만 건물 안으로 들어가면서 계집애의 가방을 떨어뜨렸다는 것도 몰랐다. 무엇보다도 그 일이 그렇게 세상 뒤집힐 짓이라는 생각을 하지 못했다. 급기야 집안이 완전히 망했구나. 망하려면 필연코 말종이 생기는 법이다. 때가 된 게지. 당신의 큰손자와 외아들을 저승길에 앞세우고 백 년 된 지붕을 가까스로 지탱하고 있던 할아버지는 그때 박세진의 아버지를 찾아가 무릎을 꿇었다고 했다.

「쓸 만한데? 저 마리아한테서 커피 얻어 마시는 데에 만 원 걸까?」

다른 여자도 아닌 박세진을 두고 내기를 하자는 내 말투 또한 정대리와 다를 게 없다. 제 말투를 따라 했는데 너무 야비했던가, 정대리가 놀란 얼굴로 도리질을 했다.

「까닥했다간 성희롱에 걸려 뼈도 못 추려요. 1분이면 전국 지점 여직원들한테 연판장을 돌릴 수 있는 여자라고요. 아무도 저 여자한테 접근을 못하는 이유가 뭔데요?」

「회사 안에서 직급도 그렇지만 우리 동문이라면, 자네한테는 한

참 선밴데 말말이 저 여자 저 여자 하는군? 선배 대접이 그것밖에 안 된다면 동문회 따위가 무슨 소용이야? 표정이 묘하군. 어쨌든, 정 대리는 결혼했잖아. 난 순결한 총각이야. 이건 성희롱이 아니라 버젓한 로맨스라고. 기다려 봐.」

이 작자가 대체 왜 이러나 싶은 눈으로 쳐다보는 정 대리한테 종이컵을 넘겨줘 버리고 여자를 향해 걷는다. 새로운 인간이 되기에는 너무 무거운 습성들이 내게 들러붙어 있을 것이다. 퇴적층처럼 겹겹이 쌓인 그것들을 잘게 부수어 거르고 또 걸러 내면 황금빛으로 빛나는 죄과가 나타나겠지. 갈 데까지 가보겠다는 혈기와 앞날 안 보이는 혼돈으로 빚어진 찬란한 결정체! 내가 어쩌자는 것인지는 나도 알 수가 없다. 내일 모임에 불참하게 되리라는 것만 분명할 따름이다.

2
안녕하십니까, 저는 상호 금융 공제 팀에서 일하는 김태합니다.
어제 낮, 불쑥 눈앞에 선 그가 그렇게 말을 건네 왔을 때 놀랐던 건 기시감 때문이었다. 이해 안 될 정도로 익숙하고 친근한 그의 눈길 때문에. 장난기 가득한 얼굴 때문이려니 하면서도 설레었다. 사무실로 돌아가 그의 개인 정보 파일을 열어 봤더니 같은 학교 출신인 데다 졸업 연도도 같았다. 아, 그랬구나 하면서도 설레긴 마찬가지였다. 아니, 설레었다고만 할 수는 없다. 뭔지 모를 불안이 분명히 섞여 있었다. 거부감이기도 했다. 하지만 그 불안과 거부감은 남자를 새로 만날 때마다 생기는 습관 같은 거였다. 김태하 탓이 아니었다. 인상이 그렇게 좋은 남자는 흔치 않았다. 만날 약속 장소를 정해 달라던 그는 반듯하게 생겼거니와 예의가 발랐다. 장난처럼 다가왔지만 오늘 약속이 장난이 아니라는 신뢰를 가질 만한 과묵함도 보였다.

그렇다고 10여 분 전부터 나와서 기다리는 이 몰골이라니.

강변 역 매표소 근방의 드넓은 공간에서 마땅히 서 있을 자리를 발견하지 못해 원기둥 하나를 기점으로 맴을 돈다. 늘 이렇게 부표 같은 몸짓으로 무언가를 기다렸다. 누군가보다도 무언가를. 짧았던 관계들까지 친다면 열 명도 넘을 남자들을 기다리며 언제나 서성거렸던 건 그 때문이었다. 그들을 밀쳐 낸 이유도 같았다. 어떤 냄새나 몸짓, 색깔이나 분위기. 뭐라고 꼬집어 표현할 수 없는데 신경 세포가 돌연변이라도 일으킨 듯 관계를 절단하고 싶은 순간이 꼭 생겼다. 번번이 결정적인 무언가가 아니다 싶었던 것이다. 그게 뭐였을까.

정오였다. 5분쯤 남자를 기다리게 하는 것도 괜찮을 것이다. 벌써 쥐가 날 것 같은 다리를 끌고 화장실로 들어간다. 고등학생일 법한 여자 아이들 여럿이 금연 팻말 앞에 삐딱하게 서서 담배를 피워 댔다. 누군가 시비를 걸어 주길 바라는 걸까. 휘둘러 대는 눈길들이 한결같이 시비조다. 졸라 드러. 거리낌 없이 뱉어 내는 말들은 욕설투성이다. 닿기만 해도 폭탄처럼 터질 것 같은 그들을 외면하고 거울 앞으로 다가들어 꼼꼼하게 매무새를 살핀다. 거울 속에서 늘 만나는 시선임에도 때로 낯설게 느껴지는 얼굴이 지금은 감실감실 피었다. 씨바 새이, 내가 울어야 할 판에 지가 왜 우냐고. 웃기지도 않아. 거울 속에서 긴 생머리를 늘어뜨린 여자 아이가 담배 꽁초를 벽에다 내던지며 말하자 주변에 포진하고 있던 다른 아이들이 낄낄거린다.

아이들의 위악스런 웃음에 맞춰 돌연 거울 속에 어떤 눈길이 끼어든다. 눈물이 가득 차올랐으나 흘리지 않으려고 악물고 있는 눈. 멀리서 가늘고 흐릿하게 비쳐든 빛을 따라서 전리품을 앞에 둔 사냥꾼의 눈길은 몹시 흔들리고 있었다. 몰이꾼들이 둘러선 채 그를 몰아붙였다. 그때 추락하는 이카루스처럼 절망적인 눈빛이라고, 여겼던가. 감기려는 눈을 치뜨고 그 눈길과 대적하기 위해 거울을 노려본다. 거울 속에는 내 눈뿐이다. 사실 나는 기억하고 있는 게 거의 없었다. 지옥 같은 어둠 속에서 어떤 눈빛을 보았다는 감각만이 남아 그때 내 몸을 찢고 들어온 것은 그 하나, 단 한 번의 눈길이었다고 상상할 뿐이다.

12시 10분인데 김태하는 아직 나타나지 않았다. 하기는 10분 이상 늦는 남자를 기다리지 않는 건 내 규칙일 뿐 이 도시에서 10분 정도 늦는 건 상식이다. 한 시간여 전 미진은 외출하려는 내게 능력 있잖느냐고, 꼭 그렇게 남자만이 구원인 것처럼 굴어야 하느냐고 바락바락 화를 냈다. 남자 인상이 좋더라는 말에는 기가 막힌다는 얼굴이 되었다. 그래서 내가 남자를 새로 만날 때마다 미진에게 그 인상 좋더라는 말을 먼저 꺼냈다는 사실을 깨달았다. 그런 뒤 그들의 인상을 구기게 만드는 사람은 언제나 나였다. 미진의 말대로 길 걷다 당한 사고가 무슨 자랑스런 무기라도 되는 것처럼 만나는 남자들마다 내보이면서 실험을 해보았지 않은가. 혹시 윤간당한 여자 이야기 들어 봤어요? 내 친구가요, 고등학교 때 밤길을 걷다가……. 술에 취해, 친구 이야기인 듯이만 말해도 남자들은 머리 아파했고 바로 다음 날부터 나에게로 연결된 코드들을 하나하나 뽑아냈다.

 12시 20분. 손목시계 초침보다 빠르게 뛰던 심장이 차츰 느려졌다. 점점 움직이기가 무서워진다. 5분이 더 지난다. 손가락만 까딱해도 발가벗겨져 내동댕이쳐질 것만 같다. 김태하는 실험하지 않아도 될 것 같았다. 그에게 선험적이다 싶은 친밀감을 느끼면서도 불안했던 것은 처음부터 그를 실험 대상에서 제외해 버린 탓이었을 것이다. 욕심나는 남자여서 불안했고, 불안했으므로 그의 접근이 그냥 커피 한 모금 얻어 마시면 끝나는 장난이었다는 걸 깨닫지 못했다. 10여 년을 쌓아 올렸던 자존의 성이 모래성처럼 고요히, 그러나 익숙하게 한 귀퉁이씩 허물어져 내린다. 남자들에게서 느꼈던 치명적인 아득함은 이것이었다. 자존의 훼손을 견딜 수 없는 순간들과의 맞닥뜨림. 늘 내가 왜 이러는가 자문했지만 알고 있었다. 더 이상 시계는 보지 않는다. 이제 이 어둠 속에서 어떻게 빠져나갈지를 생각해야 할 차례였다.

3

 지상에 올려진 역이라 창을 통해 들어온 햇빛이 사람들 사이에 먼지처럼 떠다녔다. 박세진은 매표소에서 좀 떨어진 원기둥에 부조처럼 붙어 있다. 지금이라도 돌아서는 게 나을지 모른다. 하지만 길이 막혀 있는 내내, 어제 전화번호조차 교환하지 못했으면서도 안 나왔을지 모른다거나 가버렸을 수도 있다는 생각은 하지 않았다. 박세진의 기다림이 무거울 것이라는 사실 때문에 속이 탔을 뿐이다.

「박세진 과장님? 저 김태합니다.」

 늦어서 죄송하다고, 사고가 나서 그리되었다고 변명을 줄줄이 늘어놓는데도 반응이 없다. 박세진 씨? 정전이 길어져 어둠에 익숙해져 버렸다가 갑자기 불이 들어왔을 때처럼 여자 얼굴이 확 바뀐다. 아아, 아! 깊은 최면에서 깨어나는 것 같은 표정을 보고 있자니 10년 전의 내가 저를 알아보았듯이 여자도 혹시 지금 나를 알아챈 건 아닌가 싶어서 불쑥 오금이 저린다.

「난 괜찮아요.」

 난 괜찮아요,라니! 난데없이 한 방 터진 것 같다. 10여 년 전에도 박세진은 그렇게 중얼거렸다. 제대하고 복학한 학기 초에 도서관에서 나오는 그와 부딪쳐 얼굴이 딱 마주쳤을 때였다. 고등학교를 4년 다니고 들어간 대학을 1년 마치고 입대했다가 제대한 참인데 그 계집애를 만난 것이다. 내가 놀랐던 건 악몽인 듯 다시 부딪친 여자보다도 내가 그렇게나 달라진 계집애를 한눈에 알아보았다는 사실 때문이었다. 그리고 계집애가 나를 전혀 알아채지 못하는 것에 더 놀랐다. 그렇다고 해도 그때 박세진이 또 한 번, 난 괜찮다고 뇌까리지 않았다면 잊을 수 있었을지도 모른다. 비록 나보다 세 해나 늦은 학번을 달고 나타났을지라도.

「일단 나가죠. 데이트 한번 해보려고 끌고 나왔다가 하루를 망칠 뻔한 제 차로요.」

조심스레 어깨를 돌려세우며 채근해 본다. 이끄는 대로 말없이 따라와 준다. 이렇게 자그마했던가. 불현듯 숨 쉬기가 불편해진다. 역 광장에 아무렇게나 세워 놓았던 차에는 그새 불법 주차 딱지가 붙었다. 딱지를 떼어 내 주머니에 넣고 문을 열어 붙잡고 서자 여자가 엷게나마 웃는다. 가뿟가뿟한 가을 코트의 질감과 머리를 걷어 올린 목선이 정결해 보인다. 마른 꽃잎 같은 엷은 향기가 여자한테서 난다. 만져 보고 싶은 체취이다. 차가 역 광장을 빠져나가기 시작하자 눈앞이 천천히 밝아진다.

「햇빛 속에 이렇게 앉아 있으니 꿈속을 지나는 것 같네요.」

대꾸가 나오지 않는다. 대꾸를 원하는 것 같지도 않다. 말이 없어도 불편하지 않은 묘한 공감이 차 안에 서려 있는 것 같다. 그래서 나 또한 꿈속을 헤쳐 나가는 것 같다. 그날 밤, 다섯 중에 나 혼자 동정이라는 게 밝혀지면서 음모가 꾸며졌다. 지금부터 맨 처음 지나가는 계집애로 하자. 첫 번째로 나타난 계집애가 박세진이었고 내가 첫 타자였다. 끌려오면서 주먹세례를 받은 계집애는 길바닥에 버려진 채 죽어 가는 동물처럼 겁에 질린 눈으로 나를 올려다보았을 뿐 전혀 움직이지 못했다. 계집애를 헤집던 나도 내 정신은 아니었다. 벗겨도 벗겨도 나타나는 비늘이거나 한없이 빠져 드는 수렁 같던 그 허물들이 섬뜩하게 부드러웠던 탓에 찢어발겨야 했다. 이게 지옥이구나, 그 겁에 질린 몸속에 내 몸을 박아 넣으면서 나도 겁이 났다.

그랬음에도, 그 이후 만난 여자들을 안을 때마다 그들이 박세진으로 느껴지는 도착 증세를 이따금 겪고 있음에도, 내 몸에는 그때 새겨진 기억이 없다. 느낌으로만 기억할 뿐이다. 당연히 열여덟 살의 여자 몸에 어떤 기억이 각인되어 있을지 전혀 모른다. 미루어 짐작해 보는 그 몸의 기억과 감정은 외계인의 그것처럼 깜깜하기만 했다. 행선지를 말하지 않았는데 여자는 어디로 가느냐고 묻지 않는다. 고속도로를 벗어나 국도로 접어든다.

「안성에, 오래전 제가 한동안 머물렀던 절이 있습니다. 그 근방에 산채 요리를 전문으로 하는 조용한 식당이 있고요. 은행나무 집이라는 간판을 달았는데, 은행나무가 아직 볼 만할 겁니다. 어제 과장님하고 약속하고 나서 어디로 모실까 궁리하다 생각해 낸

곳입니다. 밥 먹고 난 다음에 그 근방에 있는 절 구경을 하면 어떨까 싶어서요. 이즈음쯤 주변 경관이 고즈넉하거든요. 해바른 땅이라 따뜻하고요.」
「원래 여자들한테 이렇게 잘하는 편이세요?」
「40분이나 기다리게 했는데, 잘하는 건가요? 그럼 좋구요. 오래 전에 학교 다닐 때요, 아주 잘해 주고 싶은 여자가 있기는 했어요. 못했죠. 어려워서, 다가가지 못하고 멀리서 지켜보기만 했거든요. 짝사랑을 한 셈이죠. 항상 공부를 하고 있는데도 허공을 헤매는 것처럼 보이는 여자였어요. 접근도 못한 채 졸업을 하고 나니 그 사람을 중심점에 놓고 원을 그리는 것처럼 학교를 다녔다는 게 느껴지더라고요. 그 사람은……」

더는 말하지 못하는 나는 참담한데 이야기가 계속되기를 기다리는지 박세진은 조용하고 부드러운 숨소리를 내고 있다. 마주 보지 않아도 건너오는 가분가분한 온기에 나는 무장해제된 듯 곤혹스럽다. 개새끼! 기억을 따라 시간이 거꾸로 흐를 때마다 이따금 그렇게 내 자신을 조롱해 왔다. 가슴에 껌껌하게 덮여 있는 그을음 같은 것이 점점 두터워지는 병. 그건 시간이 지남에 따라 희석되는 기억이 아니라 나이와 더불어 깊어지는 병이었다.

4

「김태하 씨 우리, 예전 언젠가 만난 적이 있지 않아요?」

묻지 않을 수가 없었다. 어두운 동굴을 나와 볕바른 땅에 선 것처럼 눈이 부시지 않는가. 나를 지나간 남자들에게 맞지 않은 신에 발을 꿰는 심정으로 노력을 기울인 거라면 이 감정은 정말 예외였다. 어떤 여자를 혼자서 오랫동안 짝사랑했다는 이야기조차 듣기 좋았다. 급경사에 놓인 공처럼 남자를 향해 내리닫고 있는 것이다. 운전을 하고 있는 김태하의 표정이 굳는가 싶더니 입매에 느리게 웃음기가 서린다.

「우리, 같은 학교를 다녔잖습니까. 낯익을 수도 있겠지요. 동문이라는 말은 그래서 있을 거구요. 아, 정보 센터 박세진 과장은 회사 내에 있는 동문들 사이에 꽤 알려져 있는 모양이던데요. 잘나가는 동문이니까요. 박세진 과장이 동문회에 참여하지 않는 걸 다들 아쉬워하는 것 같아 보였어요.」

새로 만난 남자를 향해 가파르게 기울던 감각들이 갑자기 제지를 당한 것처럼 기우뚱하면서 일제히 신음을 내는 것만 같다. 모 구청 공무원으로 나다니는 아무개 알아? 서른두 살 봄, 한 달 후 결혼하기로 돼 있던 남자가 싸늘한 얼굴로 그렇게 물었을 때 그가 그 1년 전에 만나던 남자와 지연으로 연결되었다는 것을 알았다. 그를 만나기 전의 내 행실을 부끄러워하거나 그런 사람 모른다고 해야 마땅했을 터였다. 그런데 내 몸의 어떤 신경 세포는 늘 어울리지 않는 상황에서 돌발했다. 아아, 그렇게 이어져 있는 걸 몰랐네! 멤버의 여자까지 걸러 주다니, 그렇게 튼튼한 줄을 대고 있는 걸 몰랐어. 남자는 내가 부끄러워하기는커녕 내 손이 닿지 않는 그들만의 연대를 내가 비꼬는 것에 분노했다. 윤간당한 친구에 대한 이야기, 네 일이지? 그게 무슨 자랑이라고 사방에, 아예 인터넷에 띄우지 그래? 너 그거 전문이잖아? 반년 가까이 만나며 청첩장까지 만들었던 관계가 그날로 끝났다. 나는 끝났는데 남자가 화해를 모색해 오기는 했다. 친구 이야기를 빗대 당신한테 그렇게 말한 건 내가 심했어. 당신도 일부러 그렇게 말할 건 없잖아. 그가 무슨 이야기를 해도 나는 이미, 기꺼이 하고자 했던 대학 시간 강사의 밥줄 되기가 싫어진 뒤였다. 아니 그거 내 이야기 맞아. 니들이 어떻게 나오는지 보려고 말하는 거거든. 그렇게 그를 도려냈다.

「박세진 과장님? 제가 무슨 실례되는 말씀이라도……. 그랬다면 죄송합니다.」

「김태하 씨가 실례한 거 없으세요. 제가 없는 데서 제 얘기를 하는 누군가가 있다는 사실이 잠깐 불쾌했지만 김태하 씨 잘못은 아니죠. 저는 뭉쳐 다니는 사람들, 뭉쳐 있는 걸 권력인 양 내세우면서 힘을 행사하려는 패거리가 싫거든요. 그런 사람들이 그 자리에 없는 사람에 대해 말할 때, 특히 여자를 말할 때 어떤 식인지, 어떻게 만들어 버리는지 알고 있어요. 그래서 끔찍해요.」

발작하려는 심사를 어렵사리 주저앉힌다. 삭제하려고 목록을 불러냈다가 정말 삭제할 거냐고 묻는 확인 문구가 뜨면 다시 한 번 점검하게 되는 심사와 비슷했다. 왜 그런 일에 화를 내는지 물어

올 거라 여겼더니 김태하는 말없이 손을 뻗어 음악을 켠다. 기다렸다는 듯이 조수미의 맑고 높은 음색이 차 안을 가득 채운다. 〈온리 러브〉다. 완전히, 사랑밖에 난 몰라요네? 미진은 제가 음반을 사들고 왔으면서도 음악을 들으면서 그렇게 이죽거렸다. 어떤 노래든 가사를 유의해 듣지 않는 나한테 미진의 그 반응은 의외였다. 그럼 사랑 말고 뭘 노래한단 말인가 싶었다. 원래 모든 고통, 슬픔, 외로움도 사랑 때문이라야 노래가 되는 거 아닌가? 고통 자체인 고통과 어떤 전제로도 폭력일 수밖에 없는 폭력과 피고름이 줄줄 흐르는 상처를 누가 노래로 만들겠는가. 누가 듣는다고? 세계를 울린다는 성악가의 노래를 듣고 나서 나와 미진은 결론이 같았던 설전을 길게 벌였다. 그 노래를 남자 차에서 듣게 된 것은 뜻밖이지만 나는 여전히 가사를 해석하지 않는다. 전신이 아릿해지는 목소리에 그냥 잠겨들 뿐이다.

「좀 오래 걸렸지요? 내리시죠, 박세진 팀장님. 모시고 오려고 예약을 해두었습니다.」

김태하가 차를 멈춘 장소에서 바라다 보이는 은행나무 집은 아름다웠다. 건물 주변에 십수 그루 됨 직한 은행나무가 도열해 있었다. 은행잎들을 한번도 쓸지 않았는지 노란 색깔의 꿈속에 들어온 것 같았다. 바람조차도 노란 빛깔을 띠고 있는 듯 몽환적이다. 굳었던 심신이 느즈러졌다. 그가 사용하는 팀장님이라는 호칭이 뭉그러졌던 내 허영기와 자부심을 되살려 놓았는지도 모른다. 그 직

위에 오르기 위해, 승진 연한이 된 남자 사원들이 반년 정도 준비한다는 승진 시험 준비를 나는 입사 직후부터 했다. 나는 이름만 대면 누구나 알 만한 직장과 정년까지 매달려 있어도 많이 흉해 보이지 않을 번듯한 명함이 필요했다. 하지만 과장 6년 차인 나에게 필기시험으로 승진할 진로는 이제 없다. 더는 그런 절차에 관심이 없다는 편이 옳을 것이다. 미진의 비난에 따르면 나는 남자에게만 관심을 갖는 반여성주의자였다. 나 같은 여자들이 여자들로 하여금 여자를 적으로 삼게 만든다고도 했다.

김태하가 예약했다는 방에는 창밖의 풍경이 고스란히 들어와 있었다. 손을 뻗으면 은행잎을 주울 수 있을 것처럼 트인 창에 샛노란 햇살이 그득하다. 눈을 멀리 들면 들판과 차들이 줄지어 달리는 도로가 내다보였다. 절은 보이지 않는다. 김태하가 예절 바른 부하 직원처럼 다가들어 코트를 받아 주고 자리를 챙겨 주는데 주인이 들어와 주문을 받아 나갔다. 두 사람이 마주 앉은 탁자 위에 눈 시린 햇살과 샛노란 침묵이 쌓인다.

「김태하 씨, 여기서 가깝다는 절 이름이 뭐예요?」

「청룡삽니다. 풍경 소리가 좋아요. 옛날에는 사당패들 근거지였다고 하던데요. 그래서 대하소설 《장길산》의 배경도 되었고요.」

「그 절 머문 적이 있다 하셨던 것 같은데 한때는 스님이 될 생각이셨어요?」

「아, 이쪽이 고향입니다. 저는 누나 하나에 형 하나가 있던 종손

집안의 막내였는데, 형이 열세 살 때 사고를 당해 사라져 버렸어요. 제가 졸지에 종손이 돼 버린 겁니다. 그 종손이 10대 후반에 온 집안을 뒤집어 놓을 정도로 못된 짓을 하고 다녔습니다. 달랑 하나뿐인 아들이어서 호적에서 내쫓기지는 않았지만 몇 년 전에 돌아가신 제 조부는 세상 뜨실 때까지 저한테 절을 안 받으셨어요. 청룡사는 옛날부터 할머니, 어머니가 다니시던 데라 문제아를 거기다 맡기셨던 거죠. 날마다 천 배를 올리는 벌을 몇 달 동안 치렀어요. 나중에는 2천 배 3천 배까지 했고요. 과장님 말씀대로 중이 될 뻔도 했죠. 절하는 게 걷는 일처럼 익숙해지다 보니 그게 세상에서 제일 편한 일이더라고요. 절하는 동안은 아무 생각이 안 나거든요.」

「천 배 3천 배라니, 꼭 전설의 고향 같네요. 어린 나이에 무슨 대죄를 지었게요?」

「그건 나중에, 나중에 말씀드리겠습니다. 그것까지 듣고 나면 저랑 마주 앉기 싫다 하실지도 모르니까요. 아마 틀림없이 그러실 겁니다.」

「좋도록 하세요. 아, 차에서 담배 냄새나던데 피우셔도 괜찮아요. 동생이 담배를 물지 않으면 일을 못하는 골초라서 담배 연기에 익숙해요. 집 안이 온통 흡연 지역이거든요.」

그가 웃으며 일어나더니 걸어 둔 옷에서 담배와 라이터를 꺼내 와 앉는다. 미진의 일용할 양식과 같은, 니코틴 함유량이 제일 높다는 담배였다. 커피와 담배가 없으면 일을 못하는 미진은 그 담배 맛을 모든 일상을 지배하는 지독한 풀 맛이라 했다. 이 남자에겐 어떤 맛일까.

「김태하 씨는 저한테 아무것도 안 묻네요? 좋아하는 게 뭐냐, 인적 사항은 어떻게 되느냐, 그런 것들을요.」

담배를 눌러 끄던 그가 들켰네요, 하며 소리 내어 웃는다. 눈가에 지는 주름이 따스해 보이는 웃음소리다.

「맞선을 열댓 번쯤 봤을 겁니다. 그때마다 오가는 말들이 뻔해서, 박세진 씨한테는 좀 특별해 보이려고 머리를 쓰는 참입니다. 음, 묻지 않아도 될 것도 같고요. 지금 제 앞에 박세진이라는 사람 전부가 있잖아요. 현재 알고 있는 것만도 벅찰 지경인데요. 웃는 일이 많지 않고, 고집이 꽤 세고 그러면서도 아름답고, 회사 일은 나보다 훨씬 능력 있고, 그래서 직책도 지위도 나보다 높고 월급도 많을 거고……. 계속하자면 10분은 채우겠잖아요. 그 나머지는 또 차차 보고 느끼고 더 필요한 건 저절로 알게 되겠죠. 그래서요. 저도 세진 씨한테 그렇게 보였으면 하는 바람이기도 하구요.」

어쩌면 이 남자는 자기가 원하는 여자를 언제든 후릴 수 있을 것이다. 아름답다는 말을 저토록 서툴고 수줍은 듯 절묘하게 하는 사람은 드물다. 전혀 빈말처럼 들리지 않잖은가. 물론 내가 아름다워 보인다는 게 빈말이 아니라는 건 나도 안다. 20대 후반에 접어들면서, 정확히는 극렬한 다이어트로 만든 몸과 그럴싸한 직장이라는 후광을 갖게 되면서부터 듣기 시작한 말이다. 그즈음부터 남자가 꼬였다. 내가 원하기만 하면 되었다. 그렇게 맺은 관계를 얼마든지 끊을 수 있는 방법도 알았다. 김태하를 당길지 밀어낼지는 아직 결정하지 못했다. 웃음이 맑은 남자가 아닌가. 기품이 있거니와 넉넉해 보이기까지 한다. 10대 후반에 저질렀다는, 그래서 집안에서 파문을 당할 뻔한 그의 죄가 무엇이건 김태하는 여자들이 욕심 낼 만한 남자였다.

「이 소리, 세진 씨 가방에서 나는 거 아닙니까?」

그러고 보니 옷걸이 밑에 놓아 둔 내 가방 속에서 울리는 휴대폰 소리다. 그가 내 가방을 들어 건네주었다. 전화기를 꺼내 보니 미진이다. 내가 나오고 난 뒤 안달이 났을 미진의 표정이 선연히 느껴진다.

「나야 언니. 그 사람 만났어? 그, 김태하라는?」

「아니.」

「안 만났다고? 왜?」

「그냥 그러기로 했어. 네가 별스럽게 구는 것도 싫고. 아침 내내 쪼아 대고서도 그게 궁금해서 전화했니? 병현이는?」

병현은 미진의 오래된 연인이었다. 부러 결혼하지 않고 휴일이면 만나 동거인들처럼 붙어 지냈다.

「왔어. 그게 문제가 아니고. 이름이 낯익다고 했잖아. 자라 보고 놀란 가슴 솥뚜껑 보고도 놀란다고, 나도 낯익었는데, 인터넷에 들어가 봐도 우리가 연상할 만한 이름으로 안 나왔고……. 그래서…….」
「그럼 됐잖아.」
「하긴, 꼬맹이 때 쓴 일기가 지금 무슨 문제겠어. 이름 같은 사람은 또 얼마나 많은데. 내가 이제 소설을 쓰고 싶나 봐. 알았어 언니, 나간 김에 실컷 돌아다니다 와.」

부인하고 나니 간단하다. 내가 말하지 않는 부분을 캐고 들 만큼 미진의 입이 바지런하지 않기는 하다. 어릴 때부터 그랬다. 입이 굼뜬 대신 틈만 나면 일기를 써 대더니 제 몸에 치모가 돋기도 전에 정해 버린 직업이 작가였다. 글자를 배우면서 쓰기 시작한 일기장을 책상 가득히 쌓아 놓고 소설을 쓸 거라 여겼던 아이가 유학이랍시고 3년을 나갔다 온 다음 번역 작가가 된 것은 의외였지만 활자에 목을 매고 살기는 똑같아 보였다. 소설이라고? 쓴웃음을 삼키며 돌아앉으니 김태하는 자기를 부인한 나를 향해 장난스런 웃음을 보내고 있다.

5

「고등학교 다닐 때 아주 친했던 내 친구가요, 야간 자율 학습을 마치고 집으로 돌아가다가 그만 시커먼 손들에게 끌려갔대요. 캄캄한 곳에서 삽시간에 온몸이 짓이겨졌는데, 울지를 못했대요.

자기도 모르는 새에 죽어서 지옥에 온 거구나 싶었는데, 너무 무서우니까 울음이 안 나오더래요. 근데 우스운 건, 무서운 게 앞에 있는 검은 손들이 아니라 자기도 모르는 새 자기가 죽었다는 거더래요. 그래서였는지는 몰라도, 그 친구는 그 지옥에서 오래 살았지만 자기가 죽은 게 아니라는 걸 깨달으면서 살아났어요. 아직도 가끔 지옥인지 현실인지 헷갈리기는 해도 살아가는 데는 크게 불편이 없대요. 전제가 길었네요 태하 씨, 그 친구가 겪은 지옥을 현실에서는 뭐라고 부르게요?」

오는 길에 거론하다 말았던 회사 안 동문회 이야기를 하던 참이었다. 그들은 어떤 세력도 아니었다. 정기적으로 모여서 불안한 현재에 대해 이야기하며 혼자가 아니라고 자위하지만 술에 절었다가 깨어난 아침이면 여전히 현재는 불안했다. 그들에게 과거는 더 이상 회상할 만한 것이 아니었고 함께 설계할 미래는 더욱 없었다. 그들이 모이는 것은 수음 행위와 비슷했다. 그런 말을 다 하고 싶었다. 그렇게라도 박세진의 과민함을 둔화시켜 보려고 주저리주저리 늘어놓던 중에 급작스레 그날 밤이 화제로 떠올라 버린 것이다.

다시 술잔을 비우고 내려놓는 박세진의 얼굴은 내 반응을 보겠다는 듯 조심스럽고 집요하다. 나를 알아보고 하는 실험이라면 차라리 나을까. 최소한 남자를 떨어내기 위한 도구로 자신의 상처를 들이밀 정도로, 여태도 깊은 병을 앓고 있다는 것은 몰라도 됐을 테니.

「어려운 문제인가요? 그렇담 대답 않으셔도 괜찮아요.」

괴성 없이 비죽비죽 웃으며 잔을 내미는 여자한테 다시 술을 따라 준다. 서른 중반에 이르도록 매번 이랬을 것이다. 그때마다 사내들이 어떻게 반응했을지는 뻔했다. 그 정도 듣고서도 무슨 내용인지 알아채지 못한 아둔패기를 여자가 만나지는 않았을 테고, 그러고도 달아나지 않을 사내는 없지 않은가.

「사고라고, 하지 않습니까? 교통사고 추락 사고 하듯이요. 정답은 뭡니까?」

깔깔대며 웃어 댈 것 같던 여자가 잠잠한 얼굴로 나를 뚫어져라 쳐다보는가 싶더니 고개를 끄덕인 뒤 술잔을 기울인다.

「맞아요. 그게 정답이었던 모양이에요. 제 친구는 의사들이며 식구들이 그렇게 말하는 걸 수백 수천 번을 듣고서야 간신히 그걸 알았대요. 태하 씨, 참 똑똑하시네요. 답을 알아맞히는 남자들이 별로 없던데.」

나를 밀쳐 내기로 작정을 해버려서 편해진 건지 음색이 명랑해졌다. 지금껏 어떻게 만난 여자건 모두들 공식이 있나 싶을 정도로 비슷하고 도식적이었다. 나도 사실 그게 편하긴 했다. 서른 넘은 남자, 외아들, 직장인 따위로 구분되고 전형화된 틀에 맞춰 움직이기만 해도 중간은 되었다. 공식을 적용할 수 없는 박세진만이 내게는 문제였다. 박세진은 지금까지 나를 비추는 거울이었다. 나갈 방법을 찾지 못하면 영원히 그 안에 머무를 수밖에 없는 미궁이기도 했다.

「세진 씨 친구 분한테 사고를 겪게 한, 사고를 낸 자들은 어떨까요? 사고는 당한 사람뿐만 아니라 사고 낸 사람들한테도 이따금 치명적인 계기가 되지 않습니까?」

「물론 사고를 낸 뒤 처벌을 받기도 하겠죠.」

「처벌을 받거나 면한, 그런 외형적인 게 아니라 일을 낸 사람 속내를 말하는 겁니다. 자신을 믿을 수가 없게 되었다거나, 남자 혹은 인간으로서 자부심을 느끼지 못하는 경우도 있지 않을까요?」

난생처음 대면한 낯선 물질을 보는 양, 내가 하는 말이 사리에 어긋난 일인 듯 박세진이 동그래진 눈으로 나를 건너다보고 있다. 저 시선 속에 지금 내가 어떤 사내로 비칠 것인가. 저 눈 속으로 들어가 나를 지켜본다면. 멀리서 여자를 지켜볼 때 기묘한 욕구가 배합된 의문을 갖곤 했다. 그 욕구는 성욕과 같은 성분이거나 같은 색깔이 아닌가 여기기도 했다.

「그런 생각, 한 번도 못해 봤어요. 사고를, 그런 사고를 낸 남자들이 느끼는 생각, 그런 예 들어 본 적도 없구요. 태하 씨 말을 듣고 있으려니까 기분이 묘해요. 만일 그렇다면 화가 날 것 같기도 하고. ……더 이상 그 이야기 하고 싶지 않아요. 죄송해요. 우리가 가기로 한 절까지는 얼마나 걸려요?」

심심해서 돌멩이 한번 걷어차고 잊어버린 사람처럼 낯빛을 바꾸면서 화제를 비켜 가버린다. 나도 계속하고 싶은 건 아니었다. 지금으로선 그랬다. 지나온 시간만큼 가야 할지도 모르는데 서두를 필요가 뭐 있으랴.

「차로, 한 5분쯤 될 겁니다.」

그럼 나가자며, 먼저 일어선 여자가 웃으며 매무새를 다듬는다. 살색 스타킹 위에 무릎 길이의 연갈색 치마와 같은 색깔의 폴로셔츠를 입은 몸피가 몹시 얇다. 세세한 기억이랄 수는 없지만 여고생이던 그때도 선이 가늘었다. 대학에서 다시 마주쳤을 때는 물에 불려 놓은 곡식 자루처럼 퉁퉁했다. 재학 시절 내내 그랬던 것 같은데 신입 사원 연수원에서 보았을 때는 몹시 야위어 있었다. 지금은 우듬지처럼 말랐다. 내가 받쳐 든 코트를 꿰기 위해 돌아서던 여자가 방석에 발이 엉겨 휘청한다. 엉겁결에 몸을 받쳐 안으니 후우, 한숨을 내뱉는다.

「미안해요. 마실 때는 아무렇지도 않았는데, 약간 취했나 봐요.」

여자가 고개를 들면서 나를 밀어낸다. 뜻밖에도 완강한 손길이 아니라서 내 몸은 밀리지 않는다. 술기에 열이 올라 있을 것 같던 눈빛은 잔잔하다. 내 얼굴이 다가들자 눈을 감는다. 일말의 거부감도 서려 있지 않은 몸이 부드럽다. 순한 숨결을 헤치고 들어갈 엄두가 나지 않는다. 최소한 이렇게는 아니었다. 건조하고 따뜻한 입술을 조심스레 스치다가 맥쩍게 물러나자 여자가 실눈을 뜨며 장난스레 웃더니 취해서 절에 가도 괜찮으냐고 속삭인다.

「취해서 가는 건 괜찮을걸요. 그 안에서 취하는 건 저도 잘 모르겠지만요.」

 코트를 입히고 돌려세워 앞섶을 여며 주려다 보니 기분이 묘하다. 이래도 되는 건가. 10년쯤 함께 살면 이렇지 않을까 싶을 정도로 이질감이 없다. 여자도 그렇다. 이제껏 해왔던 일인 양 당연하게 내 시중을 받아들이지 않는가. 이런 걸 어떻게 납득해야 할까. 밖으로 나서니 늦가을 오후의 시퍼런 하늘이 낯설다. 서늘한 바람에 몸속의 열기가 선접게 식어 내린다.

 차 문을 열자 글로브 박스 안에 넣어 뒀던 전화기가 울리다가 막 꺼지는 참이다. 여자를 들여앉히고 출발하려는데 다시 전화가 울린다. 여자가 전화벨이 울리는 자기 앞의 글로브 박스와 내 얼굴을 번갈아 보았다. 선뜻 전화를 받지 않는 나를 의아해하는 눈치다. 손을 뻗어 전화기를 꺼내 보니 서동민이다. 그냥 전원을 꺼버린다. 한 달에 한 번씩 모이는 날이 어제인데 오늘로 미뤘다고 했다. 집을 늘려 이사한 김성호가 집들이를 하는 모양이었다.

「모처럼 데이트인데 방해받기 싫어서요.」

 박세진을 안 만났어도 그들을 만나러 나가지는 않았을 것이다. 아니 모른다. 온갖 핑계를 대며 떨쳐 내도 1년에 두어 차례는 어떤 식으로든 그들 속에 휩싸이게 되니까. 함께 벌이고 같이 치른 전력들이 의리라는 한 그물코에 꿰어져 있었다. 그때 각기 다른 학교로 전학을 하고 각자 20대를 보냈는데 서른 넘으면서 나름대로 자리들을 잡기 시작하자 어제의 용사들처럼 다시 뭉쳤다. 그리고 한사코 나를 끼워 넣으려 들었다. 그들은 다시 박세진을 만난 적이 없으므로 그때의 계집애를 기억하지 못했다. 아니 하지 않았다. 폭풍같이 난장을 치며 몰려다녔던 무렵이 그들에겐 자유와 힘이 넘쳤던 젊은 날로 승격돼 있었다. 재수가 없어 한차례 곤욕을 치르긴 했지만 그 때문에 인생이 비틀린 것도 아니었다. 그들이 박세진을 기억할 까닭이 없었다. 어쩌자고 여자를 청룡사에 데려오려고 했던가. 약속을 정하던 순간에 떠올라 신선하게 여겼던 어제의 발상이 지금은 괴쾌하기만 하다. 절까지의 거리가 너무 가깝다는 것도 불안했다. 박세진은 취기 때문인지 다시 명랑해졌다. 여자의 기분은 만난 순간부터 나와 반대의 높낮이로 오르내린다.

청룡사 전각들이 올려다 보이는 주차장에 이르렀다. 그해 늦가을부터 이듬해 봄까지 반년을 한 발짝도 밖으로 나가지 않은 채 보냈던 곳. 갸웃한 고개로 절을 올려다보던 여자가 종알거린다.

「분명히 다를 텐데 태하 씨, 제 눈에는 모든 사찰이 똑같이 보여요.」

「그럼 올라가서 어떻게 다른지 살펴보지요.」

네가 예서 나가는 순간 이 할미는 저 산 위 합장 바위에 올라가서 뛰어내릴 테니 그리 알아라. 할머니 말은 그냥 해보는 협박이 아니었다. 일주문 밖으로 나가기보다 할머니가 뛰어내리겠다는 산 꼭대기 합장 바위까지의 길이 쉽기도 했다. 멀리서 보면 합장한 손처럼 보인대서 합장 바위가 된 그 바위에 올라서면 세상이 멀리 내다보였다. 발밑은 한낮에도 아득하고 캄캄했다. 그건 할머니와 어머니가 느낀 절망의 깊이이기도 했다. 물려받아 지키다가 물려주려던 모든 것들을, 차곡차곡 접어서 당신이 지고 가버린 할아버지의 절망은 그나마도 가늠이 되지 않았다.

대웅전을 향해 합장을 올리고는 박세진에게 손을 내민다. 내밀어진 손을 물끄러미 들여다보는가 싶던 여자의 희고 가느다란 손가락들이 다가와 얹힌다. 차갑지도 따스하지도 않은 건조한 손을 감싸 쥐고는 걸음을 옮긴다. 전각들을 감싸고 있는 회색 주조의 숲에는 드문드문 상록수들이 섞여 어두워 보인다. 햇빛이 아니라면 겨울 숲처럼 느껴질 것 같았다. 당시에는 몰랐지만 할아버지의 그 극단적인 선택이 어떤 포석이었는지는 나중에 느꼈다. 할아버지가 놓은 그 포석이 겉으로나마 내가 사람 꼴을 갖추고 살게 했던 것이다.

6

제가 설마, 천 번이야 하랴 싶어 편한 자세로 앉아 절하는 남자를 욕심껏 쳐다본다. 법당 안에 있는 사람들은 비슷한 표정과 움직임으로 오로지 절을 바칠 뿐이다. 절하다 보면 생각이 없어진다더니 과연 그들은 스스로에 대해서도 잊어버린 사람들처럼 보인다. 그들의 단순한 동작을 따라 나도 차츰 나를 잊는다. 법당 밖의 모든 일들이 나와 멀어지고 법당 안의 모든 게 당연해졌다. 절을 안 해도 주술에 걸린 것처럼 움직일 수 없는 분위기가 약간 불편할 뿐이다.

20분쯤 걸렸는가. 처음부터 끝까지 시선을 돌리지도 않고 속도를 늦추는 법도 없이 백팔 배를 올린 남자가 마지막 절을 한 후 방석에 엎드려 있는데 나는 졸리다. 방석에 구부리고라도 자고 싶다. 가능하다면 남자 품에 안겨 자고 싶은데, 신전에 엎드린 남자는 함께 온 여자가 안중에 없어 보인다. 이렇게 어긋나는 수가 있긴 할 것이다. 여자를 옆에 앉히고 절을 시작하던 남자는 특별하고 깊어 보였는데, 여자를 옆에 두고 백팔 번의 절을 다 바친 남자는 사이비 교단의 광신도 같다. 멀쩡해 보이는 사내가 안됐다 싶을 만큼 맹하고 집요해 보인다.

내 생각을 읽기라도 한 것처럼 김태하가 몸을 일으키더니 세 번의 합장을 올리고는 돌아다본다. 소름이 돋을 듯 싸늘해지는 저 캄캄한 눈빛. 모든 남자들에게서 찾아내려 했던 저 눈을 어디서 만났을까. 나도 모르게 몸을 움츠리다가 외려 그의 눈길에 이끌려 버린다. 그가 내민 손을 붙들고 일어나는데 다리가 결린다.

「천 배 올리겠다고 나서면 어쩌나, 걱정했네요.」

나를 안은 채 낮게 웃는 그의 몸에서 취할 것 같은 체취가 피어났다. 멀리까지 여자를 데려와 제 신앙을 강요하는 사내처럼 보였던 고리삭음이 사라지고 법당에 들어오기 전의 남자가 되돌아왔다. 석 달 열흘을 법당 안에 갇혀 있던 것처럼 대웅전 뜰에 머물러 있는 잔광이 눈부시다. 어느새 4시 반인데 그는 출발하지 않고 차창을 내다만 본다. 잔돌이 깔린 공터와 산자락이 맞물린 지점에 검푸른 측백나무 두 그루가 하늘로 뻗은 평행선처럼 나란히 서 있다. 절에 산 적이 있어선지 김태하의 움직임은 가지런하고 느리다.

「백팔 배 하면서 무슨 생각을 했냐면요⋯⋯.」

무슨 계산을 하는 것 같지도 않은데 생각이 많은 듯 행간이 넓다. 자기만의 기묘한 자장에 따라 행동하는, 적응이 쉽지 않을 남자였다. 그의 목 곧은 침묵이 그래서 나한테는 무겁다.

「아까, 우리 올 때 어떤 여학생 이야길 했잖아요. 그 사람 생각을 했어요. 그 사람이 끝내 나를 모르게 해달라고 빌었어요. 뭘 빌어 보기는 처음이에요.」

「왜요? 그이가 태하 씨를 알아보게 해달라고 빌어야 하는 거 아니에요? 그렇게나 오래 바라만 봤던 사람이라면서요.」

남자 과거를 헤집고 들어가 장난을 가장해 내뱉은 내 말이 뒤늦게 경박하게 느껴진다. 그의 눈빛이 그만큼 수련했다.

「이젠 그렇게 되었으면 싶어서요. 음, 세진 씨, 여기 오는 길에 갈라졌는데 이 서운산 중턱에 청룡 저수지라는 곳이 있어요. 거기 들렀다 돌아갈까요?」

「아까 팻말 보니까 낚시터 같던데, 저한테는 좀 낯설 것 같아요. 저는 환하고 익숙한 데가 편해요.」

「그럼 그냥 돌아가죠. 나는 당신이, 나를 편하고 즐거운 상대로 여겨 줬으면 해요.」

그가 자연스레 쓰기 시작한 당신이라는 호칭이 아늑하다. 그를 기다리던 시간은 악몽 같았고 함께 지낸 몇 시간은 기대와 불안 사이를 갈팡질팡했지만 이제 불안은 사라졌다.

7

여러 여자들을 겪었지만 그들을 내 집으로 끌어들여 본 적이 없었다. 하물며 박세진을 내 집에 초대하게 될 날이 오게 되리라고는 꿈에도 예상 못했다. 그런데도 내 집으로 이끌었고 여자는 스스럼없이 동의했다. 집 안을 둘러본 박세진의 눈길은 거실 벽에 걸린 액자에 머물러 있다. 여자가 올 수도 있을 거라는 가정을 했더라면 치워 놨을지도 모를 그림이다.

전화벨이 울린다. 자동 응답기로 넘어가게 돼 있으므로 그냥 놔둔다. 에미다. 어째 네 핸드폰이 꺼졌구나. 약속이 있어 못 온다더니 일은 잘 봤냐? 너 본 지 오래됐다고 할머니가 많이 서운해하신다. 모레 할머니 생신인 거 잊지 마라. 끼니 빠뜨리지 말고······. 여운이 많은 기색과 함께 전화기가 잠잠해진다.

「초밥 괜찮아요?」

시선을 돌려 보려고 큰 소리로 묻는데 박세진은 고개를 끄덕일 뿐 돌아보지 않는다. 목탄으로 그린 그림 속 인물이 여잔지 남잔지 구별되지 않는 게 마음이 쓰여 구입하게 된 그림이다. 약간 벌어진 무릎 사이에 깊이 고개를 수그렸고 수그린 목 뒤로 두 손을 깍지 끼고 있다. 다리 사이 성기 부분과 숙여서 볼 수 없는 얼굴은 깊은 어둠으로 채색되어 있다. 짧고 사나운 머리카락이 손목 부분에 짓눌려 있고 메마른 몸이어서 가슴에서도 성별을 알아볼 수 없는 누드화이다.

「이 그림, 부러 성별을 무시하고 그린 걸까요?」

「글쎄요, 나중에 작가한테 한번 물어볼게요. 몇 사람 건너면 알 만한 사람이거든요.」

전화로 초밥을 주문하고 사들고 들어온 맥주와 안주로 식탁을 차린다. 심상하게 보이고 싶은 것이다. 삶이 캄캄하게 응집돼 있는 것 같은 그 그림을 통해 자주, 거의 날마다 박세진이라는 여자를 연상할 뿐만 아니라 그림 속 인물이 내 자신같이 느껴지기도 한다는 말을 할 수는 없지 않은가. 열여덟 살의 그날 밤 이후 수음을 할 때마다 그 그림 속 인물 같은 여자를 상상하고 또 내 자신이 그림 속 인물처럼 느끼기도 했다는 사실을. 다시 전화벨이 울리더니 응답기가 작동한다. 야, 김태하. 나 서동민이다. 여기 성호넨데……. 서동민이라는 말에 황급히, 전화기를 끄기 위해 돌아보다가 외려 부자연스러울 것 같아 내버려 둔다. 우리 여기서 고스톱 한판 벌일 참이니까 이거 듣는 대로, 늦더라도 꼭 들러라. 얼굴 잊어 먹겠다야. 서동민의 말이 끝난 뒤에야 박세진은 뒤를 돌아다본다. 눈이 마주치자 웃을 듯하다가 말고 그림을 향해 다시 돌아선다.

「이 사람도 사는 게 무섭고 슬픈 모양이에요. 외롭고.」

박세진으로 하여금 더 이상 그림을 보게 하고 싶지 않아 등 뒤로 다가가 몸을 돌려 안는다. 뜻밖에도 눈망울에 습기가 가득하다. 금방이라도 흘러내릴 것처럼 붉은 눈시울에 눈물이 차 있다. 왜 그러느냐고 물을 수도, 고개를 돌릴 수도 없어 사로잡혀 버린다. 눈을 들여다보고 있으려니 여자의 눈물이 차츰 가라앉는다. 눈물이 잦아드는 눈을 들여다보게 될 줄이야. 그 미묘한 속도를 견디지 못하고 내 입술이 내려앉는다. 얇고 서늘한 입술이 서서히 열리고 열리는 속도만큼 데워진다. 안겨 있던 팔이 뻗어 와 내 목을 감는다. 다시 맞닿은 여자의 숨결이 숯불같이 뜨겁다. 내가 완벽하게 용해되거나 완전히 연소되어 버릴 수 있을지도 모른다.

8

큰방을 차지한 미진의 작업실은 출입문과 창을 빼고는 바닥에서 천장까지 책이 채워져 마치 책으로 만들어진 동굴 같다. 방 가운데 깔린 매트 위에도 언제나 책이나 메모지들이 흩어져 있기 마련이었다. 집에서 일하는 미진은 하루 종일 어지르고 종일 바깥에서 일하고 돌아온 나는 치운다. 언제나 그렇다. 미진이 언제 들어올지 몰라 불을 끄러 들어왔다가 또 방을 치운다. 늘 그렇듯 병현을 배웅하러 나갔다가 한잔 하고 있을 것이다.

매트 위에 흩어진 책자들을 한 뭉치로 쌓다가 세 권이 포개져 있는 공책을 한꺼번에 들어 책 더미 위에 올려놓는다. 올려놓다 보니 '1985'라는 숫자가 보였다. 공책 세 권이 모두 그해에 쓰여진 미진의 일기인가 보았다. 낮에 일기 운운하더니 이번 일 마치면 일기장을 토대로 소설을 써보겠다는 뜻이었을까. 그해엔 얘가 뭘 하고 있었을까. 나는 그 무렵의 모든 일이 희미했다. 맨 위의 공책을 열어 본다. 여중 2학년 10월에 미진은 《데미안》을 읽었나 보다. 한 장 가득 《데미안》을 베껴 놓았다. '싱클레어, 우리가 보는 사물은 우리의 내부에 가지고 있는 것과 똑같은 것입니다. 우리가 우리 내부에 가지고 있는 것 이외의 다른 현실이란 없습니다…….' 아프락사스라는 단어에 매혹된 소녀가 귀여워 웃음이 난다. 너덧 장을 한꺼번에 넘긴다. 그해 11월 10일 금요일엔 바람이 많이 불었는가 보았다. 그런데 그이다. 오늘 하루 종일 취해 살다 헤어져 돌아온 남자 김태하. 김. 태. 하. 김태하?

아아! 갑자기 불빛이 심하게 흔들렸다. 흔들리는 시야에 수십, 수백으로 분열된 김태하가 나타나 춤을 춘다. 눈을 감으니 눈이 나타났다. 언제나 느닷없이 출몰하는 캄캄한 눈, 그 눈빛. 눈을 뜨니 불안하게 초점이 잡혔다. 김태하. 이재용. 서동민. 남우진. 김성호. 또록또록 구두점을 찍으면서 미진이 나열해 놓은 이름들. 그날 아버지는 경찰서에서 늦게 돌아왔다고 한다. 그랬다. 그거였다, 그 사고. 제 언니는 어젯밤에 병원에 입원을 했는데, 집안이 태풍 맞은 것 같다고 미진은 표현하고 있다. 그랬을 것이다. 내가 병원을 들락거렸던 몇 년 동안 집안은 쑥대밭이었다.

「언니! 언니 들어왔어?」

허겁지겁 공책을 덮어 쌓아 두고 그 위에다 다른 책을 얹어 둔다. 맨 위에 얹힌 책의 제목이 무엇인지 눈에 들어오지 않는다. 창백해진 손이 몹시 떨린다는 감각만 느껴졌다. 떨리는 손으로 책 더미 위에 또 한 권의 책을 얹는데 미진이 열린 문으로 들어섰다. 집에서 입는 옷에다 카디건을 걸쳐 입고 나갔던가 지퍼를 드르륵 잡아 내린다.
「병현이 갔니?」
「음, 생맥주 두어 잔씩 했어. 언니는 하루 종일 혼자서 뭐 했어?」
「절에 갔다 왔어. 단풍이 끝나서인지 고요하더라. 아름다웠어. 너무. 그런데 좀 피곤하다. 너는, 일할 거니?」
「음. 언니 가서 쉬어.」
 하고 싶은 말, 묻고 싶은 말이 있는데 삼켜 버리는 눈치다. 무슨 내용일지 이미 알고 있으므로 내 방으로 건너온다. 꼭 허방을 짚는 것처럼 발밑이 느껴지질 않았다. 화장대 앞에 앉아 지금 뭘 하려고 했던가 한참을 궁리한다. 그러고 보니 씻고 나서 얼굴에 바른 게 없다. 에센스를 덜어 내 핏기 없는 얼굴에다 고루 바른다.
「언니 저녁은 먹었어? 뭐 좀 차려 줄까?」
 방 밖에서 미진이 소리를 질러 댄다. 거울 속 여자가 거울 밖의 여자를 향해 도리질을 하며 뇌까린다. 난 괜찮아.

딸꾹질

회귀

　검은색과 회색 털이 아무렇게 뒤섞인 흔한 고양이였다. 두엄 더미를 덮은 비닐 포장 위에 올라앉은 고양이는 부엌에서 새 나갔을 생갈치 비린내에 잔뜩 벼른 시선을 부엌 창문 안으로 쏘아 보냈다. 고양이들이 그렇게 많았건만 쥐들 극성 또한 그치지 않았던 인자의 어린 시절에는 고양이한테 생선 앗겼다는 비명이 이집 저집 담장을 수시로 넘나들었다. 그때는 집집의 부엌문들이 고양이들 정도는 얼마든지 드나들 수 있을 만큼 허술했다. 세월이 지나는 동안 동네 안 모든 집들이 입식 부엌으로 개조를 하거나 아예 새로 지어졌다. 도시에서처럼 쓰레기 봉지를 집 밖에 내놓지도 않는다. 동네에 사람이 많기나 하다면 모를까. 노인 한두 명 사는 집이 대부분이었다. 20여 년 전쯤의 고양이 자손들이 배를 곯게 된 것은 당연한 일인 것이다. 그렇다면 너희들도 배곯지 않을 새로운 방법을 찾아냈어야지.

　고양이에게 말하듯 혼잣말을 중얼거리면서 인자는 개수통에 봉지째 넣어 뒀던 갈치를 손질하기 위해 도마와 칼을 챙긴다. 친정에 도착해 씻고 나서 쉬려는 참에 생선 트럭이 골목을 누비며 외치는 소리를 들었다. 그때서야 인자는 자신이 빈손으로 친정에 왔다는 사실을 깨닫고는 어리둥절했다. 열아홉 살에 집을 떠난 뒤 빈손으로 돌아온 게 처음이었다. 뛰어나가 그중 통통하고 물 좋은 갈치를 한 상자 샀다. 한 상자래야 다섯 마리가 들었을 뿐이지만 빈손은 면한 셈이었다. 습관성 유산이라 했다. 간신히 착상되어 자라던 수정란이 자궁 내막이 일으킨 거부 반응 때문에 떨어지는 것이라는데 젊은 날 산부인과에서 간호 조무사로 몇 년을 살았지만 인자가 그 원인을 알 수는 없었다. 자궁이 왜 그런 반응을 일으키는지는 의사도 설명해 주지 않았다. 그저 산모 몸 자체의 메커니즘 때문이라고 했을 뿐이다. 몸의 메커니즘이라는 어려운 말을 듣는데 퍼뜩 팔자라는 단어가 떠오르면서 소름이 돋았다. 피지도 못할 씨앗이 어쩌자고 그리 잘도 맺히는지, 자신의 몸에 화도 났다. 어차피 팔자 도망 못할 거라면 쉬기라도 하자 싶어졌다. 자신이 떠올린 쉰다는 표현이 스스로에게 어울리지 않음에도 너무나 감미로워 잠깐 울었다. 그 설움을 핑계로 아파트 상가 안에 벌여 놓은 반찬 가게 문을 여는 대신 친정으로 와 버린 참이었다.

　물기를 뺀 갈치 도막에 소금을 뿌리고 랩에 싸 냉장고에 집어넣고 돌아서자 다시 한 번 뾰족한 고양이 울음소리가 들린다. 인자는 갈치를 다듬고 남은 찌끼들을 봉지에 담다가 창밖의 고양이를 한 번 더 바라보곤 전기밥솥을 열었다. 밥솥 안 밥은 한 공기 남짓 돼 보였다. 세상 참 좋아졌다고 중얼댄 인자는 밥을 갈치 찌끼가 담긴 봉지 속에다 퍼 담고 밖으로 나선다. 연분홍 민소매 셔츠에 하늘색 반바지를 받쳐 입은 어진이가 외할머니의 낡은 갈색 슬리퍼를 끌고 댕그렇게 쌓아 올린 두엄 더미 아래 서서 안타까운 듯 고양이를 향해 손짓하고 있었다. 네로야 일루 와, 나랑 같이 놀아. 〈검은 고양이 네로〉라는 노래를 부를 수 있게 된 뒤부터 아이는 모든 고양이를 네로라 부른다. 고양이는 아이한테 관심을 보이기는커녕 무서워도 하지 않고 제자리에서 부엌 쪽으로 시선을 박고 있다가 인자가 나서자 두엄 더미 위에서 한 발짝 물러나 눈치를 살핀다. 인자가 두엄 더미 위로 봉지를 던지자 아이가 뭐냐고 물었다.

「고양이 밥.」

「엄마, 네로가 밥 먹으면 어진이랑 놀아 줄라나?」

「아니. 고양이는 사람하고 별로 친하지 않아.」

「왜?」

「그건 잘 모르겠지만 엄마가 어진이만 한 어린이였을 때도 그랬어.」

「엄마도 어린이였어? 나처럼?」

「그러엄. 옛날에는 엄마도 어린이였지. 외할머니는 지금 엄마 같앉고.」

「어진이 아기였을 때?」

「아니, 한참 더 옛날에.」

「옛날. 더 옛날. 엄마, 어진이 옛날 어려워.」

인자는 아이에게 옛날이라는 개념을 설명할 엄두가 나지 않는다. 재주도 없었다. 아무에게도 무얼 설명하지 않아도 되었던 때, 좋은 것과 싫은 것을 감추지 않아도 되었던 때가 자신의 생애 안에 있기나 했던지 의심스러웠다.

「엄마도 어진아, 옛날이 어려워.」

현재는 더 어렵고. 속으로 뇌까리다 딸꾹, 하며 시작된 딸꾹질에 인자는 아이를 두고 급하게 부엌으로 들어와 물을 마신다. 인자의 딸꾹질은 한번 시작되면 종일 가기 일쑤였다. 심할 때는 사나흘씩 계속되기도 했다. 제대로 먹지도 자지도 못해 온몸이 기진하고 나면 꼭 봐준다는 듯 딸꾹질이 스러지는 것이다. 지난번 딸꾹질은 사흘 전 아침 밥상을 차리던 중에 일어났다. 종일 딸꾹질을 하며 일을 마치고 나니 한밤중에 배가 뒤틀리는 통증이 오면서 피가 아랫도리를 흠뻑 적시며 쏟아졌다. 그길로 병원으로 들어가 핏덩이를 마저 긁어 내는 수술을 하고 하룻밤 자고 일어났더니 딸꾹질이 멎어 있었다. 인자도 횡경막의 급작스런 수축으로 나타나는 증상이 딸꾹질이라는 의학 상식 정도는 알았다. 때때로 느닷없이 왜 자신의 횡격막이 수축하는지를 모를 뿐이다.

물 한 잔을 다 마셔도 딸꾹질은 멈추지 않는다. 설탕을 입 안 가득 물고 녹여 보지만 금세 딸꾹질이 멈추리란 기대는 없었다. 그동안 갖은 방법을 다 써보았다. 종이 봉지를 입에 댄 채 숨 쉬기. 얼음 씹어 먹기. 손가락을 입에 넣어 헛구역질하기. 감꼭지나 귤껍질, 감초 달여 마시기. 꿀에 잰 생강즙 먹기. 뜸 뜨기도 해보았다. 저절로 멈출 때까지는 무엇도 소용없었다. 전남편이라는 작자에게 얻어맞아 피투성이가 되면서도 밤새 그치지 않던 딸꾹질에 사흘 만에 다시 붙들리고 만 것이다. 남편 손에 잡히는 무엇이건 흉기로 돌변하던 그때 사람의 피는, 아니 인자 자신의 피는 붉은색이 아니었다. 희거나 누렇거나 검거나 무지개 빛이었다. 그런 와중에 핏덩이를 세 번 쏟았다. 그때 상습이 돼 버렸는지 재혼하고 어진을 낳고 난 뒤에는 저절로 떨어졌다. 첫아이 지혜도 그렇지만 둘째 아이 어진도 인자 몸의 메커니즘으로 보자면 기적처럼 살아남은 존재들인 셈이다.

「엄마 또 딸꾹 해?」

토방에서 부엌을 들여다보며 묻는 아이 말투에 걱정이 서렸다. 말이 빠르듯 눈치 또한 빠한 아이는 제 어미가 딸꾹질을 시작하면 제게도 불똥이 튄다는 걸 경험으로 알았다. 걱정하지 말라는 인자의 말은 연이어진 딸꾹질에 막힌다. 인자는 고개를 끄덕이며 아이를 향해 애써 웃어 주었다. 입 안에 남은 단맛이 역해 거푸 입속을 물로 가셔 낸다.

「할머니 언제 와요?」

아이는 피난처를 찾고 싶은 눈치다. 할머니 할아버지가 밭에 나가 계시고, 해 질 녘에야 돌아오실 거라는 설명을 인자는 간신히 마친다. 아이가 손을 씻겠다며 부엌 안쪽의 화장실로 혼자 들어갔다. 한두 달에 한번 꼴로 와서 묵어 가는지라 아이에게 외가는 익숙한 장소였다. 인자는 남편이 집에 와 있을 시간인가를 계산하느라 시계를 쳐다보곤 방으로 들어와 수화기를 들었다. 시외버스에 타고서야 핸드폰을 집에 두고 나왔다는 걸 깨달았다. 버스에서 내릴 무렵에는 남편과의 통화가 부담스러워 전화기를 부러 두고 왔는지도 모르겠다는 생각이 얼핏 스쳤다. 서울과 광주를 오가는 고속버스 운전기사인 남편은 어제 서울로 올라갔고 오늘 오전 10시 차를 배당받아 광주로 내려올 것이었다. 피서 철이라 임시 차를 많이 증설했다면 다시 서울로 갔을 것이나 그렇지 않다면 집에 와 있을 시각이었다.

전화기가 먹통이다. 톡톡 수화기 단추를 눌러 보던 인자는 문득 고개를 숙여 탁자 밑을 들여다보았다. 코드가 빠져 있었다. 노인네가 뭔가를 찾다가 건드려 빠진 모양이다. 남편은 전화를 받지 않았다. 고속버스든 승용차든 운전 중에는 전화를 받지 않는 사람이긴 했지만 어쩌면 일부러 받지 않는 것인지도 모른다. 인자가 유산을 하고 난 사흘 전부터 그는 몹시 불편한 기색을 감추려 하지 않았다. 도대체 몸 간수를 어떻게 하는 거야? 한두 번도 아니고. 나이나 어린가? 앞서 유산 때는 남편한테 미안해 어쩔 줄을 모르고 그의 눈치를 살폈다. 이번에는 미안하지 않았다. 그의 면상을 득득 긁어 놓고 싶을 정도로 화가 치미는데도 그를 향해 한마디도 못하는 자신을 쥐어뜯고 싶었을 따름이다. 통화를 다시 시도하지 않고 수화기를 툭 내려놓는데 아이가 들어섰다. 한 시간 전에 함께 목욕을 했는데도 또 혼자 목욕 놀이를 했는지 자그만 알몸에서 물이 줄줄 흘러내린다.

틈입자

「그거이 어디서 왔으까 참말로 수상허요?」

「그랑게.」

「한 20년은 꼴을 못 본 것 맹긴디 아조 쏘독하게 자리를 틀었습디여.」

상촌댁의 말에 영감은 짧은 대꾸만 하면서 밥을 먹는다. 갈치 값이 쇠고기 값만큼이나 비싸 영감이 좋아하는 걸 알아도 살 엄두를 내지 못했다. 그러던 참에 인자가 사와 상에 올린 갈치가 맛난지 영감 젓가락이 자꾸만 그쪽으로 기울었다. 딸년이 모처럼 말끔하게 차려 낸 밥상이 입에 달기도 할 터였다. 인자는 어릴 때부터 워낙 손끝이 야무진 아이였다. 인자가 집에서 고등학교를 다닐 때까지 상촌댁은 저녁밥 지을 걱정을 거의 하지 않고 살았다. 지금과는 비교할 수도 없게 작고 허름했으나마 인자는 늘 멀건 물에 헹군 듯

집 안을 치워 놓곤 했다. 어진을 낳고 인자가 연 반찬 가게에는 아파트 여편네들이 노상 들락거렸다. 그만큼 인자 일이 많기도 했다. 어쩌다 딸년 집에 갔다 김칫거리라도 다듬어 주자 싶어 가게에 따라 나가 보면 인자는 궁둥이 붙일 새 없이 돌아쳤다. 그 꼴을 보고 있자면 속이 문드러졌다. 어떤 년들은 콩나물도 삶기 싫어 무쳐 놓은 걸 사 먹고 어떤 년은 남의 식구 입에 들어갈 반찬을 손끝이 닳게 만드는가. 돈이나 실팍하니 번다면 또 모른다. 딸년 사는 꼴은 백날 봐도 아랫돌 빼서 윗구멍 막기였다.

「아까 꿀 뜯어 줄 때 그거 안 섞이게 했소?」

인자가 늙은 부모 눈치 보며 딸꾹질을 하느라 벌건 얼굴로 밥알을 세고 있다. 통 뭘 넘기지를 못한다. 상촌댁은 영감 밥맛이 달아 뵈는 게 딸년한테 미안하고 눈치가 보였다. 그래서 영감한테 자꾸 말을 시키는 것이다.

「것도 명색이 풀인디 어쩔라든가마는 낫으로 쳐버리기는 했제.」

「행여라도 쇠꼴에 안 들어가게 잡도리를 잘허시오. 암만 짐승이래도 그렇제, 그렇게 질색할 놈의 풀이 들어가믄 그 속이 성허겄소?」

뒷산머리 축사 옆 언덕에 드문드문 씨를 뿌렸던 콩 더미며 그 언저리 풀들을 친친 감고 있던 새삼을 오늘 해 질 녘에야 발견하고 놀란 내외가 부랴부랴 쳐내고 온 참이었다.

「산 밑이라 무섭기는 해도 낼은 그 근방에다 불을 놔 부러야 쓰졌네. 비가 안 올랑가. 태풍 오고 있담서. 올해도 비케 갈랑가.」

근 몇 년 사이 태풍이나 홍수 피해를 심하게 겪지 않고 지나왔다. 다른 데에 물난리가 났다고 텔레비전이 난리를 쳐도 이쪽에는 나락 몇 포기 넘어지는 정도였다.

「새삼이가 뭐예요?」

딸년 질문에 상촌댁이 멀뚱해져서 시선을 돌렸다. 아무리 객지살이를 오래 했다고 새삼이를 몰라서 묻는단 말인가?

「그 징상스런 지슴 이름이제 뭐냐.」

「어떤 지슴을 말씀하시는 건지 모르겠네. 삼씨 새순 같은 건가?」

「음마? 참말로 새삼일 몰라서 묻는 말이다냐?」

「새삼스럽게, 할 때 같은 그건가?」

「지슴이든 작물이든 쭉 뽑아묵고 쭉정이로 만들어 버리는 거머리 풀이다. 콩밭에 그것들 생기면 콩 농사는 다 진 것이제. 그것들이 콩을 그렇게 좋아한단 마다.」

「어떻게 생겼는데요?」

「실맨키 생겼제. 호박 넝쿨 한창 뻗을 때 가느스름한 새 줄기가 뭐든지 감고 오르잖냐. 새삼이도 그렇게 생긴 풀이기는 헌디 뿌랑구가 없제.」

「무슨 색이에요?」

「호박꽃처럼 노오란색이다. 색으로 치면야 곱제.」

「그런데 왜 나는 처음 들어 본 것 같을까?」

고개를 갸웃하다가 또 딸꾹, 한 인자가 슬그머니 수저를 놔 버리고 아이 수저에 갈치 살을 얹어 입에 대준다. 어진이는 팔랑개비처럼 오가며 텔레비전 보느라 밥상은 뒷전이다. 요새는 시골에도 유선 방송이 들어와 텔레비전이 하루 종일 나왔고 애들이 보는 프로도 아무 때나 찾을 수 있었다.

「에미 얘기 듣고 생각해 봉게 임자, 새삼이가 거의 서른 해 만에 다시 나타난 모냥이네. 에미 또래들이 모를 수도 있었어.」

영감의 설명을 듣고서야 상촌댁은 가물가물한 기억 속에서 사라졌던 새삼이의 노란 줄기가 되돌아온 공백을 유추해 냈다. 크나큰 동네에 빼곡하게 모여 살던 사람들이 무 밭에 무 솎아 내듯이 떠나기 시작하던 무렵부터 동네 언저리에서 새삼이도 사라졌던 것 같다. 그 무렵부터 자긋자긋하게 뿌려 댄 제초제 탓도 없지는 않을 것이다. 그래도 갑자기 그게 어디서 뭔 바람을 타고 날아왔을까. 콩밭 한 뙈기를 며칠 새에 꺼멓게 말려 버리던 새삼이였다. 어느 밭에 새삼이가 나타났다는 말이 들리면 그 이웃 밭의 주인들은 문둥이를 맞닥뜨린 듯이 불불 떨었다. 뿌리도 이파리도 없이 바람 타고 스물스물 옮겨 다니면서 뼛골 녹이며 가꿔 놓은 밭농사를 헛것으로 만들어 버리던 그것. 그건 매 버리면 그뿐인 잡초가 아니라 원수였다. 밭 한 뙈기를 통째로 태워 버리고 난 후에 돌아서 보면 밭두렁을 타고 이웃 밭에 가서 샛노란 빛으로 웃고 있던 쇠심줄 같은 새삼이.

딸년의 첫서방, 그 오살 맞을 놈 같은 지슴 때문에 다 먹은 밥맛이 뚝 떨어진 상촌댁이 서둘러 숟가락을 놓고는 손녀 밥그릇을 살폈다. 아이 밥그릇이 얼추 비었음을 확인하고는 인자 눈치를 보며 일어선다. 설거지를 하기 위해서였다. 핏덩이를 놓치고 온 딸년한테 설거지를 시키고 싶지 않은 것이다. 하지만 어머니가 설거지하려는 것인 줄 짐작한 인자가 치마를 펄럭이며 일어나더니 채 덜 비운 제 새끼 밥그릇을 얹어 상을 들고는 방을 나간다. 제가 할 테니 엄마는 쉬라는 말 한마디 없이 나가더니 방충망이 발린 문을 안정머리 없이 닫아 버린다. 딸년을 위해 뭔가 해주고 싶었던 상촌댁은 무안해져 텔레비전에다 눈길을 박았다. 사람 천성은 바뀌지 않는다는 말이 틀릴 수도 있다는 것을 근 몇 년 동안 집에 다니러 오는 딸을 볼 때마다 느껴야 했다. 저렇게 착해 빠져서 어쩔거나 싶게 마음 씀이 따습고 엽렵하던 인자가 얼마나 쌀쌀맞아졌는지, 어떨 때는 금 쪽보다 더 귀할 제 새끼 어진이조차도 모지락스럽게 밀어냈다.

그래서 그제 밤에 어진 아비 전화를 받고는 화증이 끓어오르기 시작했는지도 몰랐다. 딸년이 또 유산했다는 소식을 듣고 난 뒤부터 밥맛을 모르게 되어 버렸다. 일을 해도 손이 헛 놀았다. 아까도 참깨 밭에 앉아서 지슴인지 참깨 순인지 모르고 뽑아 대고 있는 자신의 쇠갈퀴 같은 손길을 깨닫고는 고개를 들자 콩밭에서 낫으로 웃자란 콩 줄기를 쳐내고 있던 영감도 헛손질을 하고 있었다. 다가 올 바람에 넘어지지 말라고 웃자란 대궁이만 쳐내는 게 아니라 숫제 절반을 싹둑싹둑 베어 내고 있지 않은가. 벌써 망령 났느냐고, 시방 가을걷이 하는 줄 아느냐고 바락바락 소리를 지르자 영감은 멀뚱한 눈을 들어 이녁이 한 짓을 돌아다보더니 낫을 내던지고 밭두렁으로 나가 담배를 꼬나물었다. 자네도 한 대 피울랑가, 하는 흰소리를 하면서.

딸년 얼굴이 염려할 만큼 어두운 것은 아니었다. 워낙 자발스레 속삭거리기를 좋아했던 어린 날의 천성을 잊어버린다면 지금 인자는 그냥저냥한 얼굴이었다. 게다가 어진 아비는 더할 수 없이 참한 사위였다. 제 안사람한테 다정하고 딸아이에게 자상했으며 장인, 장모에게도 나위 없이 잘했다. 두어 달에 한 번 꼴로 휴가를 내 와서는 장인, 장모 일을 봐주는 사위는 빚쟁이들처럼 왔다 가는 아들들보다 훨씬 의지가 되었다. 이번만 해도 피서 철 손님들이 너무 많아 휴가를 못 내 제 식구들만 보낸 것이지 핏덩이를 쏟아 버린 여편네가 밉살스러워 내친 것은 아니었다. 지혜 애비에다 댈까. 그놈만 생각하면 상촌댁은 자다가도 벌떡벌떡 일어나 가슴을 퍽퍽 두들겨 대야 했다.

열어 놓은 문으로 부엌에서 설거지를 하고 있는 인자 기척이 가든가든 들려왔다. 설거지를 다 하고도 방으로 오지 않고 어젯밤 상촌댁이 한바탕 미리 치워 놓은 냉장고며 싱크대 선반 따위를 닦고 있다. 아무것도 안 하고 잠만 자러 왔다면서도 한시도 몸을 부려

놓지 못하고 성치도 않은 몸을 딸꾹질까지 해가면서 움직거리는 것이다. 그 심사가 손에 잡힐 듯해 상촌댁은 부엌 쪽으로 한마디도 건네지 못하고 자신의 늙은 무릎을 베고 누운 외손녀만 다독인다. 오늘 밤에 제 어미한테 엉겨 봐야 국물도 나올 것이 없다는 걸 알았는지 할미한테만 붙어 있던 어진이는 상촌댁의 다독임에 흐늘대더니 순하게 잠이 들었다. 영감은 아랫목에 등을 기대앉은 채 코를 골았다. 굴왕신처럼 앉아서 초저녁 깜박 잠을 자는 것이다. 아이 이부자리를 갖춰 주려고 두리번거리다 말고 상촌댁은 무심코 수화기를 들어 보았다. 수화기를 들기는 했는데 자신이 왜 수화기를 들었는지는 깨닫지 못해 일순 어리둥절했다. 윙, 하는 소리에 깜짝 놀라면서야 전화선이 꽂혀 있을까 봐 그랬다는 것을 알고는 또 가슴이 철렁 내려앉았다. 하마 지금이라도 전화가 울릴까 싶어 얼른 코드를 빼는 상촌댁의 손이 떨린다.

지혜가 두어 달 전부터 전화를 해댔다. 제 어미, 아비가 갈라선 게 저 다섯 살 때인데 한 번 와본 적도 없는 외가를 어떻게 알게 됐는지 봄에 시작된 전화가 여름 들면서 사흘이 멀다 하고 왔다. 제 큰아비와 고모 집을 전전하다 아비가 재혼한 뒤 계모 밑으로 들어가 크던 지혜가 제 조부모한테 와 있다는 소식을 건너 듣기는 했다. 이 동네만 해도 제 부모들이 갈라선 뒤 버려지다시피 노인네들한테 와 있는 애들이 여럿이었으므로 상촌댁은 지혜를 모른 체해 왔다. 네 에미가 어디 사는지 이 할매도 모른다며 뻗대는 참이었다. 그리고 그 사실을 혹여 애 어미가 알까 봐 맘을 졸였다. 끈 떨어진 연처럼 제 아비에게서도 밀쳐져 조부모와 살고 있는 지혜가 가엾지 않은 건 아니지만 인자는 이제 어진이 어미였다. 아무리 참한 사위라 해도 저도 남정네 꼭진데 어떤 남정네가 제 계집이 남의 계집이었을 때 낳은 자식을 봐주려 하겠는가. 더구나 제 아들 낳고 싶어 눈에 불을 켜고 있는 판인데.

「나는 동각에나 갔다 올라네.」

졸고 있던 영감이 부스스 일어나더니 부엌 쪽으로 눈길을 주었다. 아무래도 말수가 줄어든 딸년이 영감도 조심스러운 모양이었다. 그렇게 막걸리나 소주를 마셔 대도 손찌검 같은 것은 꿈도 못 꾸어 본 이녁이었다. 가진 것 없고 배운 게 없어 자식들 공부를 제대로 시키지 못한 죄가 커서 그렇지 남들한테 빈말 한번 듣지 않고 늙어 왔다. 이녁 주장이라곤 없는 사람이라 낙낙한 고명딸 웃음소리에나 간신히 살맛 나는 얼굴을 짓곤 했는데 잘 살고 있다고 여겼던 딸년이 자그마치 4년을 제 서방한테 두들겨 맞고 살았다는 것을 알고 난 뒤로는 아주 몽총해져 버렸다.

「나 동각 간단 말시.」

「아, 언제는 나 허락받고 댕겼소? 새삼시럽게. 너무 늦지나 마시요. 에미 자다가 대문 소리 듣지 않게 오시란 말이요.」

「알었네. 놀다가 자게 되믄 그냥 있을랑게 기달리지 말고 주무소.」

고등학교를 졸업하면서 간호 학원을 마친 인자는 간호사로 일하면서 제 오라비들과 동생 뒷돈 대느라 돈 한 푼 제대로 여툴 틈이 없었다. 부모와 누이가 그렇게 치다꺼리했건만 제대로 풀린 아들도 없다. 공부 못해 대학도 못 간 큰아들은 요새도 부모한테 뜯어갈 궁리만 하고 고등학교를 다니다 만 둘째 아들은 몇 년을 깡패처럼 떠돌다가 군대 들어가더니 거기서 살아 버렸다. 셋째는 동네며 읍내 일대를 휘저으며 건들거리고 살더니 읍내서 다방 종업원 하던 계집을 만나 혼인하고서도 온갖 일을 벌였다. 요새는 읍내서 손바닥만 한 통닭집을 하고 있었다. 읍내가 지척이지만 잘난 그 며느리 얼굴 보기는 삼신할미 보기보다 어려웠다. 제 누나 덕에 서울서 편히 고등학교 마치고 공무원이 된 막둥이는 처가에 딱 붙어 버려서 남의 자식 된 지 오래였다.

시원한 꼴도 못 보면서 돈 한 푼 모으지 못하고 나이가 차 가는 고명 딸년이 아깝고 가여워 상촌댁은 스물다섯 살의 딸을 늦지 않게 시집보내려고 서둘렀다. 인자 성정을 알고 사방에서 중매가 들어오던 참이기도 했다. 지혜 아비는 상촌댁 친정 언니의 중매였다. 언니는 일찌감치 서울에서 자리 잡고 살아왔던 참이었거니와 언니한테도 조카사위 맞는 일이니 오죽 골랐을까 믿었다. 언니 시집 동네 사람이라는 신랑감이 너무 순해 빠져 보이는 게 마음에 맞지 기는 했다. 동그랗고 허연 얼굴에 고양이 눈처럼 멀건 눈동자가 도록도록 굴러다니는 것 같던 게 겁도 많아 보였다. 선생이나 공무원

사위를 맞고 싶은데 그런 자리는 얼른 나타나지 않았다. 그래도 살 만한 집안의 막내아들에다 부모가 차려 준 당구장을 하고 있다 하고 당구장이 든 건물도 막내 몫이라기에 웬지 미심쩍은 생각을 애써 떨쳐 내면서 시집을 보냈다. 맞선 본 지 사흘 만에 여관에 끌려 갔다니 생각해 보고 말고 할 겨를도 없기는 했다. 그러곤 도망을 나온 그 새벽까지 딸년이 어떻게 살았는지 짐작도 못했다. 그저 친정 나들이를 너무 안 하는 게 섭섭했다. 어쩌다 상촌댁이 서울 가면 장사하는 집이라며 제집에서 하루도 재우지 않고 이모 집으로 밀어내는 것도 서운해만 하고 지나왔다. 인자가 집을 나왔다고 전화를 해온 그날 해 질 녘에 서울에 도착한 상촌댁은 딸년이 어떻게 살았는지 한꺼번에 다 보았다. 오죽했으면 그 순해 빠진 년이 제 동무 연우를 불러들이면서 사진기까지 챙겨 오게 했을까. 병원 진단서와 연우가 찍었다는 그 사진 덕에 인자가 법원에 가지 않고도 이혼이 되었다. 그 이후 인자는 부서진 살림처럼 버리고 나온 제 새끼에 대해 한마디도 하지 않았다. 애당초 지혜는 낳은 적도 없는 듯이 굴었다.

영감이 나간 문으로 들어왔던지 모기가 어진의 맨살 위에서 윙윙댔다. 텔레비전 화면을 의미 없이 건너다보고 있던 상촌댁의 칡뿌리 같은 두 손이 외손녀의 자그마한 몸 위에서 딱 마주친다. 모기는 뻘건 피와 함께 손바닥에 짓이겨져 있다. 그러고 보니 상촌댁 자신의 살을 물어뜯은 놈이었던가, 종아리가 가렵다. 아직 모기가

뜯을 만한 피가 남아 있다는 게 신기해 상촌댁은 검버섯이 거뭇거
뭇 핀 자신의 종아리에 침을 발랐다. 열아홉 살에 시집이라고 와서
단 하루도 호사를 못해 본 다리가 아직도 움직이는 걸 생각하면 사
람이라는 종자가 독하기는 한 모양이었다. 손바닥을 쓱쓱 비벼 버
린 상촌댁이 전화 코드가 빠져 있는 것을 다시금 확인하고는 아이
곁에 털퍼덕 드러누웠다. 딸년이 부엌에서 시계 소리처럼 내는 딸
꾹질 소리에 상촌댁의 목이 아프다.

밤 산책

수화기를 들다가 말고 인자는 텔레비전 쪽으로 누워 있는 어머
니를 무심코 돌아다보았다. 남편에게 전화를 하려고 보니 또 코드
가 뽑혀 있지 않은가. 어머니는 잠들어 있었다. 아니면 잠 든 척하
고 있거나. 장난 전화가 오느냐고 물어보려던 인자는 딸꾹, 하고
코드를 꽂아 집에 전화를 걸었다. 남편은 다시 서울로 향한 모양이
었다. 남편은 틈나는 대로 전화를 하는 사람이었다. 아내의 소재를
알고 있어야 직성이 풀리는 전화질이 아니라 자상함에서 비롯된
습관이었다. 코드를 빼놓으려던 인자는 전화를 그대로 두고는 밖
으로 나섰다. 방문엔 창호지 대신 방충망이 발려 있어서 문을 닫아
놓아도 시원했다. 밖은 한결 서늘하다. 내일이 초복이라는데도 더
위가 느껴지지 않는다. 저쪽 지방엔 태풍이 오고 있다더니 이곳은
순한 바람이 불었다.

고양이 소리와 전화가 동시에 울렸다. 순간 인자는 어느 쪽을 먼저 쳐다보아야 하나 갈등하다가 딸꾹질을 한다. 고양이가 나팔꽃 넝쿨이 잔뜩 감긴 담장 위에서 마루에 걸터앉아 딸꾹질을 하는 인자를 쳐다보고 있었다. 노란 빛이 나는 걸 보면 낮의 그 고양이는 아닌 것 같다. 고양이들은 영역 다툼을 한다고 들었는데 자기 자리인 듯 담장에 앉은 걸 보면 이 집을 제 영토의 일부로 삼은 고양이가 두 마리 이상이라는 뜻인지도 모른다. 더 배고프겠네, 속으로 중얼거리다 보니 옛날 연우네에 있던 고양이들이 떠올랐다. 동네의 다른 고양이들과 달리 연우네 고양이들은 연우 어머니한테서 밥을 얻어먹었다. 사람처럼 이름도 있었다. 연우 어머니는 끼니때가 되면 노래하듯 고루 이름을 불러 고양이들을 모아들였다. 마을뿐만 아니라 학교 안에서 유일하게 피아노를 칠 줄 알았던 연우가 지은 고양이들 이름이 그랬다. 도레, 미파, 솔라, 시도. 인자는 방에서 상촌댁이 사위 전화 받는 것을 내버려 두기 위해 자꾸 딴생각을 했다.

벌써 묵었네. 어진이는 잠들었제. 그래, 에미는 괜찮은 것 같은디 모르겠네. 자네한테 미한허시. 그리 말해 주니 고맙네만. 그래. 에미, 저 방에서 자는 모냥인디 바까 주란가? 놔두라고?

어머니가 미안해하는 것은 무엇일까. 어진이가 고추를 달고 나왔으면 얼마나 좋았을까 보냐고 두고두고 아쉬워하는 어머니를 당연하게 여긴 자신은 또 누구에게 뭘 미안해하며 살았을까. 서른 살에 이혼한 인자가 한식당 주방에서 허드렛일을 시작해 주방 일꾼으로 대접받을 만해진 게 서른네 살이 됐을 때였다. 주방장 아주머니 소개로 고속버스 기사를 한다는 서른여덟 살의 남자를 만났다. 결혼 시기를 놓친 채 미혼으로 남아 있던 사람이었다. 그는 두 사람의 나이가 있으니 딸이든 아들이든 하나만 낳아 잘 기르자고 했었다. 딸을 낳고 이제 애 낳는 여자 노릇은 그만해도 되겠다고 생각했는데 아이 첫돌을 넘기기도 전에 두 번째 아이를, 그것도 아들을 기다리는 남편을 느껴야 했다. 그래서 벌써 몇 번째인가. 끝내 내가 미안해해야 한단 말인가.

 인자는 방으로 들어가 남편한테 전화를 하는 대신 마당으로 내려서서 하늘을 올려다보았다. 희끄무레한 밤하늘에 동그란 달의 형체가 검은 구름발과 숨바꼭질을 하고 있다. 남편은 서울에서 밤을 날 때면 반포에 살고 있는 셋째 시누이 집에서 묵었다. 늘상 오고 가는 오빠를 위해 방 한 칸을 비워 놓을 만큼 형제애가 무던한 남편의 누이들이었다. 사십 줄에 홀로 된 시어머니는 자식들 뒷바라지할 어떤 능력이나 강단이 없었던가 보았다. 지금도 마당 넓은 옛집에 살고 있지만 집 주변의 땅 한 뙈기도 손수 가꾸지 못했다. 물려받은 논밭을 야금야금 팔아 어린 자식들 식량을 대왔고 학비 청구서가 쏟아지기 시작했을 때는 큰아들이 그걸 수습했다. 그나마 허물어져 가는 담장을 두른 집 한 채가 남아 있는 까닭은 그 큰아들이 젊음을 고스란히 저당 잡힌 덕분이었다. 시어머니의 식량이며 반찬을 지금은 인자가 댔다. 함께 살면서 아이를 봐 달라는 부탁도 힘에 부친다고 거절하는 인자의 시어머니는 사돈 내외가 농사지어 보낸 쌀가마니를 당연하게 받아들였다. 그리고 얼굴만 마주치면 손자 타령을 했다. 처음 한두 해는 조심스럽더니 요즘은 대놓고 시어머니 노릇을 했다. 너는 재혼이지만 내 아들은 그렇지 않다는 과시가 노골적이었다. 남편도 드러내지 않으려 애를 쓰기는 하는데 인자가 눈치 챌 만하게는 충분히 아들에 대한 욕망을 피력했다.

「에미야, 곤할 것인디 잠이나 자제 이 야밤에 어딜 나가냐?」

인자가 대문 만지는 기척을 들은 상촌댁이 방 안에서 큰 소리로 물어 왔다. 혹시라도 골목을 지나는 누가 있을지도 몰라 인자는 다시 방 앞으로 걸어와 조용히 중얼거린다.

「그냥 좀 돌아다니다 오려고 그래요.」

「휴가철이라 다니러 온 사람들이 돌아댕길지도 모른다.」

「아무나 만나면 오랜만에 인사하고 좋지, 뭐. 연우나 만났으면 좋겠네.」

무심결에 잘못 나온 말이었다. 상촌댁도 그걸 알고는 책망하지 않고 잠잠히 있다가 다시 뇌까린다.

「그라면 맘대로 해라만 발 조심해야 쓴다.」

「넘어져도 쏟아 낼 게 암것도 없으니 걱정 말고 주무세요.」

이번에는 자의식에서 비롯된 야릇한 오기가 잘못 날린 돌팔매처럼 어머니를 향해 날아갔다. 한번도 당신 자리와 할 일을 팽개치지 않고 살아온 어머니였다. 자신은 혼자만 살기 위해 선혈이 낭자한 아수라장에 아이를 버려 둔 채 뒤돌아보지 않고 도망쳤다. 지금의 어진이만 하던 아이였다. 그날 새벽 연우가 당구장 골방에서 저 혼자 울다 지쳐 잠든 아이를 데리고 나오기 위해 당연하게 안아 들었을 때, 인자는 끔찍해서 비명을 질렀다. 거기 내려 놔, 내 새끼가 아니라 저 새끼 새끼야. 그때 저 새끼는 당구대 아래서 팔짱 끼고 잠들어 있었다. 늘 팔짱을 끼고 자던 새끼였다.

 골목길엔 인기척이 없다. 밤하늘에서 무거운 바람이 불어 내려왔다. 내일은 아마도 비가 내릴 것이다. 이슬이 많이 내리니 내일은 맑을 것이고 바람이 자고 있으니 내일은 흐리겠다는 식의 감각이 친정에 돌아오면 생겼다. 전체적으로 경사지게 이루어진 동네는 가운데 지형이 높은 편이었고 그 가운데가 잿등이었다. 잿등을 가운데 두고 다른 동네인 듯이 큰 뜸과 작은 뜸으로 나누어 불렀다. 마을로 들어오는 길도 그래서 두 갈래였다. 큰 뜸 길, 작은 뜸 길. 큰 뜸에서 동네 뒤쪽으로 에둘러진 길을 따라 걷노라면 작은 뜸 끝에 닿게 된다. 작은 뜸까지 건너와 보지 않은 지가 헤아리기도 어려울 만치 오래되었다. 작은 뜸 가장자리에 온 동네를 합친 것만큼 넓은 연우네 과수원이 있었다. 연우네 집은 과수원 안에 숨듯이 자리 잡았다. 같은 동네이면서도 딴 동네 같던 연우네. 자가용이 있고 밥해 주는 아주머니가 있고 과수원을 도맡은 아저씨가 있고 이름 가진 고양이가 있고 피아노가 있던 집. 그 집에 살던 연우도 인자에겐 딴 동네 아이였다. 큰 뜸과 작은 뜸, 과수원집과 다 허물어진 슬레이트 지붕 집을 번갈아 다니며 놀 때는 그걸 몰랐다. 연우가 가진 모든 게 당연했고 자신이 가지지 못한 모든 게 당연했다.

연우는 중학교부터 서울에서 다니기 위해 초등학교 5학년 때 전학을 가버렸다. 연우의 두 오빠와 언니가 서울에서 학교를 다니고 있었다. 연우는 과수원집의 막내였다. 방학 때마다 달라져 내려오던 연우는 그만큼 어려운 존재가 되어 갔다. 연우와 다시 가까워진 것은 읍내 고등학교를 졸업하고 상경한 인자가 간호 학원을 다닐 때였다. 연우는 그때 대학생이었다. 연우네 형제가 살던 집은 상상했던 것만큼 크거나 화려하지 않았다. 혜화동에 있던 수많은 한옥들 중의 한 채였을 뿐이다. 뜰 한편의 담장 옆에 키 큰 은행나무가 팔 벌리고 서 있고 조붓한 화단에 장미가 피어나던 집. 연우를 따라 처음 갔을 때 노랗고 붉은 장미가 눈이 부시게 피어 있었다. 그리고 군대에서 막 제대해 2학기에 복학할 거라던 연우의 작은오빠 근우가 있었다. 연우보다 다섯 살이 많은 그가 전지가위를 들고 장미를 다듬다가 연우와 인자를 맞았다. 은행나무처럼 푸르고 장미 꽃잎처럼 화사하고 부드럽던 스물다섯 살의 남자.

소꿉놀이를 하던 시절부터 무수히 연우와 자신이 같지 않다는 사실을 느꼈을 테지만 의식을 못했던 것 같았다. 그날에야 삶의 조건뿐만 아니라 인간 자체에도 등급이 있다는 사실을 깨달았다. 자신이 살아갈 세상에서 한번이라도 연우처럼 살 수 있을지, 근우 곁에 설 수 있는 존재가 될 수 있을지. 봄 햇살처럼 자신에게 스며 들어온 그로 인해 그 무렵 인자는 간호 대학을 가고 싶었다. 그뿐이었다. 눈길 한번 마주쳐 보지 못했다. 인자가 산부인과에서 간호조무사로 종종걸음을 치고 다닐 때 그는 대학을 졸업하고 외국 유학을 갔다. 연우는, 인자 스스로 자꾸 밀어냈다. 담배 냄새와 시끄러운 소리에 절어 밤인지 낮인지 모르고 살면서 수시로 남편에게 피 터지게 맞고 살 때 연우를 만나고 싶지 않았다. 자신이 남편에게 맞고 산다는 걸 말하지 않았음에도 먼저 알아챘던 연우를 만나는 게 힘이 들었고 그런 자신이 부끄러웠다. 그래도 전남편에게서 달아나기로 작심했던 그날 새벽 연우에게 전화를 걸었다. 연우야 나 좀 살려 주라. 택시 타고 들이닥친 연우 손에는 카메라가 들려 있었다. 그 덕분에 전남편을 다시 만나지 않고도 이혼할 수 있었는데 인자는 서울을 떠나 광주로 피신하면서 아무한테도, 연우에게조차 연락처를 알리지 않았다. 그리고 연우를 두 번 다시 보지 못했다. 미혼인 채 회사를 다니고 있던 연우가 외국 출장길에, 현지에서 교통사고를 당해 그길로 세상 떠났다는 소식을 나중에야 들었다. 서른네 살 인자가 재혼을 결심했을 무렵이었다.

 과수원이 조경수원으로 바뀌었어도 과수원이듯 연우가 없어도 과수원집은 인자에게 연우네였다. 봄이면 집 뒤 산등성이로 배꽃이 눈송이처럼 날리던 연우네 집. 꽃이 지고 열매가 맺히면 그 어린 열매를 솎아 내고 열매에 봉지를 씌우고 가을이면 익은 배를 따던 일을 인자도 고등학교 3학년 때까지 했다. 지금은 과수들이 있던 자리에 조경용 나무들이 잔뜩 심겼다. 공무원이었던 연우 아버지가 퇴직하면서 과수들을 베어 내고 조경수들의 묘목을 심었다고 했다. 연우네로 들어가는 숲 샛길에 가로등이 환하다. 연우 형제들 중 누군가가 식구들과 휴가를 온 모양이다. 인자는 연우네로 난 길을 한참 건너다보다가 누군가에게 들킬세라 가만히 돌아선다. 공기가 축축한 걸 보면 아무래도 내일은 비가 올 것 같다.

어린 손님

동서남북으로 향한 넉 대의 스피커는 동각 뒤 큰 나무 가지 어딘가에 매여 있다고 했다. 그 나무 밑을 지날 때마다 상촌댁은 스피커를 찾느라 고개를 들어 보지만 발견해 본 적이 없다. 나뭇잎이 다 쏟아진 겨울에도 보이지 않았다. 정신머리 없는 여편네라는 소리를 들을까 봐 스피커가 어디 달려 있냐고 누구한테 물어보지는 못했다. 보이지 않는 스피커를 통해 새벽이면 이장 목소리가 옛날 대보름날의 꽹과리 소리처럼 동네로 쏟아졌다. 모처럼 느지막이 아침을 먹고 나서 두어 시간째 일삼아 집 안을 쓸고 다니는데 텁텁한 이장의 목소리가 또 들려온다. 남정네들은 동각으로, 아낙네들은 상모정으로 모이라는 똑같은 내용이다. 상모정은 몇 년 전에 생긴 여노인정이었다. 초복 날이니 모여서 천렵을 한다는 것이다. 사실 벌써 내려가고도 남았을 상모정으로 못 가는 까닭은 전화 때문이었다. 혹시라도 지혜가 전화를 해올까 봐 집을 비울 수가 없는 것이다. 어진이가 수시로 수화기를 붙들고 제 아비에게 전화를 하거나 왜 전화가 안 오는지 귀에 대보곤 하는 판이라 전화선을 빼놓을 수도 없었다. 상모정으로 갈 수도 안 갈 수도 없는 게 영락없이 가시 방석에 앉은 꼴이었다.

아침 먹고 돌아서서 설거지를 하는가 싶었더니 또 물 밥을 먹고 있던 인자가 이제 세탁기를 돌리는지 부엌 뒤쪽의 입식 화장실이 소란하다. 어떻게 된 놈의 딸꾹질이 잠을 자고 나서도 이어지는지. 딸년이 삐삐 말라 나이가 더 들어 뵈는 것은 암만해도 수시로 해대는 저놈의 딸꾹질 때문인 게 틀림없었다. 어쩌다 집에 다니러 오는 다른 집 딸년들은 번쩍번쩍하는 자가용에다 살 오른 낯빛도 번들번들하니 보기 좋았다. 이혼한 딸년들이야 동네 안에도 여럿이지만 인자처럼 마흔도 못 돼 쪼그라진 또래는 하나도 없었다. 상촌댁은 가지가지로 시끄러운 속내 때문에 도무지 놀러 갈 맛이 생기지를 않는다. 거기다 새벽부터 부슬부슬 내린 비가 여태 계속되고 있거니와 복날 위세를 부리려는지 어제와 달리 날이 사람을 찜 쪄 먹을 것처럼 무더웠다.

지금쯤 상모정 널따란 방에 모여 앉은 아낙들은 화투 패를 돌리거나 수박 쪽을 파고 있을 것이었다. 화투 놀이가 치매를 막아 준다고 내놓고 놀게 된 뒤부터 환갑 넘은 여편네들이 상모정에 올 때마다 10원짜리가 잔뜩 든 주머니를 따로 차고 왔다. 아예 동전 주

딸꾹질

머니를 상모정 선반에 올려놓고 다니는 아낙도 여럿이었다. 화투 놀이를 하는 재미는 상촌댁도 알고 있었다. 밖에 나가 사는 이 집 저 집 자식들이 깔고 자는 이부자리 색깔까지 서로 꿰고 있는 형편이라 자식들 이야기는 될수록 삼갔다. 재미없고 속 아픈 이야기보다는 동전 몇 개씩 따먹는 재미가 훨씬 컸다. 한사코 자식들 얘기를 안 하는 집에는 어느 자식에게 무슨 사달이 있기 마련이었다. 그럴 때는 또 입막음용으로도 동전 따먹기 놀이가 맞춤했다.

「상모정에 안 내려가 보세요? 중톳을 잡았다면서요.」

탈수한 빨래 바구니를 들고 나와 처마 안쪽에 매어 놓은 줄에다 널던 인자가 갑자기 생각났다는 듯 토방을 서성이는 상촌댁을 돌아보며 물었다.

「중톳이고 애저고 나 돼지고기 염사 없다. 어째 속도 안 좋고. 그냥 집에서 점심 먹고 낮잠이나 잘란다. 날이 궂어서 그란가 곤하기도 하고.」

「제 걱정 말고 다녀오세요. 그리고 텔레비전 위에 5만 원 올려뒀으니까 맥주 몇 병 들여 놓으시던가요.」

「이따 봐서 갈란다. 느그 아부지는 동각서 잡수면 될 겅게, 오랜만에 콩죽이나 고소하게 쒀 묵을 거나?」

어진이 양말짝을 집게로 집어 널던 인자가 잠잠하여 상촌댁이 돌아보았다.

「냉동고에 폴 삶아 논 거 있는디 그라믄 폴죽이나 써 묵을래?」

「나 스무 살 이후로 밀가루 음식 안 먹는 거, 먹기만 하면 체한다는 말씀 안 드렸나? 고구마도 감자도 다 싫어하는 거?」

쌀쌀맞게 중얼거리고 빨래를 들고 돌아서는 딸년 뒷모습을 상촌댁은 무안해져 쳐다본다. 제 어릴 때 봄이나 여름이면 허구한 날 저녁거리로 밀가루를 내놓고 들판으로 나가곤 했다. 인자가 열 살도 되기 전부터였다. 인자는 그걸로 수제비를 뜨고 칼국수를 끓이고 팥죽과 콩죽을 쒔다. 대낀 보리쌀과 쌀 한 줌으로 밥을 안치고 그 위에 개떡 반죽을 얹어 찌기도 했다. 여름이면 노상 감자를 찌게 했고 겨울이면 고구마를 삶게 했다. 다섯이나 되는 자식들을 굶긴 적은 없었으므로 상촌댁은 딸년이 그것들로 콩 치고 팥 칠 때 어땠는지 기억하지 못했다. 스무 살 이후로 안 묵는다고? 제 손으로 돈 벌 때부터구먼. 서름해진 상촌댁이 마당에 내리는 비만 내다보고 있는데 텔레비전 만화가 끝났는지 어진이 마루로 나와 할머니를 불렀다. 상촌댁이 마루에 걸터앉으니 아이가 등에 와 얹히며 제 팔을 상촌댁 목에 둘렀다.

「할머니, 상모정 가요.」

「뭣 땜시?」

「나, 화투 놀이 재밌어. 옛날에 반지 많이 낀 할머니하고 화투 놀았잖아.」

「그 할무니는 어진이하고 인자 그거 안 헌다드라.」

「왜요?」

「왜는, 니가 떼씀시롱 그 할무니 돈 다 묵어 분께 그라제.」
「오늘은 안 그럴게, 할머니. 가자 얼른.」
「그라믄 어진아, 비 그치믄 가자. 들어가서 또 테레비 봐라.」
「벌써 두 번이나 봤어. 심심해, 우산 쓰고 가자 할머니.」

　조손간에는 맞잡이로 논다더니 어진이 앞에서의 상촌댁이 그랬다. 아이는 외가에 오면 할아버지든 할머니든 손잡고 따라나서기를 좋아하고 노인네들 앞에서도 부끄러워하지 않았다. 부끄러움은 고사하고 온갖 노래 부르면서 방울만 한 몸을 흔들어 대는 통에 거미줄처럼 주름이 얽힌 얼굴들이 웃느라 더 구겨지곤 했다.

「할머니 얼른 상모정 가요. 응?」

　하는 수 없었다. 전화기에 쏠린 신경을 간신히 거두어들인 상촌댁은 아이를 업고, 업은 아이한테 펼친 우산을 들려 집을 나섰다. 인자가 뒤에서 돈 가져가시라고 소리쳤지만 못 들은 체했다. 목마를 탄 듯이 할미 등에 앉아 우산을 돌려 대며 좋아하는 아이에게서 따뜻한 체온이 내려오고 있었다. 지혜를 이렇게 키울 수 있었더라면 인자 얼굴에 그런 그늘은 고이지 않았을 터였다. 그 지혜 때문에 다시 재앙이 닥쳐 오려 했다. 그제 전화가 왔으니 하마 오늘이나 내일쯤 또 올지도 모르는데 손쓸 방법이 없다. 전화기 옆에 거미처럼 붙어 있고 싶지만 그러자면 인자한테 자초지종을 설명해야 하지 않는가. 등 뒤에서 들까부는 아이를 추스르는 상촌댁의 가슴에 먹장구름이 덮였다.

상모정에는 화투판과 먹을 판이 거나하게 벌어진 참이었다. 상촌댁 등에서 내려간 어진이가 화투판 옆으로 조르르 가더니 제 배에다 두 손을 모으고는 넙죽 허리를 숙이며 안녕하세요,를 외친다. 어린이집에서 배운 인사법이라고 했다. 사방에서 반가워하는 소리에 기분이 좋은지 물 만난 고기처럼 팔랑거리며 허리를 숙이고 다닌다. 오매 상촌댁 외손지 하나 물건 났네. 한턱 내야 쓰겄구만. 미스 코리아 시키면 일등 하고도 남겄어. 요새는 가수를 시키는 게 출세하는 것이더만. 우리 동네 손지 중에서 연예인 하나 나와도 재미있겄제. 할 일 없이 배나 채우며 비 오는 세월을 죽이고 있던 늙은 아낙들이 아낌없이 덕담을 늘어놓았다.

「어이 상촌댁, 딸내미 왔담서 매운 쐬주 말고 맥주 멫 뱅 사랑게.」

평소에 술탐깨나 하는 늙은 과부 하림댁이 어진이를 쓰다듬으며 기어이 보챘다. 상촌댁은 그러마고 고개를 끄덕이면서도 음식상 앞으로 돌아앉아 버린다. 달포 전쯤 인자가 임신했다고 알려 왔을 때, 만세도 삼세번이라고 어진이 이후 세 번째였기에 이번엔 틀림없다고 여겼다. 부정 탈까 싶어 딸년 임신했다는 말은 입에 걸지도 않고, 공들이는 셈으로 맥주 몇 병을 받아 삼겹살 사서 상모정에 풀었다. 액막이용 선심을 베풀고 난 다음 날부터 새벽마다 장독대에다 말간 물 떠놓고 날이 다 밝을 때까지 비손질을 했다. 인자가 부디 떡두꺼비 같은 아들 하나 낳게 합소사. 어진 아비 다니는 길에 아무 사고도 없게 합소사. 지혜가 제 어미 없이도 잘 크게 합소

사. 그리 공을 들였건만, 복 없는 년은 봉놋방에 가 누워도 고자 곁이라더니 그 아까운 걸 또 피로 쏟아 버렸다지 않는가. 아무 소득도 없이 헛손질로 끝나 버린 그 짓을 왜 또 해. 상촌댁은 입에 집어넣는 돼지고기 냄새가 역해 소주 한 잔을 단숨에 비워 버린다. 술 한 잔을 더 마시고 나니 속에 두엄처럼 쌓인 것들이 좀 홀홀해지는 것 같아 화투판을 한 자리 더 펼치고 나섰다. 어진이 좋아라 달려들더니 화투짝을 제가 먼저 들고 설쳤다.
「하림댁 할머니 화투해요. 반지 할머니 빨리 오세요.」
어진이 덕에 쉽게 어우러진 화투판에서 상촌댁은 연신 동전을 잃었다. 평소에는 잘도 보이던 청단이며 홍단이 하나도 눈에 들어오지 않았다. 거의 천 원 돈이 나갔을 때 상촌댁은 손을 털었다. 아무래도 집에 다녀와야 마음이 놓일 것만 같았다. 전화선을 빼놓을 수 없다면 전화기를 고장 내버리면 간단하지 않은가. 멍청하면 고생을 불러들인다고 했다. 집에서 나온 지 얼추 세 시간이나 지나서야 그 생각을 떠올린 자신이야말로 정말 멍청한 것이다. 그래서 딸년 팔자를 고 모양으로 그르쳐 논 것이고. 제 할미가 나가든지 들어오든지 관심 없이 화투판에서 어른 노릇을 하고 있는 어진을 상모정에 두고 상촌댁은 오락가락하는 빗발 속으로 나섰다. 우산 챙길 생각도 못한다.
상모정은 큰 뜸 가운데 공터 한쪽에 있는 건물이었고 그 공터 둘레로 여러 골목이 뻗어 있었다. 집으로 가자면 공터를 질러서 골목으로 스며들어야 했다. 상촌댁이 막 골목으로 접어드는 참이었다. 택시 한 대가 왁살스레 마을 앞길을 올라오더니 공터 한중간에 멈춰 섰다. 주말도 아니고 무슨 특별한 날도 아닌 금요일 낮에 택시로 들어올 사람은 흔치 않은지라 상촌댁의 발걸음이 궁금증으로 무춤해졌다. 누가 내리나 싶어 몸을 반쯤 돌리고 서 있던 상촌댁은 택시에서 내리는 계집아이를 보고는 앞이 캄캄해져 눈을 감았다. 솜털 보송보송한 계집아이가 뇌꼴스럽게 택시에서 혼자 내리는 것 때문이 아니었다. 간신히 눈을 뜨는 상촌댁의 다리에 맥이 쭈욱 풀렸다. 그예 올 것이 오고야 말았다. 지혜인지 아닌지 따져 볼 것도 없이 계집애는 제 어미, 인자 판박이였다.

택시가 공터를 한 바퀴 돌아 혼자 나가는데 우산도 받지 않은 아이는 주위를 두리번거리고 있었다. 들어오던 길에 보았던지 손쉽게 골목 입구에 서 있는 상촌댁을 찾아내고 아이가 주춤주춤 다가오기 시작했다. 상촌댁이 골목에서 몸을 뺐다. 집으로 올라가는 길에서 몸을 빼기는 했는데 어디로 가야 할지는 막막했다. 아이를 끌고 동네 밖으로 나서는 길밖에는 방법이 없는데 60여 평생 일로 다져 온 손에 힘이 하나도 없는 상태였다. 저어, 할머니. 어떻게 길을 물어야 할지 모르겠다는 듯이 아이가 몸을 꼬았다. 키가 벌써 제 어미에 버금가게 큰, 바싹 마른 아이였다. 아이가 시나브로 비에 젖었다.

「누구 집을 찾아왔냐?」

「정인자요.」

「그 사람이 누군디?」

「우리 엄마요.」

「그 정인자는 이 동네 사는 사람이 아닌디, 어떻게 알고 왔냐.」

「아까 전화했어요. 엄마가 받았어요.」

「그라믄 니한테 오라고 하드냐?」

오라고 하더냐는 물음에는 잠잠하다. 인자는 말문이 막혀 입도 달싹 못했을 것이다. 그렇다고 그 성정에 제 새끼를, 나는 너 모른다고 내치지도 못했을 것이다. 짐작은 해보지만 그 모녀 사이에 무슨 말이 오갔을지는 가늠이 되지 않았다. 어쨌든 지혜는 제 어미가 여기 와 있다는 것을 알고 온 길이었다. 제 씨앗을 더 뿌리려고 안간힘을 쓰는 사위와 딸년이 더는 아무 문제없기를 눈만 뜨면 빌고 살았지만 바람대로 되는 꼴은 어차피 평생 한번도 구경 못했다. 상촌댁이 아이의 젖은 어깨를 돌려세웠다. 고양이 새끼처럼 가느다란 어깨였다.

「요 골목으로 쭈욱 올라가다가 갈라지는 길이 나오면 왼편으로 곧게 가서 끝 집이다. 파랗게 색칠 된 대문으로 들어가 봐라. 옴싹 젖어 불기 전에 얼렁 가봐.」

고개를 꾸뻑 숙인 계집아이가 등에 멘 가방을 달랑거리며 뛰듯이 걸어간다. 상촌댁은 아이가 골목 안 모퉁이를 돌아 사라지고 난 뒤에도 그 자리에 선 채 움직이지 못한다.

젖은 신발

무심코 전화를 받았을 때 아이는 다짜고짜 우리 할머니 없어요? 했다. 전화 예절을 갖추지 못한 풋내 나는 목소리였다. 어린 목소리라는 인식보다 전화 예절을 모르는 아이라고 느낀 순간 인자 가슴에 휘뜩한 바람이 차올랐다. 누구네 집에 전화한 거냐고 물었더니 잠잠했다. 전화 받는 사람이 누군지 생각해 보는 것 같은 아이한테 인자는 너는 누구냐고 묻지 못했다. 그저 숨을 죽인 채, 당장 할 말도 떠오르지 않아 가만있었더니 아이가 대뜸 제 이름을 밝혔다. 나는 지혜예요, 김지혜.

잘못 걸린 전화가 아니었다. 전화 코드가 수시로 빠져 있던 원인이 아이한테 있었던 것이다. 그걸 깨달은 순간 인자는 눈을 감았다. 수화기 건너편 상대의 존재감보다 앞서 그걸 깨달은 자신이 어처구니 없었다. 우리 할머니 없냐고 아이가 채근했다. 중학교 1학년일 아이였다. 도망쳐 나왔던 새벽 이후 한 번도 만나지 않았지만 지혜가 여섯 살이 되었을 때 세상 모든 아이들은 여섯 살이었다. 지혜가 초등학교에 입학한 즈음엔 세상 모든 아이가 1학년이었다. 재혼을 하고 어진이 태어나자 세상의 아이들은 젖먹이와 아홉 살들뿐이었다. 그래도 인자는 지혜를 위해 아무것도 하지 않았다. 아무것도 하고 싶지 않았다. 인자가 했던 일은 그저 보고 싶지 않은 아이의 나이를 세었던 것뿐이었다. 그런데 영원히 나이만 세고 싶었던 아이가 불현듯 다가와 호칭도 없이 묻고 있었다. 그럼, 누구세요?

이웃집에서 잠깐 놀러 온 손님이라고 할까. 아님 며느리라고 할까. 부정은 어렵지 않았다. 그렇게 해서 정인자가 김지혜를 낳았던 사실이 없어질 수 있다면 그랬을 것이다. 하지만 지혜는 전화 저편에서 당신이 누구냐고 물었다. 산부인과에서 보냈던 몇 년 동안 완성되어 태어나는 생명보다 더 많은 생명의 부스러기들을 재처리통으로 집어넣었다. 겸자에 집혀 나온 핏덩이들은 여리게나마 아직 꾸물거릴 때가 많았다. 모체에서 끌려 나와 쓰레기통으로 들어가기까지의 시간은 길어야 10초 남짓. 그래도 당연하게 여겼고 그것 때문에 어느 여자의 도덕성을 의심해 본 적도 없었다. 엄마가 없애야겠다고 생각하는 생명이라면 태어나 사는 게 한결 힘들 것이라 여겼다. 그들은 그만큼의 수명만을 타고난 것이라고. 한 번도 자신의 몸속에 든 생명을 그렇게 할 수도 있으리라는 생각은 해보지 않았다. 웃음과 함께 태어나는 아이만을 만들리라, 그렇게 여겼을 것이다.

그런데 나를 누구라고 할까, 내 아이에게. 궁리하고 있는데 전화가 끊겼다는 기계음이 들려왔다. 대답을 찾고 있던 인자는 놀라 송화구를 들여다보았다. 또 다른 재앙처럼 느껴지는 단절 음이었다. 이 아이가 금세 찾아오겠구나. 인자에게 첫 번째로 찾아든 예감이었다. 애 아비가 제 친가에 데려다 두었다는 풍문을 들었으니 지혜는 택시로 20분이면 제 어미한테 닿을 수 있는 거리에 있었다. 인자는 수화기를 내려놓다가 말고 달력 하단에서 택시 회사 전화번호를 발견하고는 눌렀다. 택시를 부르면 5분이면 도착하기 마련이었다. 지갑만 들고 나왔다. 상모정에서 어진을 찾아 안고 나오기도 전에 택시가 마을 앞길을 올라왔다. 그냥 타고 마을을 빠져나왔다. 지금까지 상촌댁이 김지혜한테 정인자를 어떻게 숨겨 왔는지 모르지만 여태 해온 것처럼 해줄 터였다. 인자는 읍내 터미널에 내려 광주행 버스표를 샀다. 그리고 다섯 대째의 광주행 버스가 터미널을 빠져나가는 것을 지켜만 보고 있었다.

아이는 어쩌면 벌써 제 외가에 도착했을 것이다. 언제부턴가 수시로 외가에 전화를 걸어 제 엄마의 소재를 물었을 아이가 틈틈이 모았을 용돈을 꺼내어 움켜쥐고 택시를 부르고 발을 동동 구르며 택시를 기다렸을 터였다. 택시가 오면 아이는 이미 알고 있을 동네 이름을 댔을 것이다. 금세 외가가 있는 마을에 도착하고는 두리번거렸을 테고 사람들이 거의 오가지 않는 빗속에서 갈 길을 몰라 헤맬지도 모른다. 제 짧은 삶의 어느 시점에서 잃어버린 엄마. 그래서 엄마라는 소리도 내보지 못한 아이 눈에 눈물이 고였을지도. 그러다가 나타난 누군가에게 길을 물어 집을 찾아 들어갔을지도. 한 시간도 넘게 터미널 의자에 붙박여 몇 번이고 벌인 인자의 상상은 그 지점에서 되돌이표를 그렸다. 그 아이를 어떻게 할 것인지가 떠오르지 않았다. 이대로 돌이 돼 버렸으면 싶어 움츠리고 있는데 누군가 어깨를 톡톡 건드렸다. 놀라 고개를 드니 어디서 본 듯한 여자가 긴가민가한 눈으로 내려다보는 참이었다.
「혹시 정인자 아냐? 맞네. 야아, 나 최정희다.」
듣고 나니 떠올랐다. 펑퍼짐한 몸피에 살빛 좋게 나이 든 여자는 여고 1학년 때 짝꿍이었던 최정희였다. 여고 시절 내내 친하게 지냈음에도 이후 한 번도 만나지 못한 건 인자 탓이었다. 정희가 내민 손을 붙잡고 일어서서 오랜만이라는 인사를 하는데 이 친구도 장사를 하는구나 싶은 생각이 문득 들었다. 청바지에 꽃분홍색 셔츠를 입고 있지만 방금 앞치마 벗어 놓고 나온 여자 같지 않은가. 장사꾼은 장사꾼을 알아보는 법이라는 말이 떠오르자 웃음도 났다. 정희가 반갑다며 수선을 피우더니 자신은 읍내서 식당을 하고 있다며, 집에 왔다가 광주로 돌아가는 큰아이 배웅하고 돌아선 길에 정인자 같은 여자를 발견했다고 수다를 떨었다.
「그런데 정인자, 웬일이냐. 너 서울 산다고 들은 것 같은데 여기 왜 이러고 있어?」
「자꾸 딸꾹질이 나서.」
「뭐?」
무슨 엉뚱한 소리냐는 정희의 반응을 보고서야 인자는 딸꾹질이 멈춰 있음을, 아까 아이 전화를 받은 순간부터 딸꾹질을 잊었다는 것을 깨닫는다.
「아니, 우리 큰애 마중 나와 있어.」
「큰애가 어디서 오는데?」

「먼 데서. 그동안 내가 못 키웠는데 이제 내가 키우려고.」

생각지도 않았던 말이 술술 나오는 데다가 말을 하다 보니 정말 지혜를 마중하기 위해 앉아 있었던 것만 같다. 게다가 여태 사지가 묶인 듯 꼼짝도 할 수 없었던 몸이 홀가분하게 풀리는 듯했다. 긴 말이 어려운 인자 사정을 대번에 눈치 챘는지 정희는 아이에 대해 더 묻지 않고 지갑에서 명함을 빼 인자 손에 쥐여 주었다.

「네 큰애 맞은 담에 정리가 좀 되면, 애들 데리고 우리 집에 와. 고깃집이거든? 이 읍내에서는 최고로 맛있다고 소문났으니까 내가 거하게 대접할게. 오랜만에 만났으니 수다도 왕창 떨자.」

인자 손을 다시 한 번 잡고 흔들어 준 정희가 터미널을 빠져나갔다. 인자는 다시 무너지듯 자리에 앉는다. 손에 들린 명함에는 숯불갈비, 남도제일옥이라 쓰여 있다. 똑같은 장사꾼이 아니었다. 정희의 온몸에는 나이가 자랑스레 새겨졌고 힘이 넘쳤다. 명함을 지갑에 넣고도 인자는 일어나지를 못한다. 광주행 버스가 또 들어왔다가 사람 두엇을 태우고 떠나려는 참이었다. 망연히 버스를 쳐다보고 있는 인자 눈앞에 푸른색 줄무늬의 단화 한 켤레가 디밀어졌다. 다시 돌아온 최정희였다.

「가다 생각해 봉게 네 슬리퍼가 젖은 게 생각나더라. 네 신발 사이즈도 생각나고. 발이 더 크지는 않았제? 나보다 한 사이즈 작았잖냐. 오랜만에 애 만난다고 정신없이 나왔는가 본디, 오랜만에 만나는 애 앞에서 엄마가 젖은 신발 신고 있으면 쓰겠냐?」

정희가 무릎을 구부리고 앉더니 상촌댁의 낡고 젖은 슬리퍼 속에서 인자 발을 꺼내 새 신과 함께 들고 온 휴지로 쓱쓱 닦았다. 한 발을 닦아 새 신을 신기고 다시 한 발을 닦아 새 신을 신기더니 젖은 슬리퍼를 들고 일어났다. 주변 사람들이 두 여자가 벌이는 기이한 풍경을 흘깃거리든 말든 정희는 슬리퍼를 쓰레기통에 가져다 버리고 툭툭 손을 털며 다가왔다.

「그럼 나 먼저 간다. 우리 집에 꼭 놀러 와야 쓴다.」

인자가 어리떨떨해 있는 사이 정희가 사라졌다. 친정에 머무를 때면 입고 사는 요란한 꽃무늬의 고무줄 치마 밑으로 정희가 신겨 준 새 신이 비죽이 나와 있었다. 한참 동안 두 발을 움직여 보던 인자는 몸을 일으켰다. 터미널 밖으로 나와 택시를 잡아 타고 동네 이름을 댔다. 10분도 되지 않아 집으로 올라가는 골목 어귀에 내렸다. 집까지는 숨을 다스리며 부러 느리게 걸었다. 대문은 닫힌 채였다. 오는 동안 빌었다. 아이가 오지 않았기를. 혹여 왔더라도 포기하고 돌아갔기를. 설령 제 어미에게 저주를 퍼붓고 눈물 쏟았을지라도 내 눈에 띄지만 말기를. 그 아이 때문에 또 세상과 싸워야 할 일이 생기지 않기를. 아귀가 잘 맞지 않아 여닫을 때마다 쇳소리를 내는 대문 앞에서 한참을 선 채 비를 맞던 인자가 문을 왈칵 밀었다. 마루에 혼자 앉았다가 놀라 일어서는 아이와 눈길이 딱 마주쳤다. 순간 인자한테서 신음이 났다. 나이를 세어 왔으면서도 인자 내면 속의 아이는 아직 다섯 살배기였다. 지금 눈앞의 아이는 열네 살이었다. 윤기라곤 없이 바싹 말랐지만 키는 인자만큼 자란 아이가 덫에 치인 고양이처럼 서서 울먹이기 시작했다.

랩소디 인 블루

정오

이세건. 오늘에야 비로소 알게 된 이름이다. 아침 7시에 들어와 꼬박 다섯 시간을 디아블로에 매달렸는데도 그의 교복 깃에는 누군가 공들여 다린 흔적이 남았다. 학생용 넥타이도 흐트러짐이 없다. 그러나 표정만큼은 차림새 같지 못하다. 꺼칠해진 얼굴에는 우울이 장막처럼 덮였다. 아침에 들어설 때부터 이름표를 내달고 있었다는 걸 지금에야 의식한 게 아니라면 의도한 행동일 텐데, 만 원짜리 지폐를 내밀던 세건은 재킷 호주머니에 걸려 있던 이름표를 거칠게 떼어 내 바지 주머니에 집어넣는다. 시선은 나를 외면한 채이다. 거스름돈을 건네자 그의 시선이 내 손을 잠깐 건너다보는가 싶더니 싸늘하고 느린 동작으로 돌아선다. 다시 오죠. 돌아서다 말고 뇌까린 칼칼한 목소리는 분명히 그렇게 말한 것 같은데 그의 왼쪽 어깨에 몰아 멘 가방이 찬바람을 일으키며 사라진다. 카운터 모서리를 붙들고 있는 내 손가락들에 쥐가 나는 듯한 균열이 생겼다가 온몸 구석구석 여진처럼 퍼져 나간다. 늘 단정한 차림새와 깊은 눈매에 갇혀 갈등하던 그의 이반이 마침내 폭발했다는 걸 오늘 아침 그 친구가 들어서던 순간, 가슴에 내걸고 있던 이름표 때문에 느꼈다.

오후 1시 10분

아저씨, 나 왔어요. 다람쥐처럼 기척 없이 뛰어 들어온 녀석이 눈도 마주치지 않은 채 소리를 지른다. 지난주 금요일 저녁나절에 왔다가 갔던가. 오늘은 다른 때보다 훨씬 이른 시각인데 녀석은 제가 잘 앉는 자리가 빈 것을 보고는 달려가 아저씨 내 방석, 소리를 지르며 뛰어 올라앉는다. 녀석 의자에 포개 줄 방석을 챙기며 녀석의 어미가 들어서기를 기다린다. 아직 모습이 보이지 않지만 열려 있는 출입문 바깥쪽에서 기침 소리가 울린다. 여자는 대개 녀석보다 1, 2분쯤 뒤에 들어서기 마련이었다.

안녕하세요. 5층을 걸어 올라와 숨이 가쁜 듯 여자는 생강을 삼킨 듯한 기침을 한 차례 더 쏟더니 방석 석 장을 들고 서 있는 나를 향해 엷게 웃는다. 미백색의 긴 내리닫이 치마에 연초록색의 짧은 카디건을 걸친, 제법 맵시를 낸 차림새인데 표정은 그다지 밝지 않다. 내가 녀석의 의자를 만들어 주고 요구르트를 가져다주는 동안에도 여자는 카운터 앞에 서 있다가 내가 다가서자 시선을 피한 채 뇌까리듯 말했다.

「저, 잠깐 좀 나갔다 올게요. 제 아이 좀 부탁드려요.」

표정이 어딘지 모르게 불안해 보인다. 그러십시오. 내가 고개를 끄덕이자 여자는 머뭇거리는 기색으로 뒷걸음질을 치더니 몸을 돌려 나간다. 다른 때는 1, 20분쯤 제 아이 쪽을 향해 앉아 잡지나 신문을 뒤적이며 커피 한 잔은 마시고 나가더니 오늘은 마치 아이를 버리고 달아나는 여자 같다. 하기야 이제까지도 제 아이 잠깐 부탁해요, 잠깐 나갔다 올게요, 따위가 대학가 앞 PC 방에 아이를 맡겨 놓고 나가는 여자의 인사법이기는 했다. 그런데 그의 그 잠깐이라는 게 대개 서너 시간이었다. 의자에 파묻히면 보이지도 않는 녀석이 이따금 의자 위로 올라서서 제 어미를 찾아 몇 차례 두리번거릴 즈음에야 겨우 나타나는 것이다.

오늘 녀석은 저글링 러시로 시작했다. 초장부터 댓바람에 저글링 여섯 마리를 끌고 적의 기지로 쳐들어가더니 공격 유닛이 없는 틈을 타 절반을 단숨에 제거했다. 절반의 적을 우선 없애 놓고 나머지를 처리하겠다는 작전을 구사할 수 있는 녀석은 게임에서 타이밍이 얼마나 중요한지를 아는 것이다. 체중이 얼마나 될까. 검은 셔츠에 감싸인 녀석의 몸피가 검은 바지를 매달고 있는 노란 멜빵 때문에 한결 작아 보인다. 도망치듯 나간 제 어미가 기침을 해대더니 녀석이 앉은 자리에서도 마른기침 소리가 자꾸만 난다. 제 아이 어깨가 기울어 자라는 걸 여자는 모르는 게 틀림없다. 게다가 녀석이 자기와 마찬가지로 기침을 한다는 것도 모르는 모양이다.

　녀석이 스타크래프트를 어떻게 배웠는지는 몰라도 작년 초겨울에 처음 들렀을 때 기본기는 벌써 닦인 상태였다. 손가락은 자판 기본 자리에 맞출 수 없을 만큼 작았지만 열 손가락을 다 사용했고 명령어를 입력하는 손놀림도 제법 익숙했다. 겨울 지나 입학을 하고 반년이 지나는 새에 녀석은 단골손님들 사이에서 쁘띠디아블이라는 별명을 얻은 전사가 돼 있었다. 최소한 내 가게 안 손님들은 다 제치고도 남을 만큼 발전했다. 호기심 삼아 녀석의 게임 수를 들여다보던 대학생들이 녀석에게 네트워크 게임을 붙자고 한 것이 계기였다. 녀석이 내게 책상이 높다고 짜증을 내기 시작한 것도 그 무렵이었고 녀석이 나타나면 으레 방석을 대령하게 된 것도 그즈음부터였을 터이다. 두 장 가지고 모자라 석 장의 방석을 깐 의자에 앉아 달랑거리는 녀석의 발은 모니터 안의 전황이 급해지면 묶인 추처럼 정지되었다. 모니터를 향해 쉼 없이 나불대는 입도 그때는 조용했다. 대신 손가락을 물어뜯었다. 마우스와 키보드를 눌러대기에도 바쁜 와중에 귀신같이 제 손톱을 물어뜯는 것이다.

　가시 걸린 강아지가 켕켕대는 것 같은 녀석의 기침 소리가 아무래도 거슬린다. 스물네 시간 환풍기를 가동시키고 있는데도 녀석이 나타나기만 하면 갑자기 실내 공기가 탁하게 느껴진다. 손님들도 담배를 한결 많이 피우는 것 같은 착각이 들었다. PC 방 구경을 하고 싶다고 해서 데리고 나왔는데 다른 데서는 애가 어려 곤란하다고 하네요? 지난 늦가을 제 아이 손을 잡고 처음 들어선 여자가 그렇게 말했을 때 PC방을 탁아소쯤으로 여기게 될 거라고는 여자도 생각지 않았을 것이다. 나 역시 그랬다. 사실 천성처럼 몸에 배어 버린 게으름 탓이기도 했다. 구경 나왔다는데 구경하라지, 그러고 말았던 것이다.

이제 낯이 선 고객은 거의 없었다. 밤 10시 이후 미성년자를 받아들이지 않는다는 따위의 규칙을 지켜 보려고 했던 건 가게를 열고 처음 석 달뿐이었고 업소에서 담배를 팔면 안 된다는 규칙은 애초에 듣지 못한 걸로 쳤다. 더 이상 컴퓨터를 늘릴 공간이 없었고 시설을 업그레이드하는 데에도 한계가 있었다. 이 동네 같은 업종에서 선발 주자라고 자부했던 나로서는 믿고 싶지 않지만 내가 하는 생각은 남들도 다 했다. 설령 좀 쓸 만하다 싶은 발상이라고 해봐야 거대 자본으로 시작한 대형 PC방을 따라갈 수 없었다. 번연히 눈을 뜨고 있으면서도 무원칙과 무분별이 영업 전략으로 굳었다. 하룻밤 자고 나면 이웃에 새로운 게임방이 생기는데도 권리금 내고 가게를 인수하겠다는 작자들은 없었다. 현재로서는 이 5층까지 걸어 올라와 주는 단골손님들이 표 나게 줄지 않는다는 것만도 다행으로 여겨야 할 상황이었다.

역시나 녀석을 손님으로 받기 시작한 게 불찰이었다. 연회색 블라인드를 걷고 보라색으로 코팅한 창을 열자마자 햇살이 최루탄보다 맵게 실내를 점령한다. 견딜 수 없게 눈이 따갑다. 스물네 시간

전자파에 노출된 눈에는 안구 건조증이라는 직업병이 들러붙었다. 이따금 치료를 받아도 인공 눈물을 수시로 들이붓지 않으면 눈을 뜰 수가 없을 때가 잦다. 주머니에 들어 있던 눈물을 꺼내 망막을 씻어 내고 창문을 차례로 열어젖힌다. 담배 연기에 절어 칙칙한 회색빛이던 가게 안이 청색과 보라색으로 이루어진 원래의 색조로 되돌아온다.

「황당하구먼.」

아침 9시 무렵에 출근하듯이 들어와 담배 한 갑을 다 피우며 이제껏 컴퓨터 앞에서 죽치던 사내다. 30대 후반쯤으로 보이는 줄무늬 점퍼 차림의 그는 제 좌석 맞은편의 창을 열자 쏟아져 들어온 빛살이 겨운 듯 눈을 찡그리더니 의자를 밀어내며 일어선다. 대여섯 시간 동안 모니터만 쳐다보고 있었으니 당연히 햇빛이 황당하겠지. 서너 달 전쯤부터 일주일에 한 번 꼴로 나타나기 시작한 사내는 포트리스 중독이었다. 여기서 컵 라면으로 점심을 해결하고 나면 밖으로 나설 사내가 화장실을 다녀와 제 맞은편 창문을 드르륵 닫고 블라인드를 내려뜨리더니 다시 무너지듯 자리에 앉는다. 그가 그렇게 시위하지 않아도 어차피 창문을 오래 열어 둘 수는 없다. PC 방에 들어선 손님들은 대부분 햇빛 기피 증세를 갖고 있었다.

오후 3시

오마나, 쁘디디아블, 또 만났네? 세 남학생과 함께 들어온 여학생이 녀석의 옆 자리에 앉으려다 의자에 파묻힌 아이를 발견하고는 탄성을 지른다. 녀석은 누군가가 저를 들여다보며 말을 걸어도 돌아보지 않는다. 게임을 함께하자고 하기 전에는 아무에게도 관심이 없는 것이다. 꼬마야, 나랑 한판 할래? 철 이른 반소매 차림의 대학생들이 녀석 곁에 나란히 앉으면서 장난을 걸자 녀석이 휙 고개를 돌린다.

「언제요?」

「와, 이 자식 좀 봐. 진짜 붙고 싶은 모양이네?」

「언제 해요?」

「화, 고양이만 한 자식이 승부욕은? 짜샤, 이따가 이 형님들 숙제 다 하고 나서 하자. 우리 숙제가 급하거든.」

대학생들이 낄낄거리며 돌아앉는다. 그들에게 컴퓨터를 켜주고 음료수를 내놓고 돌아서는데 녀석이 일어나 신발을 신은 채 의자 위로 올라서더니 나를 쳐다본다. 발이 바닥에 닿지 않으니 의자에 달린 바퀴가 별 소용이 없어 녀석은 늘 등받이 높은 의자에 갇힌 꼴이었다.

「왜?」

「나 배고파.」

3시 반인데, 제 이름 일러 줄 줄도 모르는 녀석이 배가 고프다고 나를 힐난하고 있는 것이다.

「너 점심밥 안 먹었냐?」

「토요일엔 학교에서 급식 안 줘.」

제 배고픈 게 나나 학교 탓이라는 듯 종알댄 녀석이 안아 내려주려는 내 손을 밀쳐 내고 의자 팔걸이 위에서 폴짝 뛰어내린다. 나도 식전이긴 하다. 세건에게 가게를 통째로 장악당한 듯이 느꼈던 오전이 아니었더라도 끼니를 때맞춰 먹는 습관은 없었다. 배가 고프다는 의식이 있어야 찾아 먹을 텐데 언제부턴가 물리적인 허기를 인식하는 감각이 무뎌졌다.

「뼈 없는 바비큐 치킨하고 케첩하고 콜라하고…….」

기침 때문에 말이 잘리긴 했어도 녀석의 주문은 천연덕스럽다. 녀석이 가게에 들어선 지 두 시간 반이 지났는데, 어쩐지 여자는 자신이 설정한 잠깐 동안에도 돌아올 것 같지 않다. 서투른 들뜸과 불안이 뒤섞여 언제나 조바심을 치는 것 같은 여자. 그가 여기다 아이를 두고 남자를 만나러 다니는 게 아닐까 싶은 생각은 모자가 세 번째 나타났을 즈음부터 했다. 밥을 굶고도 제 어미의 행방을 궁금해하지 않는 녀석이 객장 가운데 놓인 원탁으로 가 앉더니 탁자에 손을 올려놓고 그 위에다 무거운 듯 제 자그만 머리통을 얹는다. 기웃한 시선은 지켜보겠다는 것처럼 나한테 쏠려 있다.

오늘은 뭘로 연명할까를 잠깐이나마 궁리하는 것도 하루의 첫 끼니를 해결하려는 즈음뿐이다. 대개는 컵라면 한 통으로 결정 나버리는 의미 없는 갈등이지만 그마저도 오늘은 여느 날보다 훨씬 늦어졌다. 녀석이 아니었더라면 저녁때쯤에나 허기를 느꼈을 것이다. 뼈 없는 바비큐 치킨을 주문하고 내 몫의 라면 사발에 뜨거운 물을 받아 녀석 맞은편에 놓는데 교복 차림새의 고등학생 셋이 떠들썩하게 들어선다. 셋 다 담배 개비를 들고 있다. 솔래솔래 연기를 피워 대며 함께 온 그들은 각자 빈자리를 찾아가 앉는다. 많은 손님들이 일행으로 들어오지만 들어선 순간 그들은 파편처럼 흩어졌다. 나란한 자리에 앉는다고 해도 모니터를 바라보는 순간부터 그들은 자신들의 동굴로 숨어들었다. 그 동굴 속에는 중독과 몰두라는 각자의 마약이 따로따로 마련되어 있었다.

　각기 담배 한 갑씩을 주문한 고등학생들한테 담배와 음료수를 내주고 나자 서쪽 창가 자리에 앉아 이제껏 시간을 죽이고 있던 줄무늬 점퍼의 사내가 카운터로 다가왔다. 아침에 와 점심을 먹고도 두어 시간을 더 머문 그였다. 처음엔 퇴직금쯤으로 PC 방 개업을 궁리하는 작자가 아닐까 싶었던 사내의 낯빛은 몇 달 새에 누룩 색깔로 변했다. 한 줄기 바람도 스스로는 만들어 내지 못할 궁기가 그의 얼굴에 배어 가는 중이었다.

　「8천4백 원입니다.」

　만 원짜리가 빠져나온 사내의 낡은 지갑이 얄팍해 보인다. 일부러 골라 건넨 천 원짜리 신 권 한 장과 동전 두 개를 받아 들고 한참을 들여다보던 사내가 희미하게 웃으며 고개를 주억이더니 그걸 점퍼 주머니에 집어넣으며 나간다. 그때 화장실에 다녀온 녀석이 카운터 안쪽으로 돌아와 손을 내밀었다. 두 손이 물기에 젖어 있다.

「화장실에 수건 없던?」

「수건 썩었어. 냄새 나.」

아침에 내건 수건인데 가차 없이 썩었다고 종알거리는 녀석은 제 새끼 밥 챙겨 먹일 정신도 없는 여자의 아이치고는 꽤나 도도할 뿐만 아니라 까다롭다. 화장지 몇 장을 뽑아 닦아 주려 하자 녀석의 손이 낚아채듯 화장지만 빼내 간다. 엉성하게 물기를 닦아 내는 녀석의 손가락 끝이 새빨갛다. 손톱은 생살이 엿보일 지경으로 뜯겨졌고 손톱 둘레 살들도 쥐가 쏠기라도 한 것처럼 벌겋다.

「아저씨가 해커예요?」

라면 국물을 좀 삼키고 나서 고깃점을 들어 올리는 나를 보며 녀석이 그렇게 물었다. 녀석도 케첩 묻힌 고기를 우물우물 씹고는 있는데 목이 아픈지 찡그린다. 그래도 냅킨으로 감싼 고기를 뜯어 먹는 품이 익숙해 보인다.

「해커라니? 왜 그런 생각을 했어?」

「인터 월드, 해커라고 써져 있잖아. 저기, 저기, 문 앞에도 있고.」

「거야 가게 이름이지 인마. 내 이름은 김준식이다. 그러는 넌 이름이 뭐냐?」

「나는 산, 김산이야. 근데 이름이 한 글자라서 나빠.」

「왜 멋지구만, 김산. 내가 들어 본 이름 중에 제일 멋지다.」

「아냐. 애들이 막 놀려. 산아 산에 가자. 산아 산에 있지 왜 여깄냐 하고. 아저씨가 해커 아니니까 내가 해커 할래. 김해커.」

「해커보다 산이 훨씬, 훨씬 좋다.」

「나는 해커가 더 좋아. 해커는 힘센 걸 부술 수 있어. 벽을 부술 수도 있고. 나 키 많이 크면 엄청난 해킹 할 거야. 근데 아저씨, 쁘띠디아블이 뭐야?」

배가 고프다던 기세에 비해서는 먹는 모양새가 시원찮아 보이던 녀석이 몇 입 뜯지도 않은 고기를 내려놓으며 기침을 해댄다. 아무래도 열이 올라 있는 얼굴인데 눈매는 아이답지 않게 깊다. 콜라 한 모금을 삼킨 뒤 말똥하게 바라보는 눈동자 위에서 아래쪽으로 처진 긴 속눈썹이 미세하게 흔들린다. 엄청난 해커가 되겠다는 녀석은 도무지 웃을 줄 모른다. 녀석이 해킹하고 싶은 벽은 어떤 걸까. 나도 웃음이 나오질 않는다.

「꼬마라는 뜻이야. 아주 귀엽고 착하고 똑똑한 꼬마. 그런데 김산, 왜 안 먹어? 배고프다면서?」

「배고픈데 배 안 고파.」

결혼이라는 것을 하고 아이를 낳아 봤다면, 혹시라도 내 안에 그럴 수 있는 가능성이 있기라도 하다면, 녀석의 말이나 오늘 갑자기 나를 상대로 말이 많아진 녀석의 속내를 해독하기가 좀 쉬웠을는지도 모른다.

「그럼 뭐, 다른 거 먹을래? 다른 거 먹고 싶어?」

고개를 저은 녀석이 콜라를 마시고는 빈 종이컵을 내려놓고 페트병에 든 콜라를 다시 따랐다. 이마를 짚어 봐야겠다는 생각이 든 것은 내 왼손이 녀석에게 이미 다가든 뒤였다. 그런데 녀석이 뚜껑을 닫으려던 콜라 병을 끌어안으며 고꾸라지듯 움츠러들면서 내 손을 피한다. 방금까지 고요해 보이던 눈동자에 심한 거부감이 서렸다. 두려움 같기도 했다.

「계속 기침하기에 열이 나나 만져 보려던 것뿐이야 인마. 난 어른이고 넌 애 아니냐. 어른은 원래 애가 아프면 만져 보는 거야.」

긴 설명을 들은 뒤에야 녀석은 미덥지 않다는 눈빛으로 가만히 몸을 세워 앉는다. 제 이마에 손을 대자 참아 주겠다는 듯 눈을 감는다. 열이 제법 있다. 그 손으로 내 이마를 짚어 보고 나서 다시 녀석의 이마를 짚어 보니 뜨끈하게 느껴질 정도다. 여자가 나간 지는 벌써 세 시간이 다 되어 간다. 녀석이 눈을 떴다. 눈동자에 힘이 하나도 없어 보인다.

「김산. 너 지금 아픈 것 같은데, 괜찮냐?」

「괜찮아.」

「네 엄마한테 전화해서 빨리 오시라고 해야겠다. 나는 너처럼 엉뚱한 녀석 만나 본 적이 없어서 어떻게 해야 할지 모르겠거든. 엄마 전화번호 알지?」

「엄마 핸드폰, 뻐꾸기 시계에 부딪쳐서 팍 깨졌어. 이제 없어. 뻐꾸기도 없고.」

녀석이 콜라 컵을 입에 문 채 중얼거렸다. 이쪽을 말끄러미 바라보는 녀석의 눈동자에선 아무것도 읽을 수가 없다.

오후 4시 반

드물게는 인터넷을 통해 정보를 찾는 손님들도 있지만 대부분이 게임을 하는 사람들이어서 쏘고 부수고 폭파하는 소리와 빛의 파동들로 가게 안이 들들 끓었다. 하루 중 가장 바쁜 때였다. 포트리스와 리니지, 스타크래프트, 디아블로. 가상 공간에서 벌어지는 사이버 종족들의 전쟁과 그 게임을 운영하는 사람들이 혼자서 되뇌는 끊임없는 중얼거림. 핸드폰들의 울림. 일방통행처럼 들리는 말소리들. 소리로만 치르는 전쟁이 있다면 아마도 이런 식일 것이다.

「야, 디아블 왔구나!」

아르바이트생 종호는 토요일이라 넷이나 되는 친구들을 달고 반 시간 이르게 들어섰다. 빈자리가 거의 없는 상태였으므로 공짜 손님인 종호의 친구들은 입맛을 다시며 흩어져 다른 이들의 전쟁을 참관한다.

「나는 저 녀석 데리고 나갔다가 와야겠어. 녀석 이름이 산이래. 김산. 저 녀석 어머니 알지? 우리 돌아오기 전에 산이 어머니가 오시거나 전화를 해오면 애가 열이 있어서 병원에 데리고 갔다고 해.」

「그러고 보니 진짜 얼굴이 벌겋네. 야, 너 아픈 놈이 여긴 왜 왔어? 집에서 이불 뒤집어쓰고 만화 영화나 볼 것이지.」

산이는 카운터 안쪽의 내 의자에 푹 파묻혀 반쯤 자는 얼굴로 마우스를 누르듯 리모컨을 눌러 댔다. 텔레비전 화면에 시선을 보낼 뿐 종호를 거들떠보지도 않는다.

「만지지 마!」

카운터 안쪽으로 들어온 종호가 제 머리를 만지자 녀석이 리모컨 들린 손을 휘저으며 소리를 내질렀다.

「아이쿠 무섭네 이 데블. 소리로 봐선 하나도 안 아픈 것 같은데?」

「그만해 둬. 무슨 일 있으면 전화하고. 김산 나가자.」

발딱 일어서서 천천히 따라 나오던 녀석이 닫힌 출입문을 등지고 우뚝 멈춰 선다. 많이 아픈가 싶어 손을 내밀어 본다. 아프다면 안고 내려갈 작정인데 녀석은 내밀어진 내 손을 보기만 하다가 맥없이 중얼거린다. 이따 비 온대. 10초 간격으로 텔레비전 리모컨을 눌러 대더니 언제 일기 예보를 봤을까. 서너 계단을 내려선 나와 녀석의 눈높이가 비슷한데 녀석은 방금 제가 종알댄 말을 기억하는 것 같지 않다. 화가 나 있는 것 같기는 하다. 하지만 제가 손을 내밀기 전에는 내 손길에 응해 올 녀석이 아니었다. 올 때마다 다섯 층을 숨 가쁘게 뛰어 올라오던 녀석이 뒤에서 힘없이 걸어 내려오고 있다. 4층은 배송희의 만화방 '만화나라'이다. 3층은 젊은 부부가 운영하는 카페 '바그다드'다. 2층은 남자 미용사 셋이 일하는 미용실 '졸리팜므'이고 1층엔 24시 편의점이 들어 있다. 지하는 '팡팡' 노래방이다.

건물 밖으로 나서니 아닌 게 아니라 봄날 오후 5시 햇빛이 황당하긴 하다. 겨울 내내 이어졌던 가뭄은 봄이 왔어도 가시지 않았다. 가게 카운터나 옥탑 방을 번갈아 가며 스물네 시간 켜놓는 텔레비전에서는 수시로 산불이 타올랐다. 지금도 어디선가 산불이 나 있을 것 같은데, 6차선 건너편의 대학 후문 앞 광장에서는 오후 햇살을 배경으로 공연이 벌어지려는 모양이다. 늘 붐비는 건널목에 푸른 신호등이 켜지자 왁자하게 도로를 가로지른 사람들이 아마추어록 그룹이 벌이기 시작한 노래판 앞에서 발길을 멈춘다. 뒤늦게 계단을 내려온 산이는 햇빛 때문인지 제 신열 때문인지 낯을 잔뜩 찌푸리고 있다가 시선이 마주치자 화가 치민 듯이 중얼거린다.

「나, 다리 아파. 눈도 아프고, 머리도 아파.」

만지지도 못하게 하면서 다리 아프다고 하면 어쩌자는 거냐고 되물을 필요는 없을 것 같다. 이제껏 잔뜩 콧대를 세웠지만 저를 만지게 한 순간부터 녀석의 고집은 허물어졌다. 어쩌면 녀석은 제 어미가 잠깐 동안에 돌아오지 않을 걸, 한참의 잠깐이 더 필요할지도 모른다는 걸 느끼고 있는지도 모른다.

「그렇잖아도 너 아픈 거 같아 택시를 타려는 참이야.」

「아냐, 아프면 업어 주는 거야. 것도 몰라.」

아프면 업어 준다? 난생처음 듣는 소린데 아프면 업어 준다고 되뇌어 보니 그럴싸하다. 손톱을 물고 빤히 올려다보는 힘없는 눈동자를 등지고 돌아서 쭈그려 앉으니 녀석이 슬며시 등에 와 얹힌다. 목을 감고 드는 작은 손은 뜨겁고 이물스러운데 녀석 엉덩이를 받치고 일어서니 가뿐하고 말캉하다. 녀석의 신열이 많이 올라 있는지 등판이 금방 후끈해진다.

녀석은 도로를 따라 직선으로 뻗은 길이 끝난 즈음에서 우회전을 하면 나타나는 아파트에 산다고 했다. 1킬로미터쯤 되는 거리였다. 아파트 단지 건너편, 녀석이 다닌다는 가정의학과는 찾기 쉬웠다. 5시가 얼마 안 남은 때문인지 진료 대기 중인 손님은 두 사람뿐이다. 잠든 것 같지는 않은데 녀석은 한마디도 없이 그대로 내 등에 엎드려 있다. 김산입니다. 보험 카드는 가져오지 않았어요. 접수 창구에 선 간호사가 자판을 두드리더니 고개를 끄덕이며 구석에 있는 체중계를 가리켰다.

「산이 두 달 만에 왔는데, 체중 좀 재 볼까요?」

진료실에서 젊은 여자가 나오고 산보다 앞서 온 아이와 할머니가 안으로 들어갔다. 소파에 앉아 산이를 내려놓자 녀석이 저울 위로 올라갔다. 옷을 다 입고 운동화까지 신은 채로 올라섰는데 저울 바늘은 겨우 17에서 바르르 떨다가 멈춰 버린다. 저울 바늘이 더 이상 움직이지 않는 게 서운하다는 느낌은 내게 낯선 것이었다.

「산이 체중이 하나도 안 늘었네요?」

간호사의 말투에는 다분한 책망기가 어려 있다. 아이 체중이 늘지 않는 게 문제이긴 한 모양인데 나는 할 말이 없었다. 나는 미달이야,라고 입을 뻬죽인 녀석이 비실비실 저울에서 내려와 소파에 앉은 내 무릎 사이로 강아지처럼 파고 들어 안긴다. 혼자 중얼거리길 잘하는 17킬로그램의 몸피는 안기도 조심스러울 만큼 자그마한데 PC방의 탁한 냄새가 잔뜩 배어 있다가 내게로 건너왔다. 녀석은 이제 내가 저를 안고 이마를 짚거나 목을 매만져도 거부하지 않는다. 어쩔 수 없이 생겨 가는 친밀감 때문이라기보다는 거부할 기운이 없는 것이다.

중년의 여의사가 산이를 보고 활짝 웃어 보이는 품이 낯이 익은 듯하다. 가벼운 감기가 아닌지 꽤 세심하게 진찰을 받는 동안 녀석은 고분고분하다.

「토하지는 않던가요? 설사를 하거나.」

「그런 기미는 없던데요.」

「감긴데, 뇌수막염 증세가 있네요. 편도선도 심하게 부어 헐었고.」

「그 뇌수막염이라는 게 심각합니까?」

「무슨 병이든 치료를 제때 못하면 심각해지죠. 더구나 아이들은요. 지금 열이 38도 5부예요. 편도선이 저렇게 부어서 허는 동안 몹시 아팠을 텐데, 산이가 원래 아프다는 소리를 잘 안 하죠? 주사 맞히고 약 이틀 분 처방해 드릴 테니까 부드러운 음식 먹이시고 시간 맞춰 약 먹이세요. 해열제를 넣겠지만 따로 또 처방할 테니까 열이 높아지지 않도록 수시로 살펴 주세요. 잘 재우시고요. 혹시 열이 더 오르거나 토하면 즉시 응급실로 데리고 가시고, 괜찮다 싶으면 월요일에 데리고 나오세요.」

오후 5시 40분

옥탑 방에서의 토막 진 잠과 PC 방에서 이어지는 불면과, 삼중으로 여과시킨 흐린 햇살과 안구 건조증과 인공 누액, 매식과 식욕 부진, 성욕 부재의 혼몽 상태를 벗어나 밝은 햇빛 속에 있을 때 나는 불법 체류자 같다. 낯설고 서먹하다. 햇빛 때문에 살인을 했다던 먼 기억 속의 사내가 아무 무게감 없이 내 몸을 밟고 지나간다. 햇빛 때문에 자신을 죽일 수도 있겠지. 보이는 것, 들리는 것, 모든 것이 부옇다. 안고 있는 작은 몸뚱이의 부피만이 선명할 따름이다.

산이는 주사를 맞고 약을 먹은 뒤 업혀 오는 새에 잠이 들었다. 하지만 옅은 잠이다. 약 기운에 부대끼고 통증에 시달리는지 녀석은 이따금 소스라쳐서 나를 놀라게 한다. 텔레비전을 켜놓지 않으면 잠들 수 없는 내 버릇 탓인가. 주변이 조용하면 녀석이 잠에서 깨고 말 거라는 이 황당한 불안은 어디서 비롯된 건지 알 수가 없다. 세상에 나와 지금까지 한번도 운 적이 없을 것 같은 녀석의 몸속에 울음이 마그마처럼 끓고 있다가 내 몸에서 떼어 내는 순간 터져 나오고 말 것 같은 조바심에서 벗어날 수가 없다.

저 친구, 검은 셔츠에 흰색 면바지, 샛노랗고 긴 머리카락에 검은 구두를 신고 한껏 멋을 부린 채 노래를 부르는 아마추어 록 그룹 싱어도 조마조마하다. 첫 무대인 듯 버성김과 수줍음을 다 털어 내지 못한 서투름을 건너다보기가 버겁다. 가사를 전혀 알아들을 수 없는 노래를 비명처럼 부른 후 객쩍은 어투로 다음 노래를 설명하는데, 애써 자신감을 내보이려는 듯한 그의 터수에 비해 관중은 제법 많다. 기울어 가는 햇살과 수십 년 묵은 초록빛 수목들 밑에 철쭉이 몸부림을 치듯 지천으로 피었다. 그 사이사이에 긴 나무 의자들이 놓였다. 그 가운데는 광장이다. 광장 주변에 얼기설기 선 사람들이 느닷없이 그림 속 인물들처럼 정지된다. 그 그림 속을 이세건을 닮은 한 그림자가 지나간다. 환시였을까. 보이지 않는다. 아이를 안고 일어서서 그 그림자를 찾아볼 엄두가 나지 않는데, 사람들은 다시 환호하고 아마추어 가수는 또 괴성을 지른다.

녀석의 어미는 돌아오지 않고 연락도 하지 않는다. 집에는 아무도 없다고 했다. 저를 혼자 집에 보낼 것처럼 느꼈던지 녀석은 내 등판에 엎드린 채 잠이 들면서 아빠는 죽었다고 시키지도 않은 말을 중얼거렸다. 아빠는 죽었어, 이제, 안, 무서. 제 아빠가 죽어 세상 무서운 게 없어진 것 같은 녀석은 사방 백 미터를 울리고도 남을 스피커 소리에도 아랑곳없이 내게 들러붙어 잠을 잔다. 녀석을 안은 내게는 석양조차도 너무 날카롭고 뜨겁다. 살갗을 델 것 같은 뜨거움을 넘어서 백열의 몽롱함에 빠져 든다. 이따금 흠칫거리는 녀석에게서 습기가 배어난다. 땀이 나는 건 열이 내리고 있다는 뜻일 게다. 주사 한 방 맞으면 낫는 열병으로 백치가 되거나 숨이 멎을 수도 있는 게 아이들이라고 했던가. 지층을 울리는 시끄러운 반주와 새된 목소리의 노래가 온몸을 감싸 온다. 잠든 녀석의 무게가 내 온몸을 끌어내린다. 이대로 땅으로 스며들 수 있을지도 모른다.

랩소디 인 블루 185

오후 6시 50분

또 이세건이다. 잠을 잘 재워야 한다는 의사 말에 쫓겨 녀석을 업고 반 시간째 대학 안의 연못가를 돌며 바장거리는 중인데 세건은 두 번째 마주친 눈길을 무연하게 거두면서 느린 걸음으로 지나간다. 해 저무는 연못 가장자리를 따라 혼자 돌고 있는 세건은 술을 마신 듯 추연한 얼굴이었다. 세건은 1년여 전쯤 밤 9시 무렵에 가게에 처음 들어섰다. 학생들 품새로 보아 새 학기가 시작된 날이었을 텐데, 그는 혼자였다. 스타크래프트로 밤을 새우고 새벽에 나가려던 그와 문득 눈길이 마주쳤다. 고개를 갸웃이 기울인 채 가벼운 충돌처럼 이어진 시선을 놓지 못하도록 고집스레 나를 건너다보면서도 자신이 왜 그러는지를 깨닫지 못하던 세건은 아직 앳돼 보였다. 그가 1년여 만에 분노로 깊어진 눈매를 갖게 된 것이다.

연못 주위의 공기가 희묽게 내리 덮이는 저녁 기운을 따라 서늘해지고 있다. 산이 말대로 정말 비가 오려는지 공기가 빠른 속도로 무거워진다. 습하고 찬 공기가 녀석에게 어떻게 작용할지 알 수 없으므로 돌아가야 할 때였다. 하지만 어디다 어떻게 녀석을 눕혀야 감기와 뇌수막염과 편도선염이 높여 놓은 열이 내리고 통증이 다 가실 만큼 깊이, 오래 재울 수 있을까. 연못 반대편까지 가서 이쪽 언저리를 건너다보는 듯한 자세로 멈춰서 있는 세건은 밤 늦도록 저 도돌이 산책을 계속할지도 모른다.

오후 7시 10분

이 근방 대개의 건물들에는 불법 옥탑 방이 만들어져 있다. 스물네 시간 영업하는 자들을 위한 불법의 일상화라고나 할까. 내가 든 옆방에는 '만화나라'의 주인인 배송희가 살았다. 이혼당하며 받은 위자료로 만화방을 차렸다는 마흔 살의 배송희는 시인이기도 했다. 스물다섯 살에 일간 신문 신춘문예에 당선된 그의 시 '동면하는 새'가 신문지 스크랩째 패널로 만들어져 방 벽에 걸려 있었다. 그와 나는 서로 자는 시간이 다른 데다 방에 머무는 시간이 짧아 나란한 방에 살고 있어도 마주치는 일이 드물었다. 배송희는 이 시각쯤에 방에 올라와 쉬는 일상을 살고 있었나 보다. 그의 방에서 새 나온 희미한 빛에 의지해 녀석을 업은 채 자물쇠를 여느라 삐걱거리는 기척을 들었던지 옆방 문이 찰칵 열리면서 배송희의 작고 통통한 몸피가 나왔다.

「누군가 하고 깜짝 놀랐네. 이 시각에 웬일, 어머, 무슨 애야? 준식 씨 아들 있었어?」

「아닙니다. 제 단골손님인데 좀 아파요. 잠을 재워야 할 것 같아서요.」

「자기 진짜로 불량한 사람이네. 애기 손님까지 받아 가며 돈 버니?」

갖은 비난을 퍼붓고서도 아이가 신기한지 배송희는 스스럼없이 내 방으로 따라 들어온다. 앞서 신발을 벗고 올라선 그가 침대 위 이

불을 돋추며 아이 눕힐 자리를 만들어 놓고는 녀석을 받아 주었다.
「애기가 아주 축 늘어졌네. 열이 높은데, 감기 걸렸대?」
두 시간을 넘게 몸에 붙이고 있던 녀석이 떨어져 나가자 등이 푹 꺼진 듯 허전하다. 배송희는 녀석을 침대에 내려놓더니 신발을 벗겨 내게 건네준다. 운동화에 그려진 노란 피카츄가 꼬리를 치켜세운 채 환하게 웃고 있다. 배송희는 익숙한 손놀림으로 녀석의 다리를 곧게 펴서 꾹꾹 주물러 댄다. 몸피에 비해 갸냘픈 그의 손가락들이 녀석의 다리 위에서 들뜬 듯 부산하다.
「사내아이가 어쩌자고 이리 이쁘게 생겼니? 갸름한 얼굴에 이 속눈썹 긴 것 좀 봐. 다리는 길고 곧고. 쬐그만 애가 발은 크기도 하지. 키가 아주 쭈욱 크게 생겼어. 애 나중에 여자들 꽤나 울리게 생겼다.」
아이 몸을 보고 칭찬을 하는데 왜 할 말이 생각나지 않는지 모를 일이다.
「이 시각엔 늘 방에 올라와 계시는 거예요?」
「음, 아르바이트생 있을 때 좀 쉬느라고. 자기도 알바 월급이 꼭 주급처럼 느껴질 때가 있지? 그게 피곤할 때 더 그렇잖아. 쉬어야 할 때는 천하 없는 일이 있어도 쉬어야 해. 난 가게에 불이 나도 이 무렵쯤엔 혼자 쉴 거야. 해 지는 거 느끼면서.」
「만화방에 불나면 볼 만하겠군요. 근데 해 지는 건 왜요?」
「해 지는 걸 보면 시간 흘러가는 게 손에 잡히고 그러면 살아 있는 게 느껴지거든.」

「시인다우십니다.」

「사람다운 거지. 아 참, 밥 뜸 들여 놓고 나왔는데 자기, 나랑 같이 먹을래?」

「그래 주면 고맙죠. 그런데 애를 깨워 뭘 먹여야 하나 말아야 하나 알 수가 없네요. 이 녀석 아침밥 먹고 나서는 거의 먹은 게 없을 텐데.」

「애나 어른이나 잠이 보약이야. 저절로 깨게 되면 그때 먹이지 뭐. 밥 먹고 내가 죽 좀 끓여 줄게. 인스턴트 죽이긴 해도 맛이 쓸 만해.」

「아, 부드러운 음식을 먹이랬는데 잊어버리고 있었네요.」

「그런 게 상식이라는 거야. 젖은 옷은 벗기는 게 상식이고. 애 옷 벗겨야겠어. 축축하잖아. 요 밑 빨래방에 가져다주면 한 시간이면 뽀송뽀송하게 구워져 나올 텐데. 근데, 이게 무슨 소리야? 비 오시나 봐?」

오후 9시 반

여자였다. 김산의 모친. 가게에 전화했더니 핸드폰 번호 가르쳐 줘서요, 하고는 울먹이느라 말을 제대로 잇지 못한다. 그도 아직 기침을 하는가. 송화구를 막았는지 기침 소리도 울먹임도 건너오지 않는데 컨테이너 박스로 지어진 옥탑 방 지붕 위로 빗소리가 두

둑두둑 울린다. 이따 비 온다고 중얼거렸던 녀석의 잠은 이제야 깊어 보인다. 땀에 젖은 옷을 벗기고 노란 수건으로 녀석의 몸을 감아 놓았다. 배송희 덕분에 빨래방을 다녀온 녀석의 옷은 얌전히 개켜져 침대 머리 위에 앉아 있다.

「산이 어머니, 지금 오실 수 있는 상황이 아닌가 봅니다.」

「솔직, 하게 말씀, 드릴게요. 여기, 경찰서, 예요……. 사람을 만나다가……. 그이 부인……. 그렇게 됐어요. ……어떻게 될지, ……늦어도, 내일 오전까지만, 데리고 계셔 주시면, 친정에서 데리러 가게 할게요.」

요령부득의 말이지만 못 알아들을 건 없다. 남자를 만나다가 그의 아내한테 현장을 들켰다는 거 아닌가. 남자의 아내는 남편과 바깥 여자를 단박에 유치장으로 끌고 갈 수 있을 만큼 충분히 분노하면서 주도면밀하게 준비해 왔다는 뜻이고. 어쩐지, 이런 결말을 예상했던 것만 같다. 여자 자신도 예감하고 있었을 터이고. 매혹까지는 아니었을 것이나 일주일에 한번 정도 아이 데리고 나타나는 그는 내가 30여 년을 살아오는 동안 드물게 눈여겨보았던 여자였다. 연민이었던가. 결과를 알면서도 계속 가게 되는 길. 자맥질하듯 발 디딘 수렁에 잠겨 비로소 올려다본 하늘. 그 막막한 여자의 하늘에도 지금 비가 쏟아지고 있을 것이다.

「산이는 지금 PC 방 건물 옥상에 있는 제 방에서 잡니다. 그런대로 저를 따르게 됐습니다. 무슨 방법이 생기겠죠. 소가 취하될 수도 있고요. 누가 산이 데리러 오실 때까지는 제가 데리고 있겠습니다. 너무 걱정 마시고 차분히 대처하십시오.」

미안하다는 말도 고맙다는 말도 못하고 긴 여운이 매달린 침묵이 울음을 삼키는 소리와 함께 끊긴다. 제 어미의 기척을 느끼기라도 한 걸까. 녀석이 낑낑거리며 돌아눕는다. 돌아눕다가 겨드랑이에서 무릎까지 감아 놓은 수건이 불편했던지 수건이 풀릴 때까지 발길질을 해댄다. 그러고는 오체투지를 한 듯한 자세로 조용해진다. 자기로 빚은 것 같은 자그만 엉덩이 골 사이에 땀방울이 맺혀 있다. 이마를 만져 보니 건조한 미열기가 느껴진다. 다시 열이 오를 수도 있을 것이다. 종호의 근무 시각은 10시까지였다.

「산이를 내일 데리러 온다는데 녀석을 혼자 둘 수가 없겠어. 아픈 애를 가게 안에 눕혀 놓을 수도 없고, 종호 자네가 밤샘을 해 줘야겠는데.」

「그야 아까부터 각오하고 있었는걸요. 그런데요, 그냥 들어낼까 하다가 내버려 두고 있는데 어떤 놈이 10분 전에 만땅이 돼 들어와서 형님을 만나야겠다고 합니다. 그냥 들어서 내다 버릴까요?」

「누군데, 단골손님인가?」

「단골인지는 모르겠지만 첨 본 놈은 아닙니다. 고딩이에요. 어떻게 할까요?」

그렇다면 이세건이다. 오늘 아침의 느낌이 틀린 것이 아니었다.

마침내 어떤 식으로든 가닥을 잡아야 할, 잡아 주어야 할 때가 왔다. 이제 결정을 해야 하는 것이다.

「나를 꼭 만나야겠다고 고집을 부리면 이리 올려 보내 줘.」

전화기를 접어 든 채 녀석을 들여다본다. 께벗은 녀석의 뒷모습은 빛으로 빚어진 듯 희고 얇고 순연하다. 만지기도 조심스런 조그만 발광체. 풀려 흐트러진 녀석의 수건을 꼼꼼히 여미 침대 안쪽에 반듯이 눕힌다. 녀석이 기지개를 켜듯 키를 늘이다가 만세를 부르는 듯한 자세로 정지한다. 팔을 그대로 둔 채 이불을 가슴까지 덮어 준다. 빗줄기가 점점 굵어지는가 보다.

옥상에는 지하층에서부터 5층까지 한 줄로 이어진 계단을 사용하는 여섯 영업장에서 내버린 화분들이 많았다. 사람 키우는 재주는 없는데 식물은 요술처럼 키워진다는 배송희는 여기저기서 버려지는, 죽어 가던 식물들을 되살려 나란한 두 방 앞의 차양 밑에다 늘어놓고 화단처럼 가꾸고 있었다. 심비디움, 행운목, 관음죽, 자마이카, 이레카야자, 다섯 그루나 되는 파키라는 나란히 늘어선 채 키를 키워 가고 있다. 식물들이 희붐한 빛을 받으면서 비를 맞고 있었다. 9시 50분. 시간이 빗발에 의해 파열음을 내며 부서진다.

파키라 가지와 이파리들 틈새로 옥상으로 난 문이 열리더니 누군가 들어섰다. 손가락으로 내 방을 가리키는 종호의 모습이 언뜻 보였다가 사라지고 그 자리에 남은 어둔 그림자는 이세건이다. 세건은 내가 서 있는 창을 노려보고 있다. 세건의 몸 위로 빗줄기가 거침없이 내리 그어진다. 술에 취했어도, 비를 맞고 서 있음에도 그는 빛을 내뿜으며 당당하다. 거침없는 걸음으로 그가 이쪽으로 걸어온다. 스테인리스로 만들어진 내 방의 문이 발칵 열리더니 텅, 소리를 내며 닫힌다. 교복 재킷과 타이를 벗어 버리고 셔츠 차림인 세건은 문 앞에서 나를 향해 서 있다. 가까이 마주 선다면 올려다 보아야 시선이 마주치게 될 마르고 긴 몸. 아무것도 모르는 척 그를 밀어내 버리면 간단해질 터이다. 아무 일도 없던 상태로 되돌아 갈 수 있는 것이다.

「무슨 일인지 모르지만 올라와. 취했다면서?」

산이 땀을 닦아 주느라 침대 발치에 두었던 수건을 집으려는데 손이 떨린다. 온갖 명분과 책임을 가져다 붙인다 해도 현재의 나에게는 세건을 밀어낼 힘이 없었다.

「취했어요. 그렇지만 보이는 것만큼 많이 취한 건 아닙니다.」

목소리가 또렷한 걸 보니 예상만큼 취한 것 같지는 않다. 산은 내가 덮어 놓은 자세 그대로 잠들어 있었다.

「눈에 보이는 게 다는 아니겠지. 어쨌든, 왜, 나를 만나고 싶다고 했지?」

「알고 계시잖아요?」

「내가 뭘? 내가 뭘 알고 있다는 건가?」

내 말이 허세라는 걸 충분히 안다는 듯 흥, 비웃음을 날린 세건이 젖은 신발을 힘겹게 벗고는 방으로 올라섰다. 침대에 누운 산을 이제야 본 모양이다. 가방을 내려놓다가 흠칫하는 듯싶더니 젖은 차림새로 두벅두벅 걸어 들어와 산을 한참이나 내려다본다. 장승처럼 서 있는 그의 어깨에 수건을 걸쳐 주었더니 그가 수건을 거칠게 잡아당겨 제 머리를 비벼 댄다.

「왜 저를 이리로 오라고 하신 겁니까?」

취했음에도 세건은 내가 던진 질문의 화살을 쉽사리 내 쪽으로 되돌려 놓는다. 내가 질문하고 답을 끌어낼 경우만 상상했지 세건이 똑같이 나올 경우에 대한 대비는 못했다. 모든 관계에는 상위와 하위가 있게 마련이었다. 세건과 내가 어떤 식으로든 맞닿게 된다면 상위에 설 쪽은 세건이었다. 그는 자신도 모르게 그걸 체득하고 있는 것이다. 빗소리가 한결 거세어진다.

「커피 마시나?」

「주시면 먹죠.」

여전히 산을 내려다보면서 그가 중얼거린다. 전기 포트에 물을 끓여 두 잔의 인스턴트 커피를 만드는 동안 지붕을 두드리는 빗소리만 방 안을 가득히 메운다. 싱크대 왼쪽에 붙여 놓은 탁자에는 의자가 한 개뿐이었다. 탁자에 세건의 커피 잔을 놓아 주고 나는 잔을 들고 침대 발치에 걸터앉는다. 세건이 나를 피하듯 의자에 가 앉았다. 비에 젖은 숨소리를 통해 비로소 술 냄새가 풍겨 온다. 왼쪽에 열에 뜬 여덟 살짜리. 오른쪽에 술에 전 열아홉 살짜리. 그 가운데에 내가 있다. 시간이 흘러가지 않고 뭉쳐 있다가 다시 파열음을 내며 흩어진다. 열아홉 살 무렵의 나와 현재의 내가 다를 것이 없다면 세건은 어리지 않다. 어림도 젊음도 삽시간에 무중력 상태에 빠질 수 있다. 한 발만 더 딛는다면 늙지도 못할 진공 속으로 빨려들 것이다. 그 경계에 세건이 서 있었다. 나는 완전 군장을 하고 하루 종일 걸어 다녔던 것처럼 온몸이 무겁다.

「아픈 꼬맹이가 자고 있는 방이니 할 얘기라곤 옛날이야기밖에 떠오르지 않는데, 좋아하려나 모르겠군.」

세건은 고개를 외로 돌린 채 빗물이 흘러내리는 검은 창을 내다보고 있다가 마지못해 고개를 끄덕인다. 자신을 방치한 듯 막연해 보이는 젖은 어깨가 후줄근히 처져 있다. 말이 필요치 않는 자리였다. 말을 꺼내고 그 말이 길어질수록 구차해질 것이다. 그럼에도 내 입 안에는 마른침 같은 핑계가 고여 들었다.

「그다지 긴 얘긴 아니야. 네가 다 알아들을 수 있을지 자신도 없고. ……이반이 무슨 뜻인지는 아나?」

여전히 나를 외면한 채 순순히 고개를 끄덕이는 세건의 시선은 검은 창에 엉겨 붙는 빗방울들에 머물러 있다. 나도 거기다 눈길을 꽂는다.

「예전에 한 친구가 있었어. 남들 앞에 설 일도 뒤에 설 일도 별로 없는, 그냥 평범한 친구였지. 그런데 이 친구가 열너덧 살이나 됐을 무렵부터 제 머릿속이 이상하다는 걸 깨달았어. 보통 같지 않았다는 뜻이야. 사내 녀석들이 그쯤 나이 되면 여자아이들만 힐긋거리게 된다는 걸 그 친구는 그때야 깨달은 거야. 친구들 눈은 항상 밖으로, 여자들을 향해 열려 있는데 자기 시선은 늘 동족을 찾아 안쪽으로만 굽어든다는 걸 말이지. 그 친구 그 무렵부터 도무지 자신을 알 수가 없게 되었어. 그래도 나이는 먹었고 겉으로나마 해야 할 일들은 했지. 대학 입학도 하고 군대도 가게 됐고. 그동안 제 안에 든, 어디서도 환영받지 못할, 또 다른 자신을 거의 재웠다는 뜻이지. 그런데 그 친구가 내무반에 막 배치돼 갔을 때 한 고참을 보게 됐어. 나이가 한참 위인 고참이었는데 이상하지. 그 친구는 첫눈에 그 고참이 제 안에 든 자신과 동류라는 걸 깨달았어. 그 고참도 마찬가지였고. 그들은 동족이었던 거지. 넉 달 동안 그들은 온갖 규율과 점호와 의무의 틈새에서 다른 이들은 모르는 파트너로 지냈어. 그리고 고참은 제대를 했는데. ……그 친구 나머지 군대 생활은 끔찍했어. 그 친구가 제대한 고참의 파트너였다는 걸 내부반에 있던 사람들은 모두 알고 있었던 거지. 옛날이야기에 조리 돌림을 당하는 여자들 가끔 등장하지. 그 친구 꼴은 그보다 처참했어. 남자도 여자도 될 수가 없었으니까. 견디지를 못해 어느 날 밤 총질을 하게 됐지. 그 지경에서도 겁은 많아서 자신이나 자신을 둘러싼 시선들에게는 못하고 한밤중 어둠을 향해서 실탄이 장전된 총을 갈겨 댔어. 덕분에 간신히 목숨은 달고 제대를 당했지. 군대에서 나온 뒤 1년쯤이나 지나서, 견딜 만큼 견뎌 보던 그 친구는…… 그 고참을 찾아갔어. 자신과 같은 모습으로 살 거라고 여겼던 고참은 결혼을 해서 아이까지 두고 있었어. 그리고 고참은 힘겹게 꾸린 일반의 삶에 맞춰 살겠다고 그 친구를 거절했어. 수긍했지. 수긍은 했지만 그 친구는 자신이 그 고참처럼 살기 힘들 거라는 걸 알아. 그 친구는 아직도 제 안에 든 이반을 누르는 것만으로도 벅차거든. 일반으로도 이반으로도 살 자신이 없는 것보다 더 문제인 건 이반을 죽이려다 보니 안팎이 통째로 죽었다는 거야. 그래. 재미없는 이야기지.」

「그래서요?」

내내 외면하고 있던 세건의 시선이 화살처럼 나를 향해 달려들었다. 삐딱하게 기울어진 그의 흰 어깨가 날카로운 각으로 떨고 있었다.

「그래서 나더러 어쩌라는 거냐고요.」

글쎄. 어떻게 하라는 것이었을까. 갈 데까지 가본 후에도 길이 보이지 않는데 어쩌라는 이야기였던가. 10여 년 앞서 산 이력이 10여 년 뒤에서 살고 있는 누군가에게 어떤 그림도 보여 줄 수 없다는 걸 충분히 알고 있는데 어쩌자고 그 요령부득의 되새김질을 했을까. 세건에게 붙들린 시선을 돌릴 수가 없다.

「나는 어떤 해답도 갖고 있지 않아. 선택할 수 있다면, 그게 가능하다면, 쉬운 쪽으로 가는 게 낫다는 말은 누구나 할 수 있는 거니까. 나는, 답이 없어. ……분명한 건 이세건이 원한다면 나는

랩소디 인 블루 197

거절하지 않을, 아니, 거절하지 못할 거라는 사실뿐이야.」

세건이 의자를 밀어내며 발딱 일어섰다. 사납게 노려보는 그의 눈시울이 벌겋게 젖어들었다. 자석에 이끌린 맥없는 쇠붙이처럼 한 모금도 마시지 못한 커피 잔을 든 채 나도 일어선다. 지붕에 떨어지는 빗발이 점점 맹렬해진다.

오전 3시

비가 그쳤는가. 지붕 위가 고요하다. 저 아래 새벽 도로를 무법자처럼 지나가는 차량들의 움직임이 선연하다. 동그란 형광등의 파장이 비질 소리를 내며 쏟아져 내린다. 눈을 감고 있음에도 물속에 잠겨 파문이 이는 수면을 올려다보는 것 같다. 산이 녀석은 낯선 방에서 눈을 뜨고서도 놀라거나 칭얼거리지 않고 침대 모서리로 다가와 그 아래 눈감고 누운 나를 한참 동안 내려다보고 있는가 보다. 약간 더 다가드는 기척이 인다.

「아저씨 아퍼?」

침대 모서리에 붙어 속삭이듯 묻는 목소리에 아이다운 걱정이 묻었다. 눈을 뜨니 열이 가신 맑고 동그란 눈동자가 바로 위에 떠서 나를 들여다보고 있다.

「음, 좀 아퍼. 너는 이제 안 아프냐?」

「몰라. 쉬 마려.」

몸을 일으키려니 온몸이 난자당한 듯 쑤신다. 3시 10분이다. 그래도 두어 시간 기절한 듯이 잤는가 보다. 옥상에는 화장실이 없었다. 빈 생수통을 찾아서 녀석의 고추에 대어 주니 샛노란 오줌을 어제 제가 마신 요구르트만큼 내놓는다.
「화장지는?」
고추에 댄 생수통을 붙든 채 해대는 녀석의 화장지 타령이 느닷없지만 침대 머리맡의 화장지 한 장을 뽑아 줘 본다. 휴지 한 장을 받아 든 녀석은 생수통을 밀어내더니 고추 끝에 매달린 오줌 한 방울을 찍어 내고는 처리하라는 듯 나한테 넘겨준다. 어이가 없어 웃음이 터진다.
「아저씨, 형은 어딨어? 집에 갔어?」
웃는 나를 빤히 올려다보던 녀석이 혼잣말처럼 그렇게 중얼거렸다. 서툴러서, 다 떨어내지 못한 부끄러움 때문에 서로에게 잔혹했을지는 모르지만 소리는 오히려 거의 내지 못했던 한 시간 여의 움직임 동안 내내 자고 있었던 녀석이었다. 그렇게 여겼다. 한 달에 한 번만 오겠다는, 그러려고 노력하겠다는 말을 신음처럼 내뱉고 떠난 세건은 자정쯤에 귀가했을 것이다.
「형이랑 아저씨랑 막 안고 싸우면서 울었는데. 울면 아프지?」
「형이라니? 김산, 자다가 꿈꿨나 보구나. 아저씨도 그때 자다가 꿈꿨는데. 꿈에서 누구랑 막 싸우고 울었어.」
녀석은 침대 위에 알몸으로 선 채 고개를 갸웃하다가 푹 주저앉는다. 기운이 없는지 스르르 엎드린 채 말갛게 나를 건너다보며 중얼거린다. 키 크려고 그래. 꿈꾸면 키 크는 거야.
「맞아. 크려고 그래. 김산, 우선 뭘 좀 먹어야겠다. 그래야 약 먹지? 우선 옷부터 입고. 아까 비 와서 밖에 추워.」
「아저씨가 엄마 같네. 예쁜 내 엄마.」

오전 7시
계십니까? 낯선 목소리가 방 밖에서 났다. 간밤의 비는 꿈인 듯이 그쳤지만 날이 흐렸다. 내 겨드랑이에 머리를 파묻고 엎드려 자고 있는 아이를 떼어 놓고 창을 내다보니 한 사내가 내 방과 배송희의 방 가운데 지점에서 두리번거리고 있다. 산이 외삼촌이라는 걸 대번에 알 수 있을 만큼 아이 어머니와 닮은 20대 후반쯤의 청년이다.
「산이 찾아오셨습니까?」
「예. 산이 외삼촌인데요. 연락받고 급히 온다는 게 지금입니다. 폐가 많습니다.」
「들어오세요. 산이는 아직 잡니다.」
새벽에 일어나 참깨죽을 넉넉히 받아 먹고 약을 먹은 후 한 시간쯤 놀다가 다시 잠든 산은 계속 고운 숨을 쉬었다. 산이 외삼촌한테 아이의 경과를 이야기해 주고 남은 약봉지를 넘겨준다. 주머니에 약봉지를 챙겨 담은 그가 바깥 승용차에서 어머니가 기다리고 있다며 잠든 녀석을 안아 올린다. 약 기운 탓인지 녀석은 깨어나지 않고 안긴 채 늘어진다.

「이런 일로 뵙고 보니 감사하다는 말씀드리기도 죄송하네요. 누나 일, 마무리되면 산이 데리고 다시 찾아뵙겠습니다.」

다시 볼 일이 없을 게 분명한 그가 산이 녀석을 가뿐하게 안고 나간다. 냉장고 위에 놓아 뒀던 녀석의 운동화를 들고 따라나선다. 5층을 다 내려가는 동안에도 녀석은 일부러 그러는 것처럼 눈을 뜨지 않았다. 건물 앞 도로에 은색 승용차가 서 있었다. 서울 번호판을 단 차다. 저 차는 그곳에서 여기까지 네 시간 만에 왔을 테지만 나한테는 집을 떠나온 시간만큼 아득한 도시다. 차 안에 있던, 예순 살쯤 됐지 싶은 여인이 손자를 안고 나온 아들을 보고는 황급히 차 밖으로 나와 맞는다. 아이구 내 강아지야. 여인이 아들에게서 뺏듯이 아이를 안아 간다. 그 바람에 산이 눈을 떴다. 갓난아이처럼 이 품 저 품으로 옮겨지다 잠이 깬 녀석의 눈망울이 계단 입구에 선 나를 향해 빤히 열려 있었다. 할머니에게 안겨 차에 들어앉아서도 나한테서 시선을 거두지 않는다. 들고 있던 신발을 차창 안으로 들여 주며 허리를 수그려 녀석에게 손을 내밀어 본다. 녀석이 내밀어진 내 손을 들여다만 보는가 싶더니 제 한 손을 얹었다가 내가 마주 쥐어 보기 전에 떼어 내며 김준식,이라고 뇌까린다. 그뿐이었다. 내가 물러나자 고맙다는 녀석 할머니의 인사말과 함께 차가 움직였다. 차의 꽁무니가 금방 다른 차에 가려 보이지 않는다. 날은 흐리지만 비가 더 내릴 것 같지는 않다. 간밤의 비 정도로 해갈될 가뭄이 아니었다. 시야가 흐리다. 인공 누액을 넣어야 오늘 하루가 시작될 수 있을 것이다.

써니를 위하여

어렸을 때 내 별명은 불량 감자였어요. 야 불량 감자! 애들이 그렇게 불렀죠. 좀 큰 다음부터는 방랑자예요. 군대 간 우리 오빠가 그렇게 불렀어요. 어이 방랑자! 그 말이 무슨 뜻인지 몰랐을 때는 되게 듣기 싫었는데, 지금은 좋아요. 오빠 방에서 《인도방랑》이라는 책을 발견했는데 그 책 안에는 그림이 들어 있어요. 해 질 녘처럼 어둡고 목욕탕처럼 흐린 그림들이라서 내가 알아먹지 못하기는 그 책에 쓰인 글하고 똑같아요. 그래도 그림이 마음에 들어서 가끔 오빠 방에 몰래 들어가 한참씩 그림을 훔쳐봐요. 어쩐지 내가 그 책에서 나온 방랑자 같아서 기분이 좋아지거든요.

내 진짜 이름은 선인데요, 보통은 서니라고 불러요. 열여덟 살인데 정신 연령은, 잘 모르겠어요. 서니가 일곱 살일 때는 세 살쯤 되는 아기 같았고 열세 살일 때는 여덟 살쯤 됐다는데 요새는 나한테 그런 말 해주는 사람이 없으니까 모르죠. 암튼 겉으로는 여고 2학년인데요, 학교에는 별로 관심 없어요. 학교도 물론 나한테 관심 없고요. 나는 그냥 가고 싶을 때에 학교 갔다가 내가 나오고 싶을 때 나오면 돼요. 엄마하고 학교가 그렇게 약속을 했거든요. 중학교 다닐 때도 그랬어요. 학교 가는 대신 나 혼자 꼼지락꼼지락 거리를 걸어 다닐 때가 많았죠. 내가 걷는 모습이 그렇대요. 꼼지락꼼지락. 나는 다리가, 특히 무릎 아래가 기형적으로 짧거든요. 발은 쪼그맣고요.

우리 엄마는요, 나를 낳고 한 달쯤 있다가 산부인과에 가서 아기가 바뀌었다고 생난리를 쳤대요. 아기가 집안 식구 누구하고도 닮지 않았다고요. 엄마는 그때까지 다운증후군이라는 병을 몰랐다나요? 그 병을 가진 사람은 희한하게 식구들을 안 닮고 자기들끼리 식구인 것처럼 닮잖아요. 특수학교 다닐 때 나하고 신기하게 닮은 애들이 몇 명 있어서 알았죠. 나는 머리통이 작아요. 빨간색에 가까운 얼굴은 작은데다 주근깨가 바글바글 붙었어요. 코는 낮고 작고, 입도 작죠. 눈도 단춧구멍처럼 작은데 끝이 치켜 올라갔고요. 열여덟 살이나 된 지금도 뭐든지 작고 미운데 아기 때는 오죽했겠어요. 엄마가 수상하게 여길 만했죠.

그때 병원 가서 생난리를 치다가 동네 창피를 당한 뒤에 우리 엄마는 아빠한테 바락바락 우겨서 지금 사는 동네로 이사를 왔대요. 내가 초등학교 졸업할 무렵에 치킨 집을 열었고요. 막둥이인 서니를 위해 엄마가 돈을 벌기로 한 거예요. 그전까지 엄마는 내가 커서 혼자 살 수 있도록 특수 교육을 시켰는데요, 내가 공부만 하려 들면 아팠지 뭐예요. 한 달이면 절반을 병원에서 살았기 때문에 공부할 틈도 사실 없었어요. 비싼 교육비 내고 애 잡지 말자고 포기를 한 거랍니다. 결국 서니가 제힘으로 벌어먹고 살기는 틀렸으니 엄마가 늙기 전에 부실한 서니가 먹을 걸 벌어 두자, 그렇게 된 거지요. 언젠가 내가 엿들은 말인데요, 나는 심장이 약해서 엄마보다 오래 살기가 어렵대요. 얼마나 다행이었다고요. 서니가 너무 오래 살면 서니 낳고 망한 엄마가 불쌍하잖아요. 새끼 낳고 망한 년. 뭔 영화를 볼 거라고, 기어이 낳더니만! 외할머니가 우는 엄마를 퍽퍽 때리면서 그렇게 말했을 때 나는 내 방에서 자는 체하고 있었지만 새끼 낳고 망한 년이 엄마고 그 새끼가 나라는 건 알아들었어요. 나는 다른 사람 일은 몰라도 나에 대한 일은 눈치가 백 단이거든요. 눈치가 백 단이라는 할머니 말도 잘 알아들은 거 봐요.

「지 살고 싶은 대로 살게 하다가 보낼 테니까 아무도 우리 서니 건드리지 마!」

엄마가 온 식구들한테 그렇게 큰소리친 담부터 나는 신세가 쭉 폈어요. 학교도 맘대로, 돌아다니는 것도 맘대로, 먹고 자고 노는 것도 다 맘대로가 됐거든요.

「네 신세가 아주 쭉 폈구나, 좋겠다?」

그때 무지하게 샘난 목소리로 그렇게 소리 지른 우리 언니 이름은 현이에요. 대학 3학년인데요, 나한테는 만날 참기름하고 간장으로 비빈 밥만 주면서 아빠하고 오빠한테는 찌개를 잘만 끓여 줘요. 그 찌개요 나는 매워서 먹지도 못해요. 세상 멋은 다 부리고 다니면서 인정머리는 진짜 없다니까요. 떡볶이도 매워서 못 먹는 내가 고추장을 그렇게 많이 넣은 찌개를 어떻게 먹어요. 먹지 말라는 거죠. 비밀인데요, 언니는 나 때문에 시집 못 갈까 봐 밖에서 여동생이 있다는 말은 하지 않는대요. 아빠랑 오빠도 그렇고요. 나는 엄마한테만 있는 막둥인 거죠. 그래서 엄마는 서니 엄마고 아빠는 언니하고 오빠의 아빠예요. 뭐 그렇다고 아빠나 오빠나 언니가 나를 마구 미워하거나 구박하는 건 아니에요. 학교처럼, 못생기고 오래된 인형 같은 나한테 관심이 없을 뿐이죠. 나는 될수록 다른 사람들 눈에 안 띄면 돼요. 다른 사람 그림자 속에 숨은 그림자처럼 조용히만 있으면 시끄러울 일이 없어요. 나도 시끄러운 건 딱 질색이거든요. 그래서 나는 항상 혼자 걸어 다녀요. 다른 사람한테 들리지 않게 노래 부르면서요. 걸어 다니면 안 시끄럽거든요. 큰길가에서도 나한테는 차 소리 같은 거 하나도 안 들리고 그냥 조용해요. 걷다가 힘들면 집이나 엄마 가게 구석이나 목욕탕에서 자면 되고요. 내 행동반경이 끽해야 엄마 손바닥 안이라고 엄마가 그랬어요.

나를 손바닥 위에 놓고 사는 엄마는 나한테 일요일마다 3만 5천 원씩 용돈을 줘요. 하루 5천 원씩이요. 중학교 때는 하루에 2천 원이었는데 엄청나게 올랐죠? 엄마 돈에서는 항상 고소한 기름 냄새가 나요. 닭튀김 냄새도 나고요. 나는 돈을 받으면 월요일날 은행에 가서 3만 원을 저금해요. 나머지 5천 원은 만날 매고 다니는 가방 속 연습장에다 둬요. 갈피마다 한 장씩 끼워 두고 필요할 때마다 빼서 쓰는데 떡구이나 튀김이나 콜라, 가끔은 라면을 사서 생으로 먹기도 해요. 엄마가 길거리에서는 음식을 먹지 말라고 그래서 조심하려고 하는데, 지키기는 쉽지 않아요. 분식집 안으로 들어가면 그 안에 있던 사람들이, 가끔은 분식집 아줌마도 싫은 눈치를 하니까요. 보통으로 생기지는 못했지만 내 눈치가 백 단이잖아요. 아무튼 나는 다리가 짧기는 해도 자꾸자꾸 돌아다녀요. 그러다가 힘들면 가는 데가 허심천이에요.

　허심천은 우리 옆 동네 목욕탕이에요. 1층은 마트고 2층은 여탕, 3층은 남탕인데요. 항상 어딘가가 부서져 있고 항상 고치고 있어요. 그래도 도무지 때깔이 안 나요. 아무리 고쳐도 때깔 안 나고 너덜너덜한 게 꼭 나랑 닮았다니까요. 내가 허심천이 좋다고 한 담부터 엄마가 월권을 끊어 줘요. 허심천은 한 달 회비가 4만 원이래요. 재미있는 건요, 한 달에 4만 원인데 5개월에는 9만 9천9백 원이라는 거예요. 엄마는 5개월짜리 월권을 끊을 때마다, 싸다 싸, 그래요. 처음에 허심천이 맘에 든 건 목욕탕 앞에 커다랗게 쓰인 9만 9천9백이라는 그 숫자 때문이었어요. 내가 아는 숫자 중에서 제일 큰 것 같고 꽉 찬 것 같고 그러면서도 내가 셀 수 있을 것 같았거든요. 거기다가 나처럼 기형적으로 생기지 않았어요. 허심천에 등록한 날부터 숫자를 세기 시작한 건 그래서예요. 내가 지금까지 센

건 2만 5천2백이지만 언젠가는 9만 9천9백까지 다 세볼 수 있을 거예요. 첨엔 그랬고 지금은 허심천이 편해서 좋아요. 손님이 많지 않아서 조용한 편이거든요. 이상한 건 허심천 드나드는 사람들이 어쩐지 모두 허심천처럼 때깔이 안 나 보인다는 거예요. 그래서 내가 눈에 안 띄는지 나를 쳐다보는 사람이 거의 없어요. 허심천 안에 들어가면 나는 혼자 걸어 다닐 때처럼 세상에 없는 거하고 똑같아요.

허심천 여탕 옷장 문들은 대부분 너덜너덜하고 옷장 열쇠는 몇 개 안 달려 있어요. 열쇠가 제대로 달린 옷장들은 안쪽에 따로 있죠. 나처럼 5개월 월권 끊고 만날 다니는 아줌마들이 쓰는 옷장이에요. 그 안에는 화장품이랑 샴푸랑 예쁜 속옷 같은 것들이 들어 있대요. 그 옷장을 쓰는 아줌마들은 빈손으로 허심천에 와서 목욕하고 찜질하고 사우나도 한 담에 반짝반짝 예뻐져서 나가요. 안 나가고 옷장 앞에서 고스톱을 칠 때도 있고요. 아줌마들이 홀라당 벗은 몸에 수건 한 장 대충 걸치고 화투를 칠 때 보면요, 젖이랑 배가 저 혼자서 간지럼 타는 것 같아요. 출렁출렁하고 비비 꼬고요. 얼마나 재밌다고요. 나는 재미있는 건 계속 쳐다보거든요? 근데 그게 무지하게 안 좋은 버릇이라고 언니가 그랬어요. 특히 나 같은 덜 떨어진 애한테는 위험한 버릇이라고요. 그래서 재미있는 게 보여도 오래는 못 봐요. 누구든지 내가 쳐다보는 거 싫어하니까요. 중학교 2학년 땐가 봄이었는데요, 해 넘어 갈 참에 큰길 안쪽 골목

길을 걷던 중이었어요. 자꾸 좁은 길, 사람 없는 길을 찾아서 걸어 다닐 때였거든요. 어떤 아저씨가 꼭 수족관 속에 든 낙지처럼 다리를 비틀비틀하면서 걷는 게 재미있어 한참 쳐다보게 됐죠. 나는 횟집 앞 수족관 보기도 취미니까요. 그러다 눈이 마주쳤는데 그 아저씨가 병신 새끼가 자기를 비웃는다면서 나를 때리잖아요. 머리통을 퍽, 맞고 기절을 했나 봐요. 일어나 보니까 어두워지려는 참이었는데 골목 끝 귀퉁이였어요. 사람들이 내가 죽었나 살았나 살살 건드려 보고 있더라고요. 개미 붙잡아서 노는 아이들처럼요. 취한 놈한테 내가 큰일 당할 뻔했는데 다행히 어떤 아줌마 눈에 띄어서 면했다는 말뜻을 알아듣진 못했지만, 사람들 눈에 띈 것만큼이나 살아 있는 게 창피하더라고요. 나는 바보여도 창피한 게 뭔지는 아니까요. 그 담부터는 창피한 일 안 당하려고 꼭 큰길로만 걸어 다니게 됐죠.

어쨌거나요, 허심천에는 헬스장도 있어요. 목욕하러 오는 사람들은 아무나 이용할 수 있는데 거기도 목욕탕처럼 비실비실해요. 아홉 대의 러닝머신 중에서 다섯 대가 고장 났다니까요. 다른 헬스 기구들도 대개 그런 모양새예요. 헬스 기구 폐기장 같다고 어떤 아줌마가 말하는 걸 들은 적이 있어요. 그래도 나는 헬스장이 맘에 들어서 허심천 가면 꼭 지하로 내려가 봐요. 사실은 살을 좀 빼고 싶어서 가는 거예요. 나는 키가 147센티미터인데 몸무게가 53킬로그램이에요. 살이 배에서부터 목 아래까지 좋아라 늘어 붙어 있어요. 언니가 역삼각형 위에 못생긴 점 하나 붙어 있는 꼴이랬어요. 못생긴 점은 내 작은 머리통 앞쪽의 얼굴을 말하는 거예요. 그러니까 내가 살을 빼고 싶은 이유는 예뻐지고 싶어서가 아니라 걸어 다닐 때 자꾸 넘어지기 때문이에요. 걷다가 넘어지면 사람들이 쳐다보잖아요. 그때는 진짜 얼마나 창피하다고요. 내가 있는 걸 들킨 거잖아요. 보통 때는 아무도 모르게 나 혼자서 세상 사람들을 구경하다가 거꾸로 내가 구경거리가 돼 버렸으니 창피하지 않겠어요? 의사 선생님이 하체에 비해 상체가 커서 균형이 맞지 않아 잘 넘어진다고 그랬어요. 항상 살살, 발밑을 조심하면서 걸으라고요. 그리고 내가 헬스장에 가는 또 한 가지 이유는요, 써니 아줌마를 만나기 위해서예요.

써니 아줌마를 처음 만난 게 헬스장이었어요. 작년에 고등학교에 입학하고 얼마 안 돼 허심천을 발견했잖아요. 드나들면서 잠을 주로 잤는데 어느 날 지하에서 내가 좋아하는 노래가 쾅쾅 울려 나오는 거예요. 그때 들린 노래가 〈내 생에 봄날은〉이었거든요. 캔 오빠들 노래요. 〈피아노〉라는 드라마 주제곡이었잖아요. 저, 그 드라마 얼마나 좋아했는데요. 노래도 좋아했고요. 요새도 케이블 TV에서 재방송만 하면 꼭 봐요. '비겁하다 욕하지 마 더러운 뒷골목을 헤매고 다녀도 내 상처를 끌어안은 그대가 곁에 있어 행복했다……' 그 대목에 끌려서 지하로 내려갔죠. 내려가면서 약간 슬프기는 했어요. 김하늘 언니와 고수 오빠와 조인성 오빠, 그리고 조민수 아줌마하고 조재현 아저씨가 너무나 좋았는데, 좋아하지 못했거든요. 내가 〈피아노〉 보면서 울면 언니가 나한테 꼴값한다고 해서요. 언니가 나 때문에 사는 게 힘들고 재미없어서 화가 날 때 그렇게 말하는 걸 나도 알아요. 그래도 나는 그 말이 아주 최고로 싫어요. 꼴값하느니 안 좋아해 버리는 게 낫죠. 비밀로 하든가요.

 헬스장으로 내려갔더니 아주 넓었어요. 천장도 1층 마트나 2층 여탕보다 훨씬 높고요. 거기서 써니 아줌마가 혼자 러닝머신을 팡팡 뛰면서 악악대고 있었어요. '이 세상 어딜 둘러봐도 언제나 나는 혼자였고 시린 고독과 악수하며 외길을 걸어왔다 멋진 남자로 살고 싶어 안간힘으로 버텼는데 막다른 길에 가로막혀 비참하게 부서졌다.' 써니 아줌마는요, 캔 오빠들보다 더 큰 소리로 노래를 따라 부르면서, 막 뛰면서 울고 있었어요. 연신 눈물을 훔치더라고요. 그러다가 나하고 러닝머신 앞쪽 벽에 붙은 거울을 통해 눈이 딱 마주쳤는데요, 창피했나 봐요. 노래를 안 한 것처럼, 땀 훔치는 듯이 시치미를 뚝 떼고 눈을 닦더니 얌전하게 으쓱으쓱 팔만 흔들면서 뛰데요. 눈이 빨개 가지고 슬그머니 러닝머신 속도를 줄였고요. 거울로 아줌마를 찬찬히 봤는데요, 아주 하얗고 커다랬어요. 키가 허심천 마트 배달 아저씨만큼이나 크고 얼굴도 크고 눈도 아주 컸어요. 눈이 빨간 데도 반짝반짝하데요. 정말 예쁜 아줌마였어요. 엄마한테 미안하지만 엄마보다 훨씬 더요.

 아줌마가 재미있어 보여서 나도 러닝머신 위로 올라갔어요. 고장 났데요. 그 옆 것도요. 그 옆에 있는 것은 작동이 됐어요. 스타트를 누르고 스피드도 조금 올렸어요. 시속 3킬로미터. 나, 뛰는 건 원래 못하기 때문에 걸었죠. 시속 3킬로미터도 나한테는 너무 빠른 거라서 금세 땀이 났어요. 손바닥으로 땀을 쓱쓱 훔치면서 걷고 있는데요, 내 앞 거울 속으로 써니 아줌마가 쑥 들어오더니 내 러닝머신 손잡이에다가 수건을 척 걸쳐 주고는 씩 웃데요. 눈이 그렇게 예쁜 사람 텔레비전 밖에서는 첨 봤어요. 고맙다고 말하고 싶은데 얼른 입이 안 열리데요. 나는 목소리가 이상해요. 목에 가시가 걸린 것 같은 소리가 나기 때문에 사람들 있는 데서는 원래 말을 잘 안 해요. 그게 버릇이 돼서 필요할 때도 얼른 말이 안 나와요. 그래도 아주 바보는 아니에요. 혼자서는 노래도 잘하고 생각도 쪼금 할 수 있으니까요.

아줌마가 나가고 난 뒤에 1분쯤 있다가 러닝머신에서 수건 가지고 내려왔어요. 숨이 차서 더는 걸을 수가 없더라고요. 먼지가 부글부글한 맨바닥에 누워 수건을 얼굴에 덮고 한참 있었어요. 쾅쾅 울리는 노래 들으면서요. '밤 별들이 내려와 창문 틈에 머물고 너의 맘이 다가와 따뜻하게 나를 안으며……' 그렇게 시작된 노래였는데요, 듣다 보니 슬픈 노래더라고요. '안녕 하며 돌아서 뛰어가는 네 뒷모습 동그랗게 내버려진 나의 사랑이여 아 어쩌란 말이냐 흩어진 이 마음을 아 어쩌란 말이냐 이 아픈 가슴을.' 가만 듣고 있으니까 떡박질하는 것처럼 가슴이 아프면서 눈물이 나잖아요.

이것도 비밀인데요, 나는 혼자서 슬플 때가 많아요. 그러면 걸어 다니는데, 걸으면서 울면 창피하니까 슬퍼도 안 울거든요. 그날은 써니 아줌마가 준 수건도 덮고 누웠겠다 한번 괜히 울었던 것 같아요.

그게 써니 아줌마하고의 첫 만남이었어요. 그 담부터는 지하에서 그 노래가 자주 나왔어요. 써니 아줌마가 그때 테이프를 가져다 놨기 때문이에요. 헬스장에는 쓸 만한 노래 테이프가 다섯 개쯤 있는데 며칠씩 한 테이프에 든 노래만 나오기도 해요. 누가 테이프를 갈아 끼우지 않으면 계속 오토리버스 되거든요. 나도 그때 오토리버스 되기 시작했나 봐요. 허심천에 갈 때마다 헬스장에 내려갔거든요. 아줌마는 가끔만 봤어요. 그때마다 아줌마가 나한테 수건을 가져다줬어요. 나는 아이큐가 낮아서 어떤 일들은 너무 잘 잊어 먹거든요. 그렇지만 써니 아줌마는 단번에 기억했으니 다행이죠.

써니 아줌마를 본 것 말고 다시 만난 거는 허심천 여탕 안 모래 찜질 방에서였어요. 그날 나는 학교에 셋째 시간이 끝날 때쯤에 갔는데 교문 경비 아저씨가 나를 불렀어요. 어이 서니 학생, 오늘 소풍 안 갔어? 하면서요. 생각해 보니 그날이 가을 소풍날이었어요. 소풍비를 5천 원이나 내고도 소풍을 잊어 먹은 거더라고요. 대절 버스 타고 무슨 읍성인가를 간다고 했는데. 텅 빈 학교 안에 햇빛이 참 얌전하게 차 있대요. 조용한 햇빛이 맘에 들어서 운동장을 괜히 한 바퀴 돌았잖아요. '비겁하다 욕하지 마.' 캔 오빠들 노래 부르면서 또 한 바퀴 돌고요. 허심천은 그 뒤에 간 거예요. 소풍도 안 갔다 왔는데 몸이 어찌나 아프던지 모래찜질 방에서 잠깐 몸을 녹일 참이었어요. 그런데 거기 써니 아줌마가 혼자 벌러덩 누워 있는 거예요. 텔레비전에서 본 흰 털 곰처럼 아줌마한테서 하얗게 빛이 났어요. 잠든 것 같은 아줌마는 몸이 다시 뚱뚱해졌데요. 봄부터 써니 아줌마는 풍선처럼 뚱뚱해졌다가 바람 조금 빠진 것처럼 날씬해졌다가, 또 뚱뚱해지고 그러는 것 같았어요. 허심천에 열심히 오면 날씬해지고 허심천에 안 오면 뚱뚱해지고 그러는 것처럼요. 아줌마하고 조금 떨어져서 나도 벌러덩 누웠죠. 공기는 안 뜨겁지만 바닥이 뜨끈뜨끈한 그 방에는 모래 위에 자리가 여러 장 깔려 있고 민들민들한 통나무 발걸이도 있어요. 뭉그적뭉그적 몸을 당겨서 발걸이에다 발을 턱하니 걸치고는 아줌마들 흉내를 내봤죠.

「아 시원하다.」

역시나 내 목소리가 미워서 속상했어요. 속이 상하니까 공기가 너무 모자란 것 같아졌고요. 사실 나는 러닝머신을 오래 못 뛰는 것처럼 찜질 방 같은 데서도 오래 못 있어요. 금세 숨이 차거든요. 얼굴 못생긴 것처럼 심장도 작고 못생겨서 약하대요. 눈을 감는데 눈물이 나려고 하는 거예요. 속으로 전날까지 셌던 숫자 다음을 세기로 했죠. 1만 7,777까지 세어 둔 참이었거든요. 자꾸 잊어 먹기 때문에 늘 기억하기 쉬운 데까지 세어 놔야 해요. 1만 7,790까지 세는데 자는 줄 알았던 써니 아줌마한테서 무슨 소리가 났어요.

「너 발이 참 이쁘게 생겼구나. 정말 귀엽다.」

자다가 봉창 두드리는 것 같은 난데없는 말에 눈을 떴죠. 아줌마하고 나밖에 없으니 나한테 한 소리가 맞잖아요. 없다가 새로 생긴 것 같은 내 발이 보였어요. 처음 본 것 같은 내 발이, 히야, 진짜 이쁜 거 있죠. 신기해서 내 발을 쳐다보고 있는데 아줌마가 물에 젖은 흰색 왕곰 인형처럼 무겁게 일어나더니 한참 앉아 있다가 말하데요.

「얘, 너 젖도 이쁘게 생겼다.」

남세스럽게 참 나. 얼마나 부끄럽던지 자는 척 눈을 감았잖아요. 언제 눈을 뜰까 조마조마하고 있는데 아줌마가 끙, 몸을 일으켜서 찜질 방을 나갔어요. 나는 참기 힘들 때까지 참다가 밖으로 나왔고요. 아줌마는 그새 찬물 탕에 들어가서 폭포처럼 쏟아지는 물줄기 아래 서 있었어요. 왜 아줌마가 덜덜 떨면서 우는 것 같았을까요. 아니 나한테는 왜 아줌마가 매번 울고 있는 것같이 보이는 걸까요. 크고 하얗고 예쁘고 힘도 세 보이는 아줌마가요.

그 뒤로도 써니 아줌마를 가끔 보거나 만났어요. 겨울이 왔다가 가고요, 또 봄이 왔다가 가는 동안 써니 아줌마는 뚱뚱해졌다가 날씬해졌다가 계속 그랬어요. 아줌마하고 진짜 친해진 건 지난 초여름부터예요. 날씨가 무지 더운 날이었어요. 목욕탕에서 멀지 않은 분식집 앞에서 뭘 사 먹을까 생각하고 있는데 누가 내 어깨를 살짝, 톡 치는 거예요. 민소매 원피스를 입은 써니 아줌마였어요. 발목까지 늘어진 까만색 옷을 입을 걸 보니 아줌마 살이 많이 찔 때였나 봐요.

「얘, 너 여기서 뭐 하니? 뭐 먹으려고?」

아줌마 물음에 나는 가래떡구이 먹으려는 참이라고 우물거렸을 거예요. 그랬더니 아줌마가 자기랑 맛난 거 먹으러 가자면서 제 어깨를 돌려세웠어요. 안긴 것처럼, 사이좋은 사람들처럼 그 근방 고깃집으로 갔죠. 그날 대낮에 고깃집 방 한 칸을 떡하니 차지하고 앉은 아줌마가 나한테 돼지 갈비를 사줬는데요, 사실 나는 고기를 별로 좋아하지 않아요. 엄마 가게 치킨도 거의 먹어 본 적이 없는걸요. 그래도 그날 고기를 상추하고 치커리 같은 데에다 다섯 점이나 싸 먹었고요, 샐러드도 먹었어요. 우리 둘이서 먹은 고기가 5인분이었거든요. 아줌마는 소주도 시켰어요. 그날 써니 아줌마의 원래 이름이 김향선이라는 걸 알게 됐어요. 허심천 옷장 열쇠를 가지고 다니는 아줌마들이 써니 아줌마를 써니라고 부르는 이유가 향선의 선 때문이었던 거죠. 그걸 알게 되고 기분이 좋아져서 나도 써니 아줌마한테 말했어요.

「나는 정, 선이에요. 그래서 서니고요.」

고기 먹던 아줌마가 깔깔 웃더니 젓가락을 내려놓고 나한테 손을 내밀었어요.

「이제 보니 우리 써니 말도 잘하네. 작고 예쁜 써니야, 반갑다. 우리, 같은 이름을 가진 사람끼리 악수하자.」

왜, 사랑하는 표시로 하트 모양을 그리잖아요? 나한테도 그때 그런 게 생긴 것 같았어요. 옷 벗고 있어도 안 보이는 그런 곳에요. 그리고요, 그날 나는 처음으로 술을 마셨어요. 써니 아줌마가 잔 한 개를 더 달래서 술을 채우더니 저한테 줬거든요.

「작은 써니야, 우리 써니들을 위해 한잔 마시자. 나는 위로가 필요하거든.」

위로가 필요한 게 뭔지 잘 몰랐지만 서니가 써니 된 게 아주 좋았어요. 아줌마하고 같은 이름이 된 건 더 좋았고요. 둘이서 써니를 위하여, 외치고는 낄낄 웃으면서 술을 마셨잖아요. 그날 아줌마가 시킨 술이 세 병이었는데요, 둘이서 다 마시고 허심천으로 같이 왔어요. 아줌마는 취했나 봐요. 아줌마가 자기 옷장이 있는 구석으로 가서 옷도 안 벗고 그냥 털퍼덕 눕더니 작은 써니야 일루 와, 하데요. 내가 갔더니 엄마처럼 날 안고는 뽀뽀를 마구 해대는 거예요. 이마랑 볼이랑 입에다가요. 어렸을 때 엄마한테 받아 본 거 말고는 아무한테도 받아 본 적이 없는 뽀뽀를 나한테 열 번도 넘게 한 아줌마가 금세 코를 골았어요. 나는 머리가 어질어질해서 아줌마 젖가슴 있는 데다 내 머리통을 숨겼죠. 술내하고 화장품 냄새가 섞여서 아줌마 몸내가 된 것 같았어요. 내 몸에서 난 냄새인 것도 같고요. 괜히 슬픈 냄새였어요. 울면 아줌마가 깰까 봐서 참다가 잠들었는데 깨어났더니 써니 아줌마는 없대요. 바깥은 어두워져 있었어요. 나는 아주 춥고 아팠어요. 세 잔 마신 술 때문인 것 같았어요. 써니 아줌마가 엄마한테 혼날까 봐 엄마한테 데리러 오라는 전화도 못하고 집으로 겨우 가서 밤새 앓았죠. 다음 날에는 엄마한테 업혀서 병원에 갔고요. 급성 폐렴이라나요. 엄마랑 언니가 번갈아서 열흘 동안이나 내 곁을 지켰어요. 나 때문에 친구들하고 놀러 못 가고 취직 공부하러 도서관도 못 간 언니한테 구박을 한번 받기는 했죠. 내가 열에 떠서 자는 줄 알고 언니가 보던 책을 덮으면서 한숨을 쉬더니, 너한테 죽으라고 할 수는 없고 내가 딱 죽고 싶다, 그랬거든요.

몸이 나으니까 진짜 여름이 돼 버렸데요. 엄마가 목욕탕에는 가도 괜찮지만 나돌아 다니지는 말라고 했어요. 더위 먹는다고요. 계속 목욕탕에 가도 써니 아줌마는 보이지 않았어요. 아줌마 만나기가 어려우니까 목욕탕 가기도 싫고, 사실 아직 기운도 별로 없어서 내 방에서 텔레비전만 봤죠. 내 방에는 나 혼자 보는 텔레비전이 있거든요. 좀 구식이고 화면이 작긴 해도 작은 동굴처럼 어두운 내 방에서 혼자 앉아 보기는 맞춤해요. 아빠 눈에 안 띄어도 되고요. 내 두 번째 취미가 드라마 보기잖아요. 내가 걸어 다닐 때 부르는 노래가 그래서 전부 드라마 주제곡이고요. 두 번째 취미를 살리는 동안 윗몸이 더 뚱뚱해졌죠. 써니 아줌마가 예쁘다고 했던 젖이 잘 만져지지도 않을 만큼요.

살이 더 찌면 안 될 거 같고 아줌마도 보고 싶데요. 비가 죽죽 내리던 날 허심천에 갔어요. 써니 아줌마를 열심히 찾았지만 안 보였어요. 열쇠 있는 옷장 앞에서 아줌마들 여럿이 화투짝을 돌리면서 마구 떠들고 있고요.

「써니 고년 또 홀라당 뜯겼다면서?」

「그러게 미친년이지. 한두 번도 아니고 뻔히 뵈는데, 허구한 날 제 목을 내준다니까. 날 잡아 잡수 하면서.」

「몸이 물 간다고 정신도 그리 따라 맛이 갈까나? 지 방 전세 보증금 빼준 게 반년도 안 됐는데 이제 가게 보증금까지.」

「죽어라 벌면 뭐 하냐고.」

「원래 한번 안 풀리면 뭐든 다 꼬이게 돼 있어요.」

「그건 그렇고 써니, 다이어트 그만해야 하는 거 아냐? 그놈의 다이어트 땜에 더 오락가락하는 거 같잖아? 어떨 땐 열흘씩 요구르트만 마시면서 굶고, 그러다가 돼지처럼 퍼먹고.」

「그래도 그 몸으로 벌어먹고 살려면 어떡하냐? 한 번씩 빼야 기분이 나서 가겔 열겠다는데.」

「그러면 술이나 마시지 말든가. 가게 가보면 파는 것보다 지가 퍼마시는 게 더 많더라.」

「그나저나 전화나 다시 해봐. 혼자 놔두면 몸 배려.」

중얼중얼 와글와글. 내가 알아들을 수 있는 말이라고는 써니뿐이었어요. 써니 아줌마가 안 좋은가 보더라고요. 돈이 없어졌다는 것 같기도 하고요. 써니 아줌마 돈을 누가 홀라당 뜯어 갔다고 한 거 같잖아요. 문득 담에 써니 아줌마를 만나면 내 돈을 준다고 할까, 그런 생각이 들었어요. 나는 엄마한테 돈을 받으면 만 원짜리는 은행에 저금하고 천 원짜리는 군것질하잖아요. 군것질하고 남은 나머지는 연습장에 끼워 놓고요. 통장에 있는 돈 말고도 내 방에 언니 모르게 숨겨 놓은 연습장이 세 권이나 돼요. 가방 속에 있는 연습장에도 천 원짜리가 거의 찼고요. 엄마는 하루에 5천 원씩 풍풍 쓰라고 돈을 주지만 내가 쓰는 건 일주일에 2천 원도 안 넘어요. 돈이 남을 수밖에 없잖아요. 앞으로도 그럴 거고요. 통장하고 연습장을 전부 아줌마한테 주기로 결심했어요. 결심하고 나니까 아줌마들 시끄러운 소리가 참을 만해졌어요. 딱딱 소리 내면서 떨어지는 아줌마들 화투장도 재미있어졌고요. 아줌마들이 써니 아줌마한테 연신 전화를 해대고 있었기 땜에 아줌마가 혹시 나올까 싶어 자꾸만 문 있는 데를 살폈죠. 아줌마가 와서 화투 치면 나는 얼른 은행에 다녀오려고요. 하지만 그날 해 질 때까지, 다른 아줌마들이 다 돌아가고 사람들이 더 이상 들어오지 않게 될 때까지 써니 아줌마는 허심천에 안 왔어요. 대신 엄마가 나를 찾으러 왔죠. 엄마 따라 나섰는데 어두워진 허심천 밖에 태풍이 무시무시하게 불고 있데요. 나 혼자서는 걷기도 힘들 정도로요. 엄마 차에 들어앉는데 아줌마 생각이 나면서 눈물이 나올 것 같았지만 엄마한테 들킬까 봐 참았어요. 속으로 숫자만 셌죠.

태풍 지나고 난 뒤부터 통장하고 도장이 든 주머니하고 연습장 네 권을 가방 속에 넣고 목욕탕엘 열심히 다니는 중이에요. 아줌마한테 주려고 팬시점에서 산 횐 주머니는 겉에 연분홍색 꽃수가 쪼그맣게 놓였어요. 그 주머니 살 때 가슴이 얼마나 떨렸는데요. 거기다 통장이랑 도장 넣을 때는 더 떨렸고요. 학교는 얼른 시늉으로 갔다 오거나 안 가고 목욕탕으로 가서 아침부터 저녁까지 놀았어요. 숫자 세기 하면서요. 지금까지 센 수는 4만 9,600이에요. 덕분에 써니 아줌마를 세 번 더 봤네요. 헬스장에서 한 번, 모래찜질 방에서 한 번. 마지막 한 번은 지난주 토요일 오전이었어요. 일주일 전이요. 써니 아줌마가 세신(洗身)대에 누워 때밀이 아줌마한테 몸을 맡기고 있었어요. 팔을 축 늘어뜨리고 아주 편안하게 누워서 때밀이 아줌마하고 무슨 이야긴가 가끔 하면서요. 그래도 통장이 든 주머니를 아줌마한테 줄 틈을 못 냈어요. 써니 아줌마가 항상 혼자가 아니어서 아줌마를 보기는 해도 만나지를 못한 거예요. 꼭 옛날에 특수학교에서 애들하고 하던 숨바꼭질 같았어요. 술래가 술래인 걸 잊어버리고 숨은 사람을 찾지 않는 재미없는 놀이요. 아줌마가 술랜데, 어쩌다 눈이 마주쳐도 아줌마는 목욕탕 안이 흐려서 그런지 저를 알아보지 못하잖아요. 나한테는 아줌마만 보이는데 아줌마한테는 저만 안 보이는 것처럼요.

오늘쯤 써니 아줌마가 올지도 모른다는 생각에 나는 몇 시간째 목욕탕 안에서 왔다 갔다 하고 있어요. 모래찜질 방으로 들어와 구석에 누웠어요. 숫자 4만 9,601을 세고 다음으로 넘어가려는데, 모래찜질 방으로 하나 둘씩 들어온 아줌마들이 죽 둘러앉더니 또 시끄럽게 떠들기 시작해요. 다 해서 일곱 명인 걸 보니 오늘도 써니 아줌마만 쏙 빠졌어요. 기운이 빠지네요. 숫자 세기를 계속하기는 틀린 거 같아요. 나중에 4만 9,600에서부터 다시 세야겠어요. 잊어먹지 않게요.

「써니 고 기집애, 어쩌면 그러냐. 갈라면 뭔 기미라도 보여 줘야 하는 거 아니냐고.」

「그런 죽음이 예고하고 온다니?」

「심장 마비라는데 왜 꼭 지 손으로 지 숨 막아 버린 거 같을까나?」

「그래서 기분이 엿 같아.」

「그냥 뭣 같다고 해라.」

「뭣이 뭐가 나쁘냐?」

「너는 뭣이 좋디?」

깔깔깔 하하하 컥컥. 목욕탕에서 홀딱 벗고 떼로 몰려다니는 아줌마들은 진짜 왜 이렇게 시끄러운지 몰라요. 분명히 찔찔 짜고 울면서도 왜 시끄러운 웃음소리를 내는지 정말 모르겠어요. 웃는지 우는지 알아볼 수가 없는 걸 보면 아마 떼로 미쳤나 봐요. 나보다 더 바보 거나요. 더워 숨찬 것보다 아줌마들 미친 것 같은 소리를 참을 수가 없어서 모래 방에서 나왔어요. 토요일 오후라 사람이 많아서 내 옷장이 어딘지도 잘 생각이 안 나요. 겨우 생각나서 갔더니 내 옷장이 아니라 써니 아줌마 옷장 앞이고요. 써니라는 이름표가 고대로 붙어 있는 걸 보면 아줌마의 5개월 월권이 아직 많이 남은 모양이에요.

 교복을 다시 입고 가방을 꺼내 멨는데 주머니 하나랑 연습장 네 권 든 가방이 너무 무겁네요. 다리에 힘이 하나도 없어 걷기도 힘들고요. 난간을 잡고 겨우겨우 2층에서 1층으로 내려가는데 지하에서 또 노래가 나와요. 〈가슴앓이〉예요. '골목길을 돌아서 뛰어가는 네 그림자 동그랗게 내버려진 나의 사랑이여 아 어쩌란 말이냐 흩어진 이 마음을……' 2절이 나오기 전에 허심천 건물 밖으로 나왔어요. 흐린 햇빛인데도 눈이 아파요. 〈가슴앓이〉 노래 2절이 내 귀에 혼자서 들려오고요. '그 큰 두 눈에 하나 가득 눈물 고이면 세상 모든 슬픔이 내 가슴에 와 닿고……' 어쩌죠. 마음이 마구 흩어지는 것 같은데요. 몸도 흩어지는 것처럼, 걸을 수가 없네요. 눈앞이 캄캄해지는 게 아무래도 못생긴 써니 심장이 또 아프려나 봐요.

아내의 진홍빛 슬리퍼

1

아일다(阿逸多). 삭정이처럼 마르고 작은 몸피에 얼굴빛이 말갛다. 그리고 허리가 굽었다.

어제 오후에 경내를 돌아보다가 법당 안에서 절을 하던 아일다를 처음 보았다. 법당 깊이 드리워진 햇살을 등에 지고 오체투지하는 여자의 모아졌다간 풀리고 다시 모아지던 발. 영원히 끝나지 않을 것처럼 반복되는 그의 둥그런 움직임을 바라보는데 숨이 차면서 손끝이 마르는 듯 몹시 불편했다. 가당찮게도 나는 절을 하고 있는 아일다에게서 아내를 연상했던 것이다. 유림도 어느 산자락에 박힌 사찰 법당에서 저 여자와 같은 짓을 하고 있지 않을까 하는.

불편한 마음에도 사로잡힌 듯 건너다보았던 어제 그때는 아일다에 대한 어떤 정보도 없던 상태였다. 그가 날마다 3천 배를 한다거나, 하루 한마디 하는 경우가 드물어 벙어리처럼 뵌다거나, 절에 들어온 뒤 일곱 해를 넘은 동안 한 번도 일주문 밖으로 나가 보지 않았다는, 그래서 이 상불사에 나타난 미륵불이라는 소문이 나이 든 신도들 사이에 퍼져 있다는 따위의 이야기는 어젯밤 같은 방을 썼던 일운이라는 사내한테서 들었다.

일운은 전국의 절을 떠돌며 살고 있다고 하지만 거의 상불사에서 상주하는 듯해 보였다. 그가 술을 거절할 수 있는 위인이 못 된다는 것을 그를 본 순간 알아챘다. 어제 밤이 깊었을 때 슬그머니 일어나 차 트렁크에 들어 있던 소주병을 꺼내 방으로 가져갔다. 잠이 오지 않아서 한잔 마시련다고 어둠 속에서 혼자 소리를 하다가 한잔만 하겠느냐고 슬쩍 떴더니 아니나 다를까, 그는 고기 냄새 맡은 살쾡이처럼 입맛을 쩝쩝 다시며 다가왔다. 술에 취한 그는, 승도 속도 아닌 채로 이 절에 깃들여 사는 인간들의 내력에 대해 아는 게 많았다. 제 사연 말고는 묻는 대로 다 나왔다.

아일다는 예전에 무용수였다. 교통사고가 나는 바람에 몸을 다쳐 무용을 할 수가 없게 되었는데 사고가 난 차에 함께 탔던 남자는 죽었다. 부모가 제법 부자인 데다 독실한 불교 신자라서, 몸은 제힘으로 움직일 만큼 나았으나 반 정신이 나가 버린 딸을 거액의 기부금과 함께 이 절에다 맡겼다. 아일다는 그래서 여성들이 묵는 지혜원의 방 한 칸을 혼자 차지하고 산다…….

반듯이 서서 가슴에 손을 모으는 것에서 시작되어 다시 일어나 손을 모으기까지, 한 차례의 절은 열 가지쯤의 연쇄 동작인데 아일다의 움직임은 맺힌 데 하나 없이 굴러가는 굴렁쇠 같다. 한 공간에서 제 뒤에 선 채 호기심에 가득 차 저만 바라보고 있는 낯선 놈의 기척을 느꼈을 법한데도 아랑곳없다. 눈을 거의 감은 옆얼굴에서는 표정이 읽히지 않는다. 10분 동안에 80여 회쯤 반복하는가. 한 시간에 5백 번쯤 절을 하는 거라면 최소한 여섯 시간 동안은 쉬지 않고 절을 해야 3천 배를 올릴 수 있다는 계산이 나온다. 3천에 365를 곱해서 다시 7을 곱하면, 7백 66만 5천이다. 돈으로 친다면 별거 아니다. 한 사람의 심장이 움직이는 횟수나 눈 깜박임 따위와 비교해도 큰 숫자랄 수는 없다. 하지만 15년 넘은 내 자동차 운행 기록은 그에 턱없이 미치지 못한다. 기계 아닌 사람의 몸이 만들어 내는 기록으로는 어처구니 없는 숫자인 것이다. 하기야 보통 사람일 리는 없다. 아일다라는 이름의 뜻이 벌써 미륵불의 다른 명칭이거니와 아일다를 보기 위해 찾아드는 신도들도 있다 하지 않은가. 그렇지만 이미 허리가 굽기 시작한 아일다가 이곳에서 몇 년을 더 저렇게 산다면 몸이 진짜 굴렁쇠처럼 변하고 말 것이다.

 어린 날의 내 굴렁쇠들은 오르막길은 물론이고 계단도 오르내렸다. 굴렁쇠와 함께 바위를 타고 시냇물을 건넜다. 징검다리를 건너뛸 수도 있었다. 눈부신 빛을 뿌리며 공중을 회전하고 책상 위에서 빙빙 돌며 놀기도 했다. 그렇게 되기까지 내 무릎은 늘 벗겨져 있었고 굴렁쇠에다 턱을 찧거나 머리를 받힌 건 셀 수도 없다. 굴렁쇠를 쫓다 차에 치일 뻔한 일도 여러 번이었다. 잘 굴러 가는 굴렁쇠를 구하기 위해 분해한 자전거는 몇 대나 될까. 같은 목적으로 남의 집 앞에 세워진 새 자전거를 훔친 적은? 그렇게 만들어진 굴렁쇠가 초등학교 5학년이 끝나 갈 즈음엔 예순아홉 개였다. 개수가 많아지면서 백 개를 채우고야 말겠다는 뜨거운 욕망도 함께 자랐을 터이다. 나는 그때 능란한 자전거 도둑이었다. 은빛으로 반짝이는 백 개의 바퀴가 한꺼번에 구르거나 공중에 떠서 동시에 회전하는 광경은 상상만으로도 벅찼다. 폭죽처럼 솟아올라 터질 그 순간을 위하여 캄캄한 이웃 마을 순례도 서슴없이 했다.

　굴렁쇠를 굴리고 다니기엔 내가 너무 컸다는 걸 깨닫는 순간은 어떤 예고도 없이 찾아왔다. 한밤중이었고 나는 자다가 어머니 기척에 깬 참이었다. 어머니가 곁에 있을 때면 엄마 배꼽을 만지는 버릇이 아직 그대로였던 때라 언제나 그랬듯이 나는 손을 뻗었을 것이다. 그 손이 휙, 내 몸이 밀쳐질 정도로 거칠게 내동댕이쳐졌다. 엄마만큼 키가 커버린 놈이 언제까지 아이 노릇을 하려는 거냐? 대체 저놈의 굴렁쇠는 얼마나 더 주워 들일 거냐고! 한번도 문제 된 적이 없는 굴렁쇠가 꼭두새벽에 느닷없이 왜 거론되었는지, 동생과 나 사이에 앉아 있던 어머니가 왜 그토록 독이 올라 화를 내는지 알 수 없는 채 어둠 속에서 내 어린 날이 막을 내렸다. 아울러 자전거 도둑질도 그날로 끝났다. 뒤란 처마 밑에 사슬처럼 줄줄이 걸어 뒀던 예순아홉 개의 굴렁쇠를 이튿날부터 손에 잡히는 대로 내다 버렸다. 네댓새는 걸렸을 것이다. 군청 앞 큰길이나 보건소 뒷골목, 경찰서 앞길이나 여중학교 진입로. 읍을 벗어나 이웃 마을 앞까지 가기도 했다. 될수록 집에서 멀리 떨어진 곳까지 굴렁 쇠를 굴려 가 힘껏 굴려 놓고는 뒤돌아 정신없이 뛰었다. 굴렁쇠를 다 떠나보내는 동안 그것들이 어딘가에 부딪치거나 나뒹구는 소리 를 들어 본 적이 없었다. 그것들이 아직도 어딘가를 향해 굴러가고 있을지도 모른다는 상상을 고등학교 졸업 무렵까지 했던 건 그래 서였을 것이다.

  땀에 흠씬 젖어 방석에 엎드린 아일다가 꼼짝도 않는다. 오늘 분 의 3천 배를 끝내고 쉬는 중일 터이다. 그의 온몸을 칭칭 감고도 남을 듯한 긴 염주의 한 부분이 왼손에 잡힌 채 상체 주변에 늘어 져 있다. 조금 있으면 일어나 삼배를 바치고 염주를 갈무리해 두고 법당 밖으로 나설 테고 산보를 한 뒤에는 저녁 예불 준비를 시작할 것이다. 아일다의 소임이 하루 세 차례의 예불 준비라고 했다. 한 시간도 넘게 쳐다보았던 아일다보다 앞서 법당에서 내 몸을 끌어 낸다. 밖으로 나오니 눈이 아프다. 해발 고도 830미터 산속에 자리 잡은 상불사 대웅전 마당에는 초여름 오후 햇빛이 빼곡히 차 있을 뿐 인적이라곤 없다.

  유림은 어디 있을까. 스물한 살에 동갑내기로 만나 스물여덟에 결혼해 마흔둘이 될 때까지 함께 지내 왔던 여자. 특별한 능력은 없으나 흠잡을 만한 결점도 가지고 있지 않아 집에 있는 여자라는 한마디면 다 설명이 되는 것 같던 그 장유림이 97일째 종적이 없었다. 큰아이 말로는 맨발에 빈손으로 비 내리는 어둠 속으로 뛰쳐나갔다는데 어느 곳에도 그 자취가 없었다. 법당 측면 문에서 나온 아일다가 허리를 구부정하게 접은 채 긴 그림자를 달고 걸어간다. 눈이 부시게 흰 고무신을 신고 마당 끝 계단을 내려가 내 눈앞에서 사라진다. 텅 빈 마당, 텅 빈 듯한 내 머릿속. 온몸이 텅 비어 있는 것 같기도 하다. 바늘에 찔리면 펑크 난 타이어처럼 바람이 펑, 터져 나올지도 모른다.

2

집으로 전화를 하면 언제나 작은아이가 받는다. 큰아이는 제 동생을 통하고 나서야 마지못해 받았다. 큰애의 그런 버릇은 작년 봄 제 어미가 처음 집을 나갔던 때부터 시작된 성싶었다. 어미가 한 달 만에 시장 봐온 사람처럼 돌아왔어도 사라지지 않더니 여태껏 계속이다. 작은아이가, 도우미 할머니가 밥을 차리는 중이고 언니는 늦잠 자는 중이라고 종알대다가 아빠는 언제 돌아올 거냐고 묻는다. 사흘 뒤에 돌아가겠다는 말에 알겠어, 하더니 새침한 여운을 한참 두었다가 전화를 끊는다. 여중 1학년인 큰아이는 아마도 그 곁에서 전화기 속의 아비를 외면하느라 한사코 고개를 꼬고 있을 터이다. 사흘 전 아침 집을 떠나온 뒤에 큰애하고는 통화를 한 번도 못했다. 하필이면 제 어미가 없을 때에 첫 달거리가 찾아들었던가 보았다. 지지난달 첫 일요일 아침이었다. 작은아이가 밥상머리에서 아빠, 언니 어제 피 났어, 했다. 지금도 피 난대. 고자질하듯 종알대는 작은아이 머리통이 큰아이 수저에 맞아 딱 소리가 나는가 싶더니 작은아이가 울었다. 우는 아이를 흘기다 눈이 벌게진 큰아이가 나를 노려보더니 수저를 내던지듯 내려놓고는 식탁을 떠나 버렸다.

산을 넘어온 햇살이 사찰 안에 남은 그늘을 차츰 지워 가고 있다. 일요일이라 사람들이 제법 찾아들 거라고 했지만 아침 경내엔 인적이 드물다. 해 뜨기 전부터 시작된 매미 소리만 극성이다. 연못 가장자리에는 갈대와 창포와 꽃 무릇이 어우러졌고 그 둘레에서는 백일홍이 눈 시리게 피어나 하늘거렸다. 꽃 주위에서 검은 빛깔의 나비들이 군무를 추는데 느리고 무거워 보인다. 잠을 설친 탓이다. 어디가 아프다고 꼬집어 말할 수 없으나 안 아픈 데가 없는 것 같고 움직이기가 싫은, 무기력 상태였다. 일주일 치 밥값을 미리 치렀지만 밥 생각도 들지 않았다. 간밤에 마신 술로 속이 뜨끔거렸다. 그날 밤 맨발의 유림은 어디로 갔을까.

작년에 집을 나갔던 유림이 한 달여 만에 집에 돌아왔을 때 나는 아무것도 묻지 못했다. 아내가 연락 한번 없이 지낼 수 있는 그 한 달이, 뭐든지 삼켜 버리는 구멍처럼 느껴진 탓이었다. 유림도 말하지 않았다. 언제 가출한 적이 있었냐는 듯이, 체중이 불어 사우나에 가야겠다며 혼잣말을 하는 거며 작은아이 학습 준비물을 미리 챙기지 못해 아침마다 문방구점까지 따라 나가는 거며, 아무 변한

게 없이 천연덕스레 일상을 살았다. 그때 묻지 못해 아내가 어디 있다 왔는지 몰랐듯 이번에도 나는 유림이 어디 있는지 모른다. 한 달이면 돌아오겠지 했던 기대는 한 달에서 닷새가 지났을 때 버렸다. 그리고 석 달이 넘었다. 유림은 작년에 한 달을 머물다 나온 그 블랙홀 속으로 다시, 아주 들어가 버린 모양이었다.

「아침 공양하셨소?」

사흘 밤을 한 방에서 난 사내, 일운이다. 바싹 깎은 머리에 회색 승복 바지와 회색 티셔츠를 걸치고 흰 고무신을 신은 그의 차림새는 영락없는 비구인데 한눈에 비구가 아닌 것을 알아채게 하는 잡스러움이 온몸에 덕지덕지 묻어 있다. 식당에서 밥을 먹은 뒤 식판을 씻었는지 손을 비벼 말리며 나오는 품이 갈데없이 얻어먹고 사는 자의 행색이다. 쉰 중반이나 됐을까. 승이라 봐주기엔 속됨이 지나쳐 보이고 속이라 보기엔 또 풍기는 기세가 만만치 않은 사내였다.

「밥 생각이 안 나는군요.」

「그래도 자셔 두시오. 해가 길잖소? 더구나…….」

무슨 말인가를 더 하려다 삼켜 버린 사내가 구멍가게에서 도둑질하려다 들킨 행려처럼 말꼬리를 잘라먹고는 서둘러 계단을 내려갔다. 연못을 돌아 밭으로 내려간다. 그가 도착한 밭에 승복 차림의 여인이 앉아 있었다. 상불사 공양주 보살 진여행이다. 공양간에 있을 거라 여겼던 그가 어느 틈에 텃밭에 나앉아 다음 끼니를 준비하고 있는 것이다. 경내의 동선이 뻔함에도 그를 만나기가 쉽지 않았다. 아니 내가 그를 피해 다녔다고 해야 맞을 것이다. 예닐곱 해 전쯤에 유림에게서도 들었음 직한 기억에 따르면 진여행은 유림과 초등학교와 중학교를 함께 다닌 고향 친구 효선이었다. 효선이라는 진여행의 본명을 기억한 것은 당시 방영되던, 유림이 즐겨 보던 텔레비전 드라마의 여주인공 이름과 같았기 때문이었다.

어느 날 밤늦게 들어온 효선의 남편이 서둘러 밥 차리는 그 친구 등에 대고 조용히, 가타부타 설명도 없이 네가 참 싫어, 그러더래. 그게 시작이었대. 날마다 한 번씩 어떤 식으로든 딱 한마디씩만 했다는 거야. 네가 싫다고. 어떻게 됐을 거 같아? 효선은 백일이 되던 밤에 잠든 두 아들 얼굴 한번씩 만져 보고 집을 나왔대. 인옥이 어제 효선을 상불사에서 만났다지 뭐야. 절에서 허드렛일을 해주면서 살고 있다고 하더래. 효선이라는 이름 대신 진여행이라는 이름을 쓰고 있다면서. 그런데 여보, 효선이 남편은 어떻게 그런, 아내가 아무 소리도 못하고 서서히 죽게 하는 방법을 알았을까?

오래전에, 들으며 잊어버렸던 유림의 그 수다가 기억난 건 일주일 전 초저녁이었다. 텔레비전 앞에 앉아 하릴없이 리모컨을 누르던 참에 자막으로 뜬 상불사를 만났을 때였다. 지역 방송국 네트워크 프로그램이었는데, 하안거에 들어간 스님들을 수발하는 상불사 공양간 풍경이 조용하고도 숨 가쁘게 지나가고 있었다. 그 화면엔 물론 진여행일 법한 여자는 등장하지 않았지만 내 머릿속에는 절에서 허드렛일을 한다던 유림의 친구가 떠올랐다. 유림의 그 수다 끝에 내가, 왜? 하고 물었을 것이다. 남편이라는 작자가 왜 여편네 등에 대고 싫다는 말을 하기 시작했냐고. 이유가 있었을 거 아니냐고. 내 안에 어떤 시한폭탄이 내장되어 있는지 아직 몰랐던 때였으므로 거침없이, 별 치사한 미친놈을 다 보겠다고 짓씹었을 때 유림이 고개를 갸웃하며 중얼거렸다. 그러게? 왜 그랬을까. 나중에 기회가 되면 효선이한테 물어볼게.

유림에게 그 기회가 있었는지 모르겠다. 주인이 빈 몸으로 나가는 바람에 집에 남겨진 유림의 수첩에 효선이나 인옥은 나와 있지 않았다. 장인이 세상을 뜨고 나서 처남들이 땅과 집을 팔아 치우고 장모를 서울로 모셔 내버렸기 때문에 유림의 고향에는 처가가 없었다. 아들들 집을 전전하며 손자들 키우는 걸로 당신 말년을 보냈던 장모는 막내이자 고명딸인 유림이 첫아이를 낳은 지 세 해만에 세상을 떴다. 효선이나 인옥에 대해 알려 줄 만한 사람이 없었으므로 나는 상불사로 올 수밖에 없었고 이곳에 도착한 지 두어 시간 만에 진여행이 그대로 있다는 것은 알아냈다.

하지만 공양간을 책임지고 있다는 효선, 진여행에게 아직 접근을 못해 보았다. 그럴 리 없지만 혹시라도 진여행이 유림의 행방을 알고 있다가 왜 찾느냐고 물으면 뭐라고 대답해야 할지 난감해서다. 아내가 집을 나가고 나니 일상이 정리가 안 돼 미칠 지경이라는 말은 몰염치하게 느껴졌다. 완벽하게 비어 있는 광장에 홀로 버려진 것 같다는 말도 우스울 터였다. 길이 전혀 안 보인다는 말도 되지 못한 변명으로 들릴 것 같았다. 남편에게 싫다는 말을 백 번이나 들은 끝에 집을 나왔다는 효선, 진여행한테 그 정도가 무슨 대수로울 일이겠는가.

 진여행은 바쁜 손길로 들깨 나물을 솎아 대는 참이었다. 그가 솎아 쌓은 들깨 포기가 세 개나 되는 커다란 플라스틱 바구니 안에 가득 쌓였다. 그의 이마며 목 언저리에 땀이 배어나 번질번질하다. 내가 장유림의 남편인 걸 알고 무시할 리는 없는데 시선 한번 보내지 않은 채 제 일만 하는 품이 꼭 아일다를 닮았다. 일운이 나물이 가득 든 바구니를 안더니 나한테도 바구니 한 개를 들고 따라오라는 시늉을 하고는 공양간 쪽으로 올라갔다. 나는 그의 지시를 모르쇠 한다. 모처럼 진여행을 독대하게 된 기회를 놓칠 수는 없었다.

「잡초는 안 뽑습니까?」

 진여행 곁에 쭈그려 앉아 하릴없이 손을 뻗어 듬성듬성 남아 있는 풀을 잡아당기며 물어본다. 풀들이 잔뜩 머금고 있던 이슬에 손이 흠뻑 젖는다. 호미질을 계속하면서 나를 힐끗 살핀 진여행의 눈길이 자신의 손길로 돌아갔다.

「제 눈에는 전부 나물로 뵈는데 처사님 눈에는 지슴으로 뵈는 모양이네요? 그렇게 뽑지 마시고 그냥 두세요.」

「이것들이 나물이면 더욱, 왜 안 뽑습니까?」

「그야 점심 공양에 들깻잎을 쓸 작정이니 그렇지요. 들깻잎을 쓰는데 참나물이나 고들빼기를 뽑겠어요?」

기회 봐서 장유림을 아는지, 유림이 댁을 찾아왔는지, 혹시 당신이 어디다 숨겨 둔 건 아닌지를 물어보려 했던 계획이 된서리 맞은 풀처럼 숙어 들었다. 비위가 상하기도 했다.

「점심밥 때는 들깨 나물을 실컷 먹을 수 있겠군요. 아침도 미처 못 먹었는데, 기대하겠습니다. 고생하십시오.」

손에 묻은 물기와 흙을 아직 뽑히지 않은 들깨 포기 위에다 문질러 씻고는 일어서 버린다. 진여행의 말투가 거슬리기도 했지만 담배 생각이 간절했다. 담배 한 대 피우고 그 자리에 엎어져 자고 싶기도 하다.

텃밭과 산자락 사이에 난 길을 따라 내려 걷는다. 사찰은 맨 아래에 주차장, 중간에 부속 건물들, 맨 위에 전각들이 모인 가파른 형세라서 계단이 많았다. 차가 맨 위까지 오르내리기 위해 냈을 법한 자갈 섞인 시멘트 길은 완만한 편이다. 주차장에는 내 차를 포함해 석 대의 차가 주차돼 있었다. 기도비라는 명목의 제법 비싼 비용을 치르고 나흘째 한 자리를 차지하고 있는 내 차는 오늘도 종일 뜨겁게 달구어질 터이다. 대형차로 바꾼 건 작년이었다. 화장품 제조업체 영업 과장 3년 끝에 보험 회사로 전직할 때만 해도, 이태만에 내가 전국 순위를 따져 볼 수 있을 정도로 실적을 올릴 수 있을 거라고는 예상치 못했다. 1년에 한 번씩 차바퀴를 갈아야 할 만큼 많이 움직이고 그만큼 많은 사람들을 만나긴 했지만 때로 스스로도 신기할 만큼 계약이 쉬웠다. 고객 관리도 어렵지 않았다. 어려운 건, 술로 인해 기억이 끊겼을 때의 내 자신이었다. 무의식이 의식을 타고 넘었을 때의 나라고 해야 할까.

 내가 가장 이해할 수 없는 대목이 거기였다. 왜 직업이 바뀐 뒤부터 내 안에 들어 있는지도 몰랐던 시한폭탄들이 유림만을 상대로 작동하기 시작했는지. 몇 개의 폭탄이 더 들어 있는지. 유림에게 무슨 불만이 있었던 것도 아니고 새삼스레 그럴 만한 일도 없었다. 전직이 어려웠던 것도 아니다. 다니던 화장품 제조 업체가 재벌 화장품 회사와 병합되던 무렵이긴 했지만 나는 감원 대상이 아니었다. 새 회사에서 로고도 선명한 대외 영업부 차장 명함을 받았다. 경력이 고스란히 인정되었거니와 승진까지 된 발령이었다. 여유에서 비롯된 오만이었을 터이다. 크게 달라질 것 없는 일에 느닷없는 싫증이 일었다. 이전 회사가 병합될 때 기회주의자라는 욕까지 먹어 가며 버텼던 것을 생각하면 어처구니없는 심사였다. 내 이름을 앞세우고 영업을 하는 게 낫지 않을까 하는 회의와 그럴 경우 승산이 있다는 자신감이 함께 생겼다. 갈등은 짧았고 실행은 빨랐다. 결과적으로 옮긴 회사 안의 고액 연봉자 클럽에 들 정도가 되었다. 전직 이태 만에, 연봉이 하한선 아래로 내려가면 가차 없이 제명되는 그 조직에 든 뒤 나는 한 번도 제명된 적이 없다.

 넓은 주차장 가장자리를 에돌아 절을 떠나는 사람처럼 일주문을 향해 걷는다. 실상 유림을 어떻게 찾을지에 대한 궁리는 포기한 상태였다. 이른 여름휴가를 빙자해 나선 길이었지만 기대는커녕 정말 유림을 찾고 싶은지도 의심스러웠다. 찾아낸들 장유림이 나의 아내이며 내 자식들의 어미로 남아 있기는 할지, 두려움도 없지 않았다. 그렇게 완벽하게 숨을 수 있는 유림을 믿을 수가 없다고나 할까. 아내의 수첩에는 집에서 살림만 해온 여자치고는 너무 많은 인물들이 들어 있었다. 자그마치 백 명에 가까웠다. 그 많은 수에 얼떨떨했지만 유림과 각별히 친한 사람이 누구인지를 내가 모른다는 사실에 더 놀랐다. 게다가 가나다순으로 정리된 이름들은 너무 가지런해서 누구와 특별한 관계인지를 보여 주지 않았다. 그나마 핸드폰은, 두고 나가기로 작정이나 했던 듯 일체의 정보가 지워져 있었다. 주민 등록 등본까지 떼어다 주고 받아 낸 통화 내역에서도 특별한 친분 관계 같은 건 찾지 못했다. 하는 수 없이 아무나 짚어 전화를 할 수밖에 없었는데 통화가 된 여자들은 한결같이 모른다는 말뿐이었다. 여고 동창, 대학 동기, 예전 직장 동료, 아이들 학교 자모 회원, 백화점과 도서관 문화 센터에서 만난 여자들, 동네 사우나에서 만난 여자들. 그들은 하나같이 유림에 대해 같은 분량의 친분을 표시했지만 똑같이 유림의 행적을 몰랐다. 이 여자들이 작당을 했는가 싶을 지경이었다. 그들은 유림이 집을 나갔다는 사실, 아니 나갈 수도 있는 여자라는 사실에 호들갑을 떨었을 뿐 어떤 단서도 내놓지 않았다.

며칠 전 절에 들어와 흡연을 할 때마다 찾는 장소는 일주문을 약간 벗어난 곳에 있는 연못 언저리다. 절 안에 연못이 있는데 왜 여기 또 있는가 싶었던 큼지막한 연못은 옅은 숲에 있었고 그 숲 안쪽에는 벼랑처럼 깊은 계곡이 흘렀다. 계곡 건너편은 정글처럼 보였다. 첫날 첫 흡연을 위해 배회하다가 계곡으로 내려가는 기슭의 바위 틈새를 발견했다. 건너편에서 이쪽을 바라보지 않는다면 아무의 눈에도 띌 것 같지 않은 두 바위 가운데는 누울 수도 있을 만한 반반한 공간인 데다 깊었다. 그리고 물소리. 경사가 심한 계곡을 따라 거칠게 흐르는 물소리는 여타의 소리를 다 빨아들여 모든 사물을 그림이게 만들었다. 뜻밖에도 편안한 장소였다.

  축축한 바위에 기대앉아 햇살이 스며들어 쌓이는 사위를 바라보면서 졸음을 기다린다. 죽음을 기다리는 순간이라면 이렇지 않을까. 단념과 불안의 틈바구니에서 어느 것 하나 놓지도 잡지도 못하고 조는 일밖에 할 게 없는. 어제 저녁나절에도 여기 있었다. 어둠이 어떻게나 빠르게 짙어지던지 어지러웠다. 술에 취해 의식이 잠들어 버리고 무의식으로 전환되는 과정과 같다고 여겼던가. 기억이 사라지는 지점은 늘 그랬다. 삶과 죽음을 가르는 경계선이 있다면 그와 같지 않을까 싶은 때. 아직 스스로를 통제할 만큼이라고, 오늘은 이쯤에서 멈추리라고 작정하고 돌아선 순간 기억이 사라지는 듯싶은데 그 접점은 손바닥을 뒤집는 것만큼이나 짧았다.

  석 달여 전 그날 밤 9시 무렵에 끊긴 기억은 다음 날 새벽 5시쯤에야 이어졌다. 타는 듯이 목이 말라 일어났더니 불이 환했다. 집

안 풍경은 황당했다. 바람이 횡행했다. 거실 통유리를 무너뜨리고 나간 텔레비전은 발코니 창도 부수고 내장을 속속들이 드러낸 채 난간 안쪽에 엎어져 있었다. 전화기는 텔레비전 부근에서 박살이 나 있고 오디오 스피커는 내가 엎드려 잤던 소파 주위에 파편으로 흩어져 있었다. 현관에는 네 켤레의 신발이 뒤죽박죽 얽힌 채였다. 밖엔 이른 봄비가 내리는 중이었다. 철거하다 만 듯한 폐허의 잔해를 맨발로 밟고 서서 현관에 쓰레기처럼 뒤엉켜 있는 신발들을 내다보는데 싸늘하게, 아내가 집에 없다는 게 느껴졌다. 그건 비었다고밖에 말할 수 없는 텅 빔 그 자체였다. 간밤에도 비가 내렸다. 내 이마 왼쪽이 생채기와 함께 퉁퉁 부어 있고 오른 팔목에 피 맺힌 잇자국이 생겼고 어깨에는 뭔가에 찍혔음 직한 깊고 붉은 상처가 났다. 코피를 흘린 자국이 얼굴에 남았고 바닥이며 유리 조각엔 말라붙은 핏자국 천지였다. 그리고 매번 남편이 부린 패악의 흔적을 말끔히 치워 놓아 간밤에 무슨 일이 벌어졌는지 생각하지 않아도 되게 했던 아내 유림이 없었다. 그 중간은 완벽하게 도려빠진 채였다. 난장판을 밟고 서서 깨져 내리고 남은 유리에 자신을 비춰 보는 사내는 조각조각 분해되어 있었다. 따로따로 나뉜 눈은 컴컴하게 비어 보였다. 그 모습이 내 어린 날의 아버지와 흡사하다는 사실에 진저리를 쳤던가.

지금 생각해 보면 아버지는 술을 즐기던 사람은 아니었다. 하급 공무원으로 군청에 근무하면서 퇴근 시각은 대체로 일정했다. 이따금씩 취해 들어왔다. 술을 마신 날마다 매번 난동을 부렸던 것도 아니다. 기분 좋게 취했는지, 기분 나쁘게 취했는지 눈치만 잘 굴려도 피해갈 수 있을 정도였다. 문제는 어머니였다. 나는 물론이고 가끔은 여섯 살이나 터울이 지는 동생까지도 대문 앞에 이른 아버지의 기분이 어떨지 짐작하는데 어머니는 늘 어긋났다. 우리가 숨자고 하는 날에는 천연덕스럽게 문간에 나가 아버지를 맞아들이다가 걷어채거나 머리채를 잡혔고 내가 괜찮다고 하는 날에는 겁먹고 부엌으로 피했다가 대문 밖으로 그림자처럼 빠져나갔다. 그런 날 밤이면 어머니는 밤이 이슥해서야 이슬을 잔뜩 묻혀 돌아와 두 아들 가운데에 몸을 뉘고 동생과 나를 한 차례씩 안았다 풀어 놓곤 했다. 잠결에 젖은 나뭇잎 냄새 같다고 여겼던 어머니의 체취. 그때마다 어머니 배에 손을 넣어 배꼽을 만졌을 것이다. 어머니 냄새는 엄마 배꼽에서 나온다고 여겼던 것도 같다. 내가 아홉 살이나 열 살 정도까지는 그랬다. 열두어 살 정도쯤 되었을 때는 그런 일이 사실 너무 자주 반복되었다. 아버지가 취한 날과 덜 취한 날, 기분 좋은 날과 기분 나쁜 날을 나도 구분할 수 없어 전전긍긍하게 됐을 무렵 아버지는 집에 돌아오지 못했다. 다음 날 아침 약간의 외상을 입고 동사한 주검으로 군청 소재지 외곽의 농수로에서 발견되어 집으로 실려 왔다. 내가 중학교 입학을 앞둔 겨울이었고 굴렁쇠를 모두 떠나보낸 1년 뒤였다.

아버지가 그렇게 세상을 등진 뒤부터 서른일곱 살의 어머니는 조용해졌다. 사내 아이 둘을 데리고 어떻게 살까 보냐는 주위의 연민을 가만히 고개 숙여 받아들이면서도 점점 예뻐졌다. 나날이 젊어지고 아름다워진 어머니가 작은아들을 데리고 재혼한 것은 마흔 살 때, 큰아들인 내가 도시 고등학교에 진학하면서 집을 떠난 뒤였다. 의붓아버지가 일찌감치 상처한 뒤 두 딸을 데리고 혼자 살던, 아버지 생전의 직장 상사였다는 것을 나는 그때서야 알았다. 내가 그의 냄새를 훨씬 어릴 때부터 맡고 있었다는 것도 그 무렵에 알게 되었다. 어머니에게서 이따금 맡았던 젖은 나뭇잎 냄새는 그의 것이었다. 동생이 나와 닮지 않은 이유도 깨달았다. 동생은 나나 아버지를 닮지 않은 대신 의붓아버지를 닮아 있었다.

아침부터 절에 손님이 드는가 저만치에서 차량이 올라오는 기척이 있더니 멀어진다. 빈속에 밀어 넣은 담배 연기가 비로소 허기를 자극한다. 시간이 지났다고 해도 공양간에 가면 밥을 얻어먹을 수는 있을 터이다. 차를 타고 나가 해결해도 무방하다. 허기를 채우고 싶은 게 밥이 아니라 술이라는 게 문제다. 유림이 사라진 뒤 일주일 정도 술을 참았다. 그뿐이었다. 술 때문에 모든 일이 시작되고 끝났음에도 그 자리를 채운 건 역시 술이었다. 트렁크 안에는 10여 년 묵은 포도주부터 브랜디, 30년 넘은 위스키까지 여러 종류의 술이 상비되어 있었다. 고객들한테 자주 술을 선물하는 편이거니와 선물을 자주 받는 덕분이다. 소주는 이곳에 들어오기 전에 비상식량을 준비하듯 상자째 사 넣었다. 덕분에 사흘 밤을 일운과 함께 마셔 없앤 소주가 10병이다. 일운은 술을 마시는 동안 쉴 새 없이 떠들어 대다가 주량이 차면 시체처럼 툭 넘어져 잠이 들었다. 쉼 없이 지껄이면서도 방 밖으로 말소리가 새어 나가지 않는 그 조심성은 신기할 정도였다. 얻어먹고 사는 자의 눈치가 천성이 된 것이다.

 하긴 나도 밖에서 실수한 적은 없다. 사단이 나는 건 늘 혼자서 마지막 자리를 할 때였다. 고객이든 친구든 동료든 함께 술 마신 인간들을 대리 운전까지 붙여 보내고 난 뒤 나도 단골 대리 운전기사를 부르기 마련이고 대개는 집까지 잘 갔다. 그런 여느 날의 나와 그 선에서 일탈한 날의 내가 다른 점이 뭔지 알 수가 없었다. 난 좀 걸을 테니 차를 우리 집 앞에 가져다 놔요 할 때, 내 정신은 말짱했다. 그런데 깨어나 보면 지난번과 같은 일이 벌어져 있지 않은가. 그날 밤은 혼자 걷는데 비가 내렸다. 그게 끝이었다. 일곱 시간 정도, 소파에 엎어져 잔 서너 시간을 제외한 나머지 시간을 의식 없이 움직인 건데, 그때 나를 움직인 힘이 무엇이었는지를 나는 모른다.

3

 전신이 결리는 묵지근한 통증에 잠에서 깨어났다. 바위에서 축축한 냉기가 물씬물씬 스며 나왔다. 나뭇가지 새로 스며든 보름 달빛이 요요하다. 절에 와서 맞은 닷새째의 밤이 또 바위틈에서 깊어졌다. 하루 두어 차례 아이들한테 전화를 걸고, 걸려 온 전화는 받지 않았다. 잠은 방 안에서보다 여기 바위틈에서 더 많이 잤다. 그 동안 한 번도 예불에 참석하지 않았고 기도하기 위해 법당에 들어간 일도 없다. 담배는 상습이고 밤마다 술을, 옆 사람까지 부추기며 마셨다. 끼니는 한두 차례 시눙으로 찾아 먹지만 그 외 절 안의 모든 일상을 거스르며 아무 하는 일 없이 마냥 어슬렁대고 있는 셈이다. 생각은 실컷 했다. 기억나는 모든 일들의 의미를 떠올렸고 그 일들의 인과 관계를 따져 보았다. 그런데 내가 살아온 시간 안에서 나의 모든 행동들은 유기적이지 않았다. 자전거를 훔쳐 굴렁쇠를 만들던 꼬마와 엄마 배꼽에 집착했던 꼬마는 같은 아이가 아니었고 어머니 집에 가는 일을 한사코 마다했던 고등학생과 의붓아버지에게 학비며 생활비를 고스란히 받아 쓰며 대학을 졸업한 작자도 같은 인물이 아니었다…….

물소리에 잠긴 숲에선 아무 소리도 들리지 않는다. 산속의 밤이 깊었을 뿐 시간이 많이 지나지는 않았을 터이다. 아일다의 시각이나 되었을까. 아일다가 스스로에게 부여한 3천 배의 노역에서 잠깐 풀려나는. 반소매 밖으로 드러난 팔을 득득 긁어 대다가 웃고는 일어선다. 매번 모기 밥이 되는 걸 잊고 바위틈에 널브러져 있지 않은가. 내려왔던 길을 되짚어 숲을 빠져나오니 제법 밝다. 달빛 아래 열린 길은 그야말로 호젓하다. 나흘을 한 자리에서 머물고 있는 은회색의 내 차는 달빛 아래에서 싸늘하게 빛난다. 11시가 약간 넘은 시각을 확인하고 차 안에 들어앉아 문을 열어 놓은 채 새 담뱃갑을 찾아 뜯는다. 옆 자리에는 제 주인 대신 진홍색 슬리퍼가 앉아 있다. 제 엄마 찾으러 떠나는 여행인 걸 짐작했던가. 작은아이가 뒷자리 밑에다 놓아 두었던 걸 몰랐다. 검은 굽에 진홍색 가죽이 덮인 유림의 슬리퍼에 보랏빛의 콩알만 한 꽃이 세 송이씩 수놓여 있는 것을 여기 도착한 이튿날, 신발을 발견했을 때에야 보았다. 집에선 그 신발이 누구 것인지도 구분하지 못했다. 큰아이의 신발이 제 어미 신보다 커졌다는 것도 몰랐다.

군데군데 외등이 켜진 사찰을 올려다보며 담배를 안주 삼아 소주를 마신다. 일운은 지금쯤 술을 기다리고 있을 것이나 그의 사이비 강론을 더는 듣고 싶지 않았다. 사이비 주제에 그는 눈이 지나치게 예리했다. 사이비라서 말을 가려 할 줄도 몰랐다. 안사람을 패는 모양이구먼, 계집질도 하나? 하는 따위의 말로 내 신경을 건드려 하고 싶지 않은 말을 내뱉게 만들었다. 살림은 좀 부숴 먹지만 마누라를 패진 않는다는, 말도 안 되는 변명을 하고 나면 그의 면상을 갈기고 싶어질 정도였다. 게다가 그는 제 애기를 일절 하지 않았다. 아무리 취해도 그 부분에 이르면 비시시 웃고 넘어가면서 우위에 있는 제 자리를 넘겨주려 하지 않았다. 내 술 먹이면서 욕 먹는 짓은 더 이상은 안 하고 싶었다. 필요한 정보도 충분히 얻었지 않은가.

이 절에는 아일다와 진여행 말고도 맡은 일이 뚜렷한 여자들이 셋은 더 있는 것 같았다. 일정한 소임 없이 일운처럼 눈치 봐가며 일 찾아서 하는 보살과 처사는 그보다 더 여럿이다. 승도 아니고 속도 아닌 회색 지대에서 같이 사는 그들이지만 계급만큼은 분명했다. 맡은 일이 뚜렷할수록 상위에 있는 것이다. 각자의 일이 분명한 만큼 그들의 동선도 빤해서 그들에게 말 붙일 기회는 많았다. 진여행에게 사적인 질문은 못했지만 회색 옷을 걸친 인간들에게 틈틈이 뇌물을 바친 덕분에 열 명 남짓한 그들의 눈길은 부드럽고 말투는 호의적으로 변했다. 그들 눈치로 보건데 유림이 이곳에 들른 적이 없는 게 틀림없었다. 여기서 더 버티며 하릴없는 시간을 보낼 필요가 없음을 진작 느꼈음에도 나는 움직이지 않고 있다. 길을 잃고도 그 자리에 널브러져 있는 기분이랄까. 자빠진 김에 쉬어 가자는 심사 같기도 하다.

식도를 타고 내려가 빈속에 퍼진 알코올 기운이 알싸하다. 하룻밤 날 만한 취기가 몸 안에 찼으므로 차를 나선다. 계단을 오르기 싫어 오르막길을 따라 걷는다. 길 왼편은 밭이다. 약간 더 걸으면 오른편으로 갈라진 작은 길이 해우소에 닿고 더 오르면 왼편으로 여성들 숙소인 지혜원이 있다. 지혜원과 나란한 연못을 지나면 주차장에서부터 이어지던 계단의 계단참이 나오고 그 곁이 남성들의 숙소 청정원이다. 숙소로 들어가지 않고 위로 내처 걷는다. 맨 위가 전각들이 세워진 평지다. 오르던 길에서 가장 가까운 전각은 명부전이다. 명부전은 문을 연 채 촛불을 켜고 있다. 새벽 예불에 참례하는 걸로 하루를 시작하는 사찰 안의 인간들이 엔간히 잠든 시각.

아일다는 흰 웃옷과 희고 긴 주름치마 차림새로 명부전에서 합장하고 있다. 잘못 놓인 액자처럼 뜨악한 풍경이다. 아름답지 않은가.

한동안 지켜보고 있노라니 정물처럼 앉아 있던 아일다가 일어나 삼배를 올린다. 내가 비켜나야 할 때였다. 전각에서 물러나 마당 끝 꽃나무 뒤로 몸을 숨긴다. 어린아이 머리통 만하게 잔뜩 벙근 수국 꽃나무 그늘 속이다. 명부전에서 나온 아일다는 내가 올라왔던 길로 나서서 그 길을 따라 숲으로 갈 것이다. 사찰 뒤쪽, 울타리가 따로 필요 없을 만치 깊은 숲에 아일다가 다니는 오솔길이 있다. 일주문 밖으로는 나가 보지 않았을지 모르나 아일다는 밤에 사찰 주변 숲을 꿰고 다닐 수 있을 만큼은 자유롭다.

그제 밤 일운과 소주 두 병씩을 마시고도 잠이 오지 않아 방을 나와 어슬렁대다가 그림자같이 고요히 숲으로 스며드는 아일다를 보았다. 처음엔 하얀 털을 가진 낯선 짐승인가 했다가 굽은 허리 때문에 아일다를 알아보았다. 몸은 재바르나 달빛 아래서 한결 더 굽어 보이던 그 몸을 뒤쫓지는 않았다. 막연히 명부전 뒤, 숲으로 스며들 수 있는 길목에 앉아 졸았다. 얼마 만에 아일다가 되돌아왔는지는 모르겠다. 그가 길 옆 자그마한 측백나무 밑에 앉은 나를 나무 그림자인 양 지나쳐 가는 것을 느끼며 내 꿈인지 내가 아일다의 꿈속으로 들어가 있는지 모르겠다는 황당한 생각을 잠깐 했을 뿐이다.

어젯밤에는 달랐다. 그제와 비슷한 시각에 뚜렷한 목적을 가지고 명부전을 살피다가 숲으로 들어가는 아일다를 뒤쫓았다. 만월이 가까워진 숲 속은 걷기에 어둡지도 험하지도 않았다. 이따금 잡목을 솎아 내는 숲인 듯했다. 아일다는 가뿐하게 숲을 꿰고 들어가 숨바꼭질하는 아이처럼 나를 끌고 다녔다. 그곳은 아일다의 숲이고 정원이고 놀이터였던 것이다. 아아, 몽유병이구나. 속으로 탄식하는데 발이 넝쿨에 걸렸다. 한바탕 넘어졌다 일어나 보니 아일다의 종적이 묘연했다. 그리고 길이 보이지 않았다. 길을 잃었다는 걸 깨달은 순간 숲은 낯설고 두려운 미궁으로 바뀌었다. 꿰고 다니기 어렵잖았던 나무들은 숨 쉬기도 힘들 만큼 빽빽하게 사방에서 부딪쳐 오고 가시나무들은 계속 다리를 감으며 잡아챘다. 도저히 깰 수 없는 악몽 속을 헤매듯이 땀을 흘리며 빛을 찾아 헤매다가 종소리를 들었다. 새벽 예불을 알리는 종소리였다. 비로소 정신이 들었다. 방향을 곧바로 되찾았는데 어이없게도 상불사에서 50미터도 못 되는 장소였다. 숲을 나와 대웅전으로 갔더니 아일다는 예의 회색 차림새로 다른 사람들과 함께 예불을 올리고 있었다. 귀신에 홀린 것 같았다. 꿈인지 생시인지 알 수 없어 서둘러 방으로 돌아갔더니 일운은 새벽 예불에도 아랑곳없이 활개 편 채 잠들어 있었다. 꿈이라 여기기로 했다.

　지금은 꿈이 아니었다. 아일다는 지금 제 숲으로 들어가고 나는 아일다를 따른다. 달이 나뭇가지마다 걸려 있는, 자정 가까운 시각이기도 하다. 어젯밤과 같은 길이다. 이미 눈앞에서 사라져 보이지 않으나 아일다는 숲 속에서도 일정한 동선을 따라 움직이는 게 틀림없었다. 오늘은 길을 잃지 않을 자신이 있었다. 낮에 세 차례나 숲 속을 한 시간씩도 넘게 헤매어 봤다. 소나무와 잣나무, 비자나무가 주종이고 때죽나무와 상수리가 드문드문 섞여 하늘을 가렸고 그 밑에서는 싸리와 나무딸기 따위의 교목들이 살았다. 군데군데 칡넝쿨이 엎드려 있다가 나무를 감고 오르는 중이기도 했다. 내가 이름을 알 수 있는 식물은 그 정도였지만 그 사이에 난 오솔길은 충분히 찾을 수 있었다. 절 뒤쪽으로 스며들어 걷다 보면 주차장 쪽으로 내려오는 길 이외에는 마땅히 갈 곳도 없었다. 사람이, 그것도 밤에 뚫고 들어가기에 불가능한 험한 숲이 시작되는 지점과 계곡이 맞닿아 있어 그 경계를 넘지 않으려면 가던 길을 되돌아서거나 주차장 쪽에서 벗어나야 했다. 절에서 관리하는 숲은 기역 자 모양으로 절을 감싸고 있는 것이다. 아일다가 중간에 멈춰 쉰다면 이쯤이지 않을까 하는 장소도 발견했다. 절이 한눈에 굽어보이는 등성이에 두 평은 될 법한 너럭바위가 있었다. 절이 원체 높은 곳에 자리 잡기도 했지만 숲도 경사가 심해 바위에 올라서자 절뿐만 아니라 산이 바다처럼 내려다보였다. 앞서 간 아일다는 거기 있을 것이었다.

아일다 앞에 나타나 놀라게 할 생각은 없었다. 그 몸이 탐나는 건 더욱이나 아니다. 돈 몇 푼이면 안을 수 있는 여자는 천지에 널려 있었다. 몇 푼조차 들이지 않고 여자를 품을 수 있는 방법도 허다했다. 바라는 게 없음에도 아일다를 쫓고 있는 까닭이 뭔가. 지금쯤은 그걸 생각해 봐야 할 텐데, 답이 없다는 게 답이다. 첫눈에 아내를 연상시켰던 아일다가 뭔가를 쥐었고 그게 뭔지 알고 싶어서라고 하는 게 좀 나은 평계가 될 수 있을 테지만 궁색하긴 매일반이다. 아일다가 쥔 건 제 일상일 뿐이잖은가. 한번 밀쳐진 뒤에 어딘가에 부딪치지 않는다면 힘이 다할 때까지 혼자 구르는 굴렁쇠 같은 일상. 거세게 떠밀린 아일다에게 이곳은 부딪쳐 넘어질 일이 없는 평지거나 길이었다. 그는 그 평지에서만 겨우, 간신히 살 수 있는 존재였다. 그럼에도 그가 신도들의 이목을 끌고 내 눈길 또한 끈 거라면 그건 아마도 오래도록 구르고 있기 때문일 터였다. 보통 사람들은 그렇게 같은 방식으로 오래, 홀로 구를 수 없기 때문에.

　상수리나무 가지에 얼굴을 부딪친 것 말고는 무사히 아일다의 바위가 올려다보이는 지점까지 왔다. 내 침입이 아니어도 숲 속의 밤은 조용하지 않았다. 바람이 불지 않아도 나뭇가지는 소리 내어 부대꼈다. 벌레 우는 소리는 다양하고도 치열했고 새들은 끊임없이 깃을 쳤다. 새들이 몇 번 내 기척에 놀라 푸득푸득 날갯짓을 했지만 이웃 가지로 옮겨 앉는 정도뿐이었다. 아일다가 낯선 기척을 눈치 챘을 것 같지는 않았다. 혹여 마주치게 된다면 잠이 오지 않아 산보 나온 처사 흉내를 낼 참이었다. 아일다가 있을 거라는 기대를 하지 않으면서도 너럭바위가 보이는 위치를 찾기 위해 바위를 멀찌감치 에돌아 올라 작은 등성이의 소나무 밑에 섰다. 낮에 세 번째 정찰 때 빈 바위를 건너다보았던 자리다. 바위와는 20미터쯤의 거리가 있어 밤에도 보일까 싶었더니, 보인다.

 느리고 조심스러운 몸놀림이지만 아일다가 바위 위에서 굽었다 여겼던 허리를 반듯하게 편 채 나직나직 움직이고 있다. 고요한 희열을 뿌리며 두 팔이 따로따로 나선을 긋는다. 허공으로 하나씩 들어 올려진 두 손이 하늘을 향해 펼쳐진 채 제각기 놀다가 손가락에 이끌리듯이 야울야울한 선을 그으며 내려지고 다른 한 팔이 그렇게 내려오면서 무릎이 접히는가 했더니 몸이 빙글 돌았다. 흰 치마가 날개처럼 펼쳐졌다가 가만히 내려앉는다 싶은 순간 몸이 펄쩍 뛰어올랐다. 나도 모르게 엇, 하는 외침이 입 안에 고였다가 자조와 함께 잦아들어 버린다. 아일다는 바위 위에서도 저 하고 싶은 대로 움직일 수 있는 무용수였다. 뛰어올랐다가 내려서 팔을 저으며 가만히 허리를 굽히지 않는가. 굽힌 허리를 너울거리듯 움직이며 일어나 달을 향해 손을 뻗는다. 손에서 피어나는 환희가 달에 닿을 것만 같다.

 취기 탓인가. 내가 그 손에 이끌려 어딘가로 빨려 들어가고야 말 듯했다. 어떤 거대한 구멍 속으로. 달빛 아래서 빛나는 아일다를 바라보는 시간이 길어질수록 그 구멍이 점점 커져서 선 채로 고스란히 내가 사라질 것 같았다. 무엇보다 비끗한 기척만 내도 아일다가 놀라 추락할 수 있는 상황이기도 하다. 새벽 예불 전까지 계속 될지도 모를 아일다의 춤판에서 돌아선다. 까딱하다가는 아일다에게 치명적인 손상을 입힐 수도 있다는 위태로움은 곧 내 안에서 발생한 위기감이기도 하다. 다가갈 때보다 훨씬 조심스럽게 나뭇가지를 젖히고 발소리를 죽이며 아일다에게서 멀어진다. 유림은 어디로 갔을까, 아일다의 숲을 벗어날 때까지 내가 낸 소리는 그 한 번의 중얼거림뿐이었다. 높고 낮은 전각들의 지붕이 보였다. 그나저나 유림은 어디 있을까, 무심코 또 한 번 중얼거리는데 갑자기 시야가 어두워졌다. 무심코 하늘을 쳐다봤더니 달이 구름에 가려져 있다. 아니 달무리다. 둥그런.

천적 퇴치법

권태

　무병장수를 기원한다는 칠성 신. 재수와 돈을 빈다는 호랑이 그림. 나쁜 기와 사신을 물리친다는 용왕상. 사나운 표정의 장군들이 잔뜩 그려진 오방장상······. 정면 벽에 그림으로 붙인 신들은 조악한 색채만큼이나 현란하다. 과일이며 떡이 쌓인 제단 밑으로는 갖가지 죄를 면해 준다는 대왕 신의 이름들이 표어처럼 줄줄이 압정에 꽂혀 걸려 있다. 왼쪽 벽에는 적색, 녹색, 청색, 황색, 백색의 숙고사 천이 걸려 길게 늘어져 있고 오른쪽 벽에는 미백색의 비단 천이 매듭이 지어져 걸렸다. 제단 앞 소반에는 은령의 속옷을 두른 북어와 방울 달린 칼 네 자루가 차려졌다. 흰 두루마기를 떨쳐 입고 제단을 향해 앉은 제자 무당은 북과 징과 꽹과리를 번갈아 두들기며 라틴 어처럼 들리는 경문을 일정한 리듬으로 읊어 댔다. 고등학교 수업 시간처럼 50분의 사설과 10분간의 휴식으로 나뉘어서

진행되는 앉은뱅이 살풀이 굿판이었다.

가건물처럼 엉성하게 지어진 일자 형의 굿당에는 크고 작은 방이 여섯 칸 달렸다. 오늘은 그중 네 칸에서 비슷한 풍경이 벌어지는 참이었다. 깊은 산속에 들어앉은 허름한 건물 전체가 태풍 같은 소음에 휩싸여 들썩들썩하다. 판이 벌어진 뒤 처음 한 시간가량은 방 안을 부술 듯이 채운 소음에 온몸의 신경들이 마구 뒤엉키는 것 같았다. 스피커를 머리에 얹은 것처럼 머리가 지끈거리더니 어느 순간 어지러움이 아랫도리로 몰리면서 불안을 들쑤셨다. 내 아랫도리의 불안은 대상도 없이 생성되는 성욕이었다. 홀로 생겨 나를 불안하게 하면서도 정작 필요한 순간에는 숯덩이처럼 움직이지 않는 그것. 이 난장판에서 어이없이 생긴 욕구 때문에, 제 한 달 월급에 가까운 돈을 들여 살풀이 굿판을 하겠다고 나선 은령에게 화를 냈다. 그의 굿판에 들러리를 서주자고 나선 여자들과 동조한 내 자신에게도 버럭버럭 화가 났다. 살풀이 굿으로 파살(破煞)을 막아? 미친년! 살풀이 굿판에 한 다리라도 걸치면 뭐가 달라질 것 같아? 미친년들! 속에서 끓은 욕이 밖으로 터질 뻔해 몇 번이나 마른침을 삼켜야 했다.

그런데 고작 두 시간 만에 소음에 적응이 돼 버렸다. 상황을 무시해 버릴 수도 있는 상태가 적응이라면 이 수선스런 방 안에 익숙해진 사람이 나뿐만은 아닌 듯하다. 월간지 기자인 현옥은 떡 본 김에 제사를 지내기로 했는지 느긋한 얼굴로 약식 살풀이 굿판 풍경을 노트에다 기록하고 있다. 간간이 자그만 디지털 카메라 셔터를 누르기도 한다. 제 주변에 늘어뜨린 긴 염주를 굴리고 있는 은령은 주인공답게 조신해 보이지만, 뭔가를 염원한다기보다 그냥 멍해진 듯했다. 목까지 감싼 검은 셔츠와 검은 바지와 검정 양말. 벗어서 곁에다 접어 놓은 외투도 검은색이다. 은령의 남자들은 은령의 주변 여자들과 관계함으로써 은령에게 치욕을 안기고 떠났다. 한두 다리만 걸치면 모르는 사람이 없는 도시에 붙박여 살면서 주변 아닌 사람이 드물 지경이긴 해도 은령의 경우는 심하다 싶을 만큼 매번 얽혔다. 견디다 못해 점을 보러 갔더니 무당이 파살이 들었다고 했던 모양이었다. 살풀이를 하지 않으면 연애도 결혼도 못할 거라고. 전해 들은 그 협박에 은령보다 우리가 먼저 넘어갔다. 살풀이해. 맘이 편해질지도 모르잖아. 맘이 편하면 자신감이 생기고 자신감은 사람을 아름답게 만들잖니? 혼자 살면서 돈 아꼈다가 뭐 할 거야? 해, 하자. 그렇게 시끌벅적하게 은령을 부추길 때 우리가, 최소한 내가 기대했던 것은 하루 외출이었다. 내 일상과 전혀 관계가 없으므로 어떤 맘도 쓰지 않아도 되는 외출. 내 기대에는 그래서 앉은뱅이 굿판의 무료를 견뎌야 할 것이라는 예상이 들어 있지 않았다. 세상살이에 공짜란 없다는 사실을 깜박 잊었던 내가 오늘 치러야 할 대가가 인내였다는 사실도 지금에야 깨닫는 중이다.

열린 문밖의 흐린 하늘을 멍하게 내다보고 있던 미림이 슬그머니 일어났다. 어딜 달아나느냐고 눈을 흘기는 나를 향해 혀를 날름 내밀고는 나가 버린다. 또 술 생각이 났는지 모른다. 이 굿당에서 제일 넓은 방에 든 사람들은 천도재를 치르는 중이었다. 그 천도재 팀이 장만해 온 음식이 마당의 차일 밑에 잔뜩 진열돼 있었다.

그쪽 일행 중의 한 남자가 미림과 같은 학교에서 몇 년을 근무했던가 보았다. 뜻밖의 장소에서 만난 두 사람이 세상 좁다며 마주 웃더니 일행인 듯이 어울렸다. 술이 잦은 미림이었다. 약속이 없는 퇴근길에는 으레 혼자 마시기 위한 술을 산다고 했다. 아까는 미림이 내 손을 잡아끄는 바람에 나도 덩달아 그 틈에 끼어 앉았다. 시골 초상집 마당처럼 음식이 그득한 다른 방들에 비하면 우리 팀은 그야말로 약식이었다. 빵 한 봉지 따로 들고 올라온 것이 없었다. 점심은 굿당에서 마련한 무국과 잡곡밥으로 때웠다. 미림과 더불어 얻어 마신 술 몇 잔 탓인가. 속이 거북하다. 어제 종일 맡았던 가물치 냄새가 몸에 뱄는지 가물치 고은 국물은 한 모금도 마시지 않았음에도 자꾸 헛구역질이 나려 했다.

가물치들은 검푸른 빛이었다. 플라스틱 통 속에 동그랗게 말려 갇혀 있어도 굳건했다. 출장 다녀오는 길에 가물치 세 마리를 가지고 들어온 남편은 그것들을 건강원 같은 데 맡기지 말고 집에서 고으라고 선수 쳤다. 그것들로서도 황당한 일이겠지만 나한테도 그건 재앙 같았다. 가물치들을 고아서 남편과 함께 먹어야 할 일보다 더 큰일은 그것들이 살아 있는 동안 일을 해치워야 한다는 사실이었다. 또 썩을 때까지 처박아 뒀다가 통째 내다 버리려고? 미리 들려온 남편의 빈정거림에 지레 귀청이 찢기는 듯했다. 남편은 지금까지 자신이 들여 온 보신제들이 서너 차례만 버려진 걸로 알았다. 상하기 전에 버리는 걸 잊고 들킨 것은 내 부주의 탓이었다. 서너 차례만 가지고도 그는 불 총 맞은 산짐승처럼 펄펄 뛰었다. 수십 번의 보약들이 거의 내 구역질과 함께 음식물 재활용통이나 하수구에 버려졌다는 걸 남편이 알았다면 나는 어쩌면 진작 이혼을 당했을 것이다. 버려지기 싫은 것과 버림받는 게 무서운 건 결국 같았다. 서른 몇 해 동안 혼자 살아 본 적이 없거니와 버림받아 본 적도, 버려 본 적도 없는 나는 홀로 지내는 나를 상상할 수가 없었다.

  7개월에 접어든 미숙아를 낳아 사흘 만에 놓치고 두 번의 유산을 겪고 두 차례의 인공 수정에 실패했다. 그 모든 실패도 남편에겐 아이를 포기할 명분이 되지 않았다. 그렇더라도 펄펄 살아 있는 것들을 고아 내라니. 사람을 고문해도 유분수지, 그럴 기운 있으면 딴 데 가서 새끼를 낳던가! 남편을 향한 욕설이 입 안에서 누린내처럼 역하게 고였지만 나는 그에게 대항할 명분이 없었다. 백과사전을 뒤적인 것은 그것들에 손댈 일이 암담해서였다. 가물치는 주로 진흙 밑에서 암수가 짝을 지어 살고 생식기에는 물가의 얕은 곳으로 옮긴다고 했다. 성질이 사납고 번식력이 강하고 식용 또는 산부의 보혈약으로 쓰인다고도. 맨 끝에 적힌 천적 없음이라는 문구가 잇새에 낀 이물질처럼 심사를 거슬러 몇 번이나 되읽었지만 그것들을 처치할 방법 같은 건 나와 있지 않았다. 남편한테서 왜 소식이 없느냐는 질책을 받으면서도 그것들을 다용도실에 내놓고 나흘이나 버텼다. 어제 일을 감행하기로 했던 건 오늘 외출을 위해서였다. 바위처럼 나를 짓누르는 그것들을 털어 내고 살풀이라는 거창한 이름의 의식에 참례하는 게 마땅한 것 같았다. 50대 중반쯤으로 뵈던 앞집 아주머니를 찾아가 가물치 고는 법을 물었다. 우리 집으로 건너온 그이는 가물치들의 등을 꾹꾹 눌러 보고 난 뒤 일대 강의를 했다.

이것들을 너무 싹싹 씻지 말고 대충만 씻어. 세 마리니까 찹쌀 반 사발쯤 넣으면 되겠다. 찹쌀은 있지? 없으면 빌려 줄게. 마늘, 생강을 한 주먹씩 넣고 대추하고 양파하고 계피도 넣고, 있다면 용 몇 조각도 좋겠지? 암튼 이것들을 다 곰 솥에 넣고 물을 반쯤 부은 뒤에 서너 시간 고면 푹 짓무를 거야. 그러면 체에 걸러. 워낙 걸쭉하니까 뜨거울 때 걸러야 하는 건 물론이고 주걱으로 체 밑을 벅벅 긁어 줘야 해. 걸러지면 두세 시간 정도 다시 고아. 아, 주의할 게 있어. 솥에 넣고 끓일 때 처음 한동안은 뚜껑을 꽉 붙잡고 있어야 해. 왜? 이것들이 죽기 살기로 발광을 할 거거든. 그러니까 안에서 잠잠해질 때까지 꽉 붙들고 있어야 하는 거지. 물론 물을 팔팔 끓여 풍덩 담가 버리면 쉽겠지만, 그러면 안 돼. 왜? 그건 원래 방식에 어긋나는 거거든. 방식이 정해진 건 그만한 이유가 있기 때문이겠지? 다른 식으로 하려면 또 그만한 이유가 있어야 할 거고. 새댁,

그 일 하기가 무서워서 그러는 거지? 이렇게 생각하면 쉬워. 죽이고 싶은 놈이 있다고 치는 거지. 단번에 죽여 주기도 싫은 그런 인간. 그 인간을 갖은 고문 끝에 고아 먹어 버리는 거라고, 얼마나 고소해? 내가 젊을 때 그런 식으로 숙달이 됐잖아. 재미를 느껴 봐, 정말 재밌어진다니까. 나중엔 자꾸 하고 싶어질걸?

다 고아지면 한 사발만 가져다 달라며 깔깔대고 나가던 그이 웃음소리를 떠올리며 10년 전부터 새댁이 아니라 낡은 댁이었던 나는 마늘과 생강과 양파를 깠다. 냉동고에 묵혀 있던 대추 한 줌과 계피 두 조각도 씻어 건져 놓고 다용도실 선반에서 먼지 쓴 채 앉아 있던 곰 솥을 내려 닦았다. 온 집 안이 반짝반짝할 때까지 대청소도 했다. 청소를 하면서 몇 번이고 하늘을 올려다보았다. 창밖 멀리 그림자처럼 드리워진 산을 향해 아부하듯 혼자 웃기도 했다. 내일 은령의 살풀이 굿 날에는 그 산에 눈이 내렸으면 싶었다. 그 산속 어느 자락에선가 굿을 한다고 들었거니와 아직 첫눈이 내리지 않았던 것이다.

구토

내내 문을 열어 놓은 탓에 공기는 손이 시릴 정도지만 방석 밑의 방바닥은 손을 델 듯 뜨겁다. 싸늘함과 뜨거움이 타악기들 소리에 뒤섞여 방 안팎을 휘젓고 다녔다. 그러거나 말거나 나는 귀머거리처럼 무뎌졌다. 모든 풍경이 내장이 꼬일 것처럼 무료하다. 무당이 바카스 한 상자를 다 마셔야만 사설 풀이가 다 끝날 거라는데 상자 속의 바카스는 여태 반도 줄지 않았다. 가물치 고는 냄새가 내 몸 어디선가 끊임없이 피어나면서 속이 계속 메슥거린다. 아까 술을 마신 것도 그래서였다. 지금은 담배 한 대 피우면 다 가실 것 같다. 기갈이 들린 듯한 흡연 욕구였다. 쉬고 들어온 지 기껏해야 10분 남짓인데 다시 나가려니 눈치가 보인다. 너까지 나갈 거냐고 흘기는 현옥에게 변소 다녀오겠다는 눈짓을 해보이곤 밖으로 나섰다. 쉬는 시간이 끝나고도 방으로 들어오지 않던 미림은 천도재를 치르는 사람들 틈에 그 방 일행인 듯이 섞여 놀고 있었다. 산을 올라올 때 한껏 짓물러 있던 11월 말의 하늘에선 한 시간 전쯤부터 안개비가 부슬부슬 내렸다.

「영희야 이리 와, 같이 놀자.」

벌써 거나해진 미림이 판소리 춘향전의 사랑가를 흉내 냈다. 그 탁자에 둘러앉아 있던 사람들이 웃음을 터뜨렸다. 미림의 말투도 그렇지만 영희라는 내 이름이 유발한 웃음일 터이다. 흔해서 우습고 흔해서 기억되는가 싶은 순간에 잊혀지는 내 이름. 미림의 부름에 나는 고개를 끄덕이면서도 그들을 지나 굿당에서 외떨어져 있는 변소로 향한다. 사람 눈에 띄는 장소에서 담배를 피울 만한 배짱이 나한테는 없다. 남편은 여자가 담배를 피우려면 그만한 명분이 있어야 한다고 주장하는 사람이었고 나는 어떤 명분도 없었으므로 도둑 담배질에 버릇이 들었다.

─영희야 비 맞지 마. 감기 든다.

혼자 싸돌아다닐 것처럼 보였던지 내 등 뒤에서 미림이 모처럼 손윗사람답게 소리쳤다. 여중학교 1학년 때 내가 속한 학급에 영희가 네 명이나 됐다. 우리 반에는 영희가 유난히 많구나. 담임선생이 첫 출석을 부르면서 내뱉은 그 말로 내 존재가 규정된 것 같았다. 그때 이후 내 삶은 조금이라도 특별한 계집애가 되기 위한 몸부림이었지만 흔한 이름을 특별하게 만들 만한 재능은 나한테 없었다. 특별해지기는커녕 멀쩡한 몸으로 하는 일도 없이 아이도 못 낳는 반편이가 되었다. 하루 동안 만난 임신부들의 수를 일일이 세고 살던 서른 살의 가을날, 내 나이보다 많은 수의 배불뚝이들을 만났다. 서른하나! 중얼거리고 보니 어지러웠다. 그저 있던, 아무 의식 없이 지나던 모든 사물이 내게로 달려드는 것처럼 아찔했다. 가로수 밑에서 헛구역질을 하고 일어나니 내 곁을 지나가는 여자들은 하나같이 배가 불러 보였다.

문학 아카데미에서 미림을 만난 건 그즈음이었다. 이혼한 기념으로 소설을 쓰기로 했다던 그는 두 아이가 있는 교사였다. 직업이 있고 아이들이 있고 이혼도 할 수 있는 여자. 두 아이를 포기해야 이혼이 가능한 상황에 당면했을 때 이혼을 선택했다는 여자는 나한테 경이로운 존재였다. 나보다 다섯 살이 많은 미림을 따라 그가 만나는 사람들 틈에 끼었다. 여고 선후배 사이인 조은령과 이지숙이 주축이 되어 동아리가 된 그들은 서로를 이루고 있던 학교 후배거나 선배였다. 특히 지숙은 두 해 선배인 은령을 우상처럼 따르며 챙겼다. 나이는 30대 초반부터 40대 중반까지 갖가지였고 사는 모습도 달랐지만 그냥 모여 노느니 공부를 하자는 의견은 일치했다. 놀기는 놀되 헛되이 놀지 않는다는 자기 합리화와 명분이 모두에게 필요했던 것이다. 각자 공부하고픈 분야에 대해 제안하고 그에 따라 책을 읽는 게 재미났다. 말 못해 죽은 귀신들에 씌웠나 보다며 떨어 대는 수다는 오르가슴에 버금갔다. 아무리 심각한 일도 아홉 여자의 말발에 희화화되면서 사소해졌다. 사소한 일은 수다를 통해 함께 생각해 봐야 할 의미가 되었다. 그 안에서는 자유로웠다. 그리 여겼다.

  3년여를 그렇게 지낸 작년 이맘때, 그날은 지숙의 아파트에서 모임을 가졌다. 새벽까지 월북 시인들의 시를 주제로 떠들어 대면서 술을 마셨다. 고등학교 국어 교사인 은령의 제안으로 시작된 공부이기도 했다. 밤을 새우고 아침에 한결같이 부스스한 모습으로 일어났을 때 집 주인인 지숙이 없었다. 그렇게 모여 밤을 지낸 아침이면 늘 해장국을 끓여 먹었으므로 콩나물이라도 사러 나갔나 했다. 두 시간 만에 빈손으로 들어선 지숙의 얼굴은 한숨도 안 잔 듯 해쓱했지만 투명했다. 지숙이 차분하고 맑은 목소리로 제집에서 자고 일어난 여자들을 향해 자근자근 선포했다. 비범하지 못하면서 평범하기도 싫은 사람들이 모여 부리는 주책스런 광기, 징그럽고 무서워요. 하나도 특별할 것 없으면서 그걸 인정하지 못하고 안달하는 거, 허기와 허영을 포장하는 거, 그래서 과거의 나, 현재의 나, 그리고 미래의 나까지 끝없이 부정하게 하는 것에 신물 난다고요. 저는 이제 빠질게요.

　기껏해야 두세 시간 눈을 붙이고도 즐겁게 일어났던 참이었다. 꿈에 우리 영감이 나타나 아침 밥 안 준다고 꿀꿀댄다야. 곰국이라도 끓여 놓고 올 것을 그랬지? 배현옥의 농담으로 눈도 뜨기 전에 웃기부터 했던 아침, 포탄이 떨어진 것도 아닌데 아홉 여자가 앉았던 자리가 폐허가 돼 있었다. 아무도 할 말을 찾지 못한 채, 입을 열기도 싫어서, 구정물 뒤집어쓴 얼굴로 지숙의 아파트를 나왔다. 지숙이 말한 비범함의 실체는 무엇이었을까. 평범함은 어떤 것이며 그 둘 사이엔 뭐가 있을까. 나는 그들을 처음 만난 지점에서 한 발자국도 앞으로 나아가지 못한 채 남들 앞에 내놓을 수 없는 글만 일기처럼 써 대던 참이었다. 비슷한 욕망을 가진 여러 나이의 여자들과 어울리는 일은 나한테도 때로는 10년 거치로 상환해야 할 부채 같았다. 생산이 더 이상 불가능한 소비. 눈앞에서 한 줌씩 사라지는 꿈을 목격하는 절망 같은 것.

　나이가 같아서 나를 선택했던 것일까. 내가 지숙의 전화를 받은 건 그날로부터 열흘쯤 지난 밤이었다. 좀 만나자는 그의 청을 나는 핑계조차 대지 않고 거절했다. 제가 그렇게 판을 깨지 않아도 누구나 알고 있던 사실이었다. 비범이니 평범이니, 허기니 허영이니 따위의 멋들어진 단어를 가져다 붙일 것 없이 모임은 그저 각자의 남루한 현실을 살기 위한 버팀목이었고 놀이였다. 나는 지숙이 나를 선택해 하고 싶었을 말을 듣고 싶지 않았다. 지숙한테서 전화 왔더라는 말을 다른 사람들에게 전하지도 않았다. 그리고 한 달여 만에 지숙의 결혼 소식을 들었다. 아홉 여자 중에 여섯이 이 도시에서 근무하는 교사였다. 부러 촉수 뻗지 않아도 들릴 건 다 들려왔다. 모임 사람들 누구도 참석치 않았던 지숙의 결혼식에 신랑으로 섰던 사람은 은령이 맞선을 보고 만나던 남자였다. 맞선은 곧장 결혼으로 이어져야 한다는 공식에 맞추지 못한 채 조금 더 만나 보자고 은령이 미적거리고 있던 참에 지숙이 그와 결혼을 했던 것이다.

굿당 마당이 보이지 않는 변소 옆에서 거푸 세 개비의 담배를 피우고 나니 속이 뉘엿거린다. 안개비에도 옷은 축축했다. 핸드백에서 가그린 병을 꺼내 입 안을 헹구고 허브 향의 껌을 입 안으로 밀어 넣는데 토악질이 나오고 만다. 변소 뒤편의 관목과 풀숲 새에 쪼그려 앉기도 전에 속엣 것들이 터졌다. 점심으로 몇 수저 먹은 음식의 찌끼가 소주 냄새에 섞여 눈물과 함께 쏟아졌다. 어제 가물치를 고면서 참고 참았던 구토였다. 더 이상 나올 것도 없는 토악질이 온몸이 너덜너덜해진 뒤에야 멈췄다. 당장은 도저히 은령의 살풀이 판으로 돌아갈 기분이 아니다. 굿을 벌인다고 깨진 마음들이 다시 붙을 것이며 앞으로 깨질 관계들을 막을 수 있으랴.

굿당 뒤편에서 산 위로 조심스레 뻗어 올라간 그 길 끝에 무엇이 있을지 아침에 도착해 주변을 둘러볼 때부터 궁금했다. 아침 8시에 산으로 난 길목의 무당 집 앞에서 은령 등을 만났다. 은령의 차를 타고 굿거리를 준비해 실은 무당 집의 차를 따라 굿당 아래 주차장까지 왔다. 혼자라면 오늘 안에 산을 벗어날 수도 없겠다 싶을 만큼 깊고 은밀한 숲 속에 굿당이 숨어 있었다. 굿당 위로 뻗은 길의 숲이 더 짙다. 낙엽이 두툼하게 깔린 채 비에 젖은 오솔길이 꽤 미끄럽다. 외나무다리를 탄 듯 자꾸 몸이 휘청거렸다. 낮 1시 무렵인데 숲 사이에 난 길은 저녁 어스름 녘처럼 어둡다. 산을 떠메고 날아갈 것 같던 굿당의 소음도 멀어지니 들을 만하다. 신비로운 이정표 같다. 눈송이처럼 가만히 내리는 비와 혼자 걷는 발자국 소리가 차츰 선명해졌다. 시간의 흐름이 정지한 듯했다. 산새가 내 기척에 놀라 푸드덕 날아오르는 바람에 잠깐 걸음을 멈췄다가 다시 걷는다. 섬뜩하리만치 호젓한데 무섭지는 않다. 꼭 숲에 빨려드는 것 같다. 기울기가 심하지는 않아도 분명히 오르막길인데 꼭 어떤 깊은 곳을 향해 내려 걷는 것만 같다. 언젠가 걸어 본 길처럼. 언젠가 가게 되어 있는 길이기라도 한 듯이. 걸음이 자꾸 빨라졌다.

길이 뚝 끊겼다. 숲에 둘러싸여 동굴처럼 보이는 좁장한 공터였다. 자그마한 불상과 그 앞에 켜진 두 자루의 촛불과 그 앞에 참선하듯 불상을 향해 앉은 사람이 보였다. 네 귀퉁이를 나무에 매달아 놓은 천막은 뒤늦게 눈에 들어왔다. 스티로폼을 깔고 앉은 남자는 천막을 지붕 삼아 술을 마시던 중이었던가. 인기척에 놀라 돌아보는 그의 손에 뚜껑 열린 소주병이 엉성하게 들렸다. 낯이 익었다. 천도재를 치르는 방의 일행이었다. 그 방은 굿판 규모가 큰 만큼 사람도 많았다. 방 안에는 여자들이 그득했고 방에 들어가지 못한 남자들은 차일 밑에서 술을 마시거나 화투를 쳤다. 내가 미림에게 끌려 그 틈에 잠깐 섞였을 때 남자는 일행이 있는 차일 밑을 등 지고 산 아래쪽을 내려다보고 있었다. 면도한 지 한 달은 되었겠다 싶은 초췌한 얼굴과 죽은 나무처럼 마른 몸피 때문에 훔치듯 살폈던 것 같다.

「누가 계신 줄 몰랐습니다. 죄송합니다.」

혼잣말인 듯 뇌까리고 황급히 돌아서는데 목덜미를 잡아채는 듯한 탁한 목소리가 들렸다. 영희 씨! 수만 번은 불렀을 내 이름에 옴나위 없이 사로잡혀 우뚝 섰다. 굿당의 소리가 너무 멀었다. 안개비 내리는 숲은 저녁처럼 어두웠고 남자는 취해 있었다. 서둘러 달아나야 한다고 생각하면서도 나는 나를 부른 소리를 향해 돌아섰다. 이 산에 나무만큼 많이 모였을 귀신처럼 어두운 얼굴의 남자는 나를 불러 놓고 쳐다만 보았다. 그의 표정을 살피기엔 시야가 어두웠다. 그가 앉은 자세 그대로 움직이지 않으니 내가 다가가는 게 당연해졌다. 음산한 장소에서 느닷없이 부딪쳤다곤 해도 내가 두려워하기엔 그는 맥이 많이 빠진 듯한 남자였다. 첫눈에 그를 죽은 나무처럼 느끼지 않았던가. 무엇보다도 그와 나는 이 산 중턱까지 올라와 벌이는 제의에 참석한 인간들이었다. 내가 다가서자 그가 소주병을 내밀었다. 불상 곁에 빈 병 한 개가 있었고 그의 손에 들린 소주는 반병 남짓이다.

「아까 마신 술을 토했어요. 가물치 냄새가 나서요.」

토하기 전에 이미 취했던가, 헛소리를 하고 있다. 아울러 그가 손을 뻗어 내민 술병을 받아 냄새를 맡았다. 술 냄새가 아니라 비 냄새가 났다. 어제저녁과 아침을 굶고 점심으로 먹은 것들을 남김없이 토해 버린 참이었다. 술이 물처럼 술술 마셔졌다. 속에서 불이 나는 것 같으면서 한편으론 시원했다. 병이 비니 눈앞이 밝았다. 빈 병을 내밀자 남자가 앉은 채로 팔을 뻗어 빈 병을 불상 앞에다 세우더니 서 있는 나를 올려다보았다.

「이번에는 가물치 냄새 안 났습니까?」

「비 냄새가 났어요. 덕분에 길을 잃은 것 같네요.」

「어차피 오리무중입니다만 왔던 길 되짚어 가시면 될 겁니다.」

「안 내려가세요?」

「저는 저 소리 그치면 내려갈 겁니다. 영희 씨 먼저 가십시오.」

이 으슥한 곳에서 내 이름을 두 번이나 부른 남자가 미련 없이 나를 밀어내고 있었다. 애써 유혹하고 나서 무시당한 듯해 느닷없이 약이 올랐다. 소주 반병이면 족한 주량에 한 병이나 마셨으니 나는 과부하 상태인지도 모른다. 새 옷의 솔기가 우두둑 터지는 것 같은 반발심과 더불어 장난기가 동했다.

「여기 그쪽이 세 내신 자리 아니죠?」

남자가 짧게 웃는 소리를 내며 몸을 약간 움직였다. 그가 비운 자리에 그를 약간 등지고 걸터앉아 다리를 뻗는데 굵은 물방울이 천막 위로 툭툭 떨어졌다. 나뭇잎들이 안개비를 잔뜩 모았다가 쏟아 내는 소리다.

「일행이 많으시던데, 그 댁에서는 누구를 위한 천도재를 지내시는 거예요?」

「한때 제 아내였던 사람요.」

남자가 쉽게 말하니 내 말문이 막혔다. 아내인 채 죽었다면 한때라는 단어를 사용하지는 않을 테고, 그 여자가 죽기 전에 헤어졌다는 뜻일 텐데, 너도 참 오죽했나 보다, 등신! 몇 시간 전에 부글부글 끓다가 스러졌던 욕설이 혓바늘처럼 다시 돋아났다. 다행히 내뱉지 않을 정도의 자제력은 아직 남아 있었다.

「그런데도 여기 이러고 계세요?」

「죽은 사람 평안까지 기원해 줄 인심이 없는 거지요. 그럴 입장도 아니고요. 꿈에서도 보기 싫다던 놈이 제 길닦음에 있어 주기를 바라지도 않을 겁니다. 다른 사내가 와주기를 기다리면서 굿당 부근을 서성거리고 있을지도 모르지요. 저 모든 짓이 정말 의미 있는 것이라면요.」

「무슨 말씀이신지 이해 부득입니다만 술이 조금 더 있었으면 좋겠네요. 혹시 술 더 있으세요?」

비로소 그를 돌아보는데 나를 쳐다보고 있던 그와 시선이 마주쳤다. 온몸이 뼈로만 이루어진 듯 강팔라 보이는 남자의 눈빛은 해독이 불가능한 추상화 같았다.

「영희 씨 드신 게 답니다.」

「그럼 내려가야겠네요.」

가방을 메고 일어서려는데 그의 손이 내 어깨를 잡았다. 놀라 돌아보는 찰나 그의 다른 한 손이 내 턱을 붙들었다. 시선이 마주쳤다. 그가 나를 붙든 채 무릎걸음으로 다가앉았다. 그의 눈동자가 흔들리는지 내 눈이 흐려진 것인지 가늠이 되지 않았다. 무슨 일이 일어나려는 것만은 분명했다. 무슨 일에 대한 기대와 두려움으로 내 몸이 소스라치는데 바싹 다가든 그는 내 눈을 들여다볼 뿐 가만하고 있다. 내 턱을 받치듯 잡은 그의 뜨거운 손도 떨고 있었다. 내 떨림이 그에게 전염된 것인지도 모른다. 불안한 침묵이 안개처럼 모여들었다.

「지금 나를 강간이라도 하겠다는 거예요?」

남자가 피식 웃었다. 내 턱을 완강하게 붙들고 있던 손이 떠났다. 턱이 없어진 것 같았다.

「여자를 강간할 재간 같은 건 없습니다. 저도 모르게 손이 닿았는데 놀라셨나 보네요. 죄송합니다. 내려가지요. 길이 어두우니 제가 친구 분들한테 모셔다 드리겠습니다.」

일어서는 그의 팔을 내가 붙들었다. 내가 무슨 짓을 하고 있는지 잘 알았다. 그만둘 수 있을 것이다. 그만두고 싶지 않았다. 다음 행동, 무수히 치른 섹스의 전 단계가 어떤 것인지 떠오르지 않아 당황스러울 뿐이다. 어제 가물치를 처치할 때도 그랬다. 통 속에서 잠든 듯이 잠잠한 그것들을 어째야 할지 몰라 준비를 마치고도 한 시간을 넘게 서성였다. 오늘 아침에 만날 장소를 알려 주는 미림의 전화를 받고서야 고무장갑을 끼고 면장갑을 그 위에 덧꼈다. 그것들이 든 통을 개수대에다 좌르르 쏟으며 소리쳤다. 천적이 없다고? 웃기고 있네! 비웃으며 곰 솥에 물을 받았다. 그것들이 개수대 안에서 물이 없는 상태를 얌전히 견디는 동안 심호흡을 한 차례 더 하고 난 뒤에 제일 작은 놈에게 선뜻 손을 뻗쳤다. 미끌거리면서도 단단한 질감이 이끼 낀 가죽 부대 같다는 것을 느낀 순간 그것이 요동을 치며 손에서 빠져나갔다. 개수대로 떨어짐과 동시에 꼬리 지느러미를 흔들어 대는 바람에 연발탄처럼 세 마리가 난리를 쳤다. 떨리는 가슴을 진정시킬 생각조차 못하고 다시 제일 작은 놈을 잡아 곰 솥 안으로 집어넣었다. 내 손을 거부할 새도 없이 미끄러져 들어간 완강한 비늘의 그것은 물이 있다는 것을 느끼고는 몸을 둥그렇게 만 채 유영했다. 그 순간 물 만난 고기라는 말이 떠올라 피식 웃었다. 요령을 알았으므로 두 번째는 조금 쉬웠다. 아니, 몸 속 어딘가에 잠들어 있던 오기 같은 것이 손아귀에서 독기처럼 더럭더럭 피어났다. 아가미 부근을 단번에 틀어쥐고 곰 솥 안으로 던져 넣었다. 놈 역시 물 만난 고기가 되어 할랑거리는 꼴을 보고 한껏 비웃어 주었다. 어떤 일도 두 번 이상이면 타성이 붙기 마련이었다. 제일 크다곤 해도 남은 한 마리는 한결 쉬웠다. 그것을 양손으로 틀어쥐고 질감과 무게를 저울질하듯 가늠해 보다가 솥에 넣었다. 다시 만난 그것들은 곰 솥 안에서 같은 방향으로 천천히 맴을 돌았다. 반듯하게 펴지 못하는 몸으로도 가물치들은 아직 여유로웠다. 면장갑을 갈아 꼈다. 손에 집히는 대로 집어넣은 마늘과 생강과 계피와 물기 빠진 찹쌀 알들이 녀석들 몸 밑으로 흐슬부슬 가라앉았다. 녀석들은 제 몸에 뭐가 닿았다가 사라져도 반응이 없었다. 잘난 체해 봐야들 별수 없을걸. 찬장 보시기 속에 넣어 둔 담배를 꺼내 물고 그것들을 향해 연기를 뿜어 준 뒤 곰 솥의 뚜껑을 닫았다.

가스레인지 불꽃을 최대치로 키워 놓고 두 개비째의 담배를 물었다. 부엌 창 방충망 사이로 연기가 쑥쑥 빠져나갔다. 문이란 문을 전부 열어 놓은 집 안은 한데나 다름없었다. 세 개비째의 담배를 피우며 창밖을 오가는 차량들과 잎이 진 나무들을 내다보고 있는데 무슨 소리가 났다. 솥 안에서 난 소리였다. 뚜껑을 잡고 있어야 한다는 말이 그때야 생각났다. 곰 솥에 받은 물의 양으로 보면 아직 반응이 올 시간이 안 된 것 같지만 방금 들렸던 소리는 분명히 솥 안에서 난 것이었다. 숨을 가다듬고 완전 범죄를 준비하듯 새 면장갑을 꺼내 끼고 뚜껑 위에 손을 올려놓았다. 뚜껑의 찬기는 아직 가시지 않은 상태였지만 솥 아래 부분에는 물방울들이 잔뜩 맺혀 있었다. 꼭 눈물방울 같아 눈에 거슬렸다. 한 손을 솥뚜껑 위에 둔 채 다른 한 손으로 행주질을 했다. 자꾸 했다. 장갑 낀 손바닥 밑의 찬기가 가셨다 싶을 때 미세한 진동이 느껴졌다. 가슴이 덜컥덜컥 뛰었다. 양말과 슬리퍼를 신었는데도 갑자기 발이 시리기 시작했다. 손에 힘을 주면서 몇 번 발을 굴렀다. 솥 안이 다시 조용한 듯했지만 이제 팔이 저렸다. 진땀인지 수증기인지 손바닥과 솥뚜껑 사이에 습기가 잔뜩 생겼는데도 움직일 수가 없었다. 돌아설 수도 없고 구조를 요청할 손도 없는 상태로 덜덜 떠는데 어느 순간 푸르륵 하는 진동이 손에 잡혔다. 곧이어 천둥이 치는 듯한 요동이 손바닥에 느껴졌다. 맙소사. 솥이 금세라도 넘어져 놈들이 쏟아져 나올 것 같았다. 덜덜 떨리는 팔을 내리지도 못하고 눈을 감은 채 숨을 몰아쉬었다. 솥 안에서 요동질이 나니 뚜껑 부근에서 물이 떨어져 불꽃이 펄쩍펄쩍 춤을 추었다. 이를 악물면서 뚜껑 누른 손에 더 힘을 주었다. 힘없이 느물거리고만 있었던 것 같던 내 몸속의 내장들이 손을 향해 기립하는 것 같았다. 그것들은 안에서 발광을 해댔다. 나도 발악했다. 뚜껑 밑에서 뜨거운 물이 피직피직 연속해서 새어 나왔다. 맙소사. 사태를 예감한 신음이 끝나기도 전에 레인지 불이 꺼져 버렸다. 솥은 계속 요동쳤다. 발끝에 힘을 주고 곤두서서 뚜껑을 오른손으로 계속 누르면서 다시 불을 켜보았다. 서너 차례의 시도 끝에 불이 켜졌다. 불을 켜느라 떼었던 왼손을 다시 뚜껑 위에 올려놓았다. 잠깐 떼었다 붙인 건데도 왼손 바닥은 뚜껑의 열기에 한결 민감했다. 새롭게 이는 손바닥 통증에 악을 써야 하는데 눈물만 났다. 오른손은 아예 감각이 없었다. 그래도 끝은 있기 마련이었다. 어느 순간 잠잠해졌다. 순식간에 집 안

을 잠식한 그 고요가 믿어지지 않아 두 손으로 귀를 막았다가 떼어
냈다. 갓난아이 울음을 닮은 이명이 일었던 것이다. 귀를 막았다가
떼는 동작을 몇 번 반복하고 나니 귀울림은 어렵잖게 사라졌다. 남
자가 내 위에 엎어져 컥컥, 숨이 막힌 듯 울었다. 쓸리고 쓸려 살갗
이 벗겨진 듯한 내 아랫도리에는 싸늘한 안개비가 고여 들었다. 가
만히 들썩이는 남자의 등을 한참 더 도닥였다.

간지럼

천팔십 개의 구슬이 매달렸다는 염주는 엎드린 은령 주변에 늘
어져 느리게 움직이는 뱀처럼 꾸물거렸다. 염주가 길어 그의 온몸
을 칭칭 감아 버릴 것처럼 아슬아슬해 뵈는데 다섯 시간 동안 저
구슬을 한 알씩 굴리며 은령은 무슨 생각을 한 것일까. 북소리가
급작스레 가빠지는 것을 보니 드디어 끝나 가는 모양이다. 마침내
끝났다는 생각과 빨라진 타악기 리듬 탓에 가슴이 덩달아 뛴다. 얼
른 이 산속을 벗어나고 싶었다. 남은 평생 두 번 다시 사물놀이를
보고 싶지 않겠다 싶을 만큼, 다시는 이 산을 건너다보고 싶지 않
겠다 여겨질 만큼 이곳에서의 한나절이 넌더리 나는 참이었다. 챙,
하는 징소리에 맞춰 독경 소리가 뚝 그쳤다. 현옥이 기대고 있던
벽에서 몸을 일으켰다. 한나절 내내 혼자 북 치고 꽹과리 치던 남
자가 발딱 일어나더니 10분 뒤에 선생님이 오실 겁니다, 하고는 두
루마기 자락을 펄럭이며 나갔다. 그가 말한 선생님이 은령에게 살

풀이 굿판을 벌이게 한 무당이었다. 무당이 들어와 정리를 해야 끝이 나는 것이다. 다른 방의 소음과 관계없는 정적이 방 안에 잠깐 생기는가 싶더니 밖에 서서 방 안을 들여다보고 있던 미림이 아이고 춥다, 하면서 들어왔다. 어깨에 멨던 가방을 내려놓고 내가 깔고 앉은 방석 밑에다 손을 넣었다. 술 냄새가 제법 난다. 나한테서도 그만큼의 술내가 날 터이다.

「배고파.」

배현옥이 낸 소린가 했더니 엎드려 있던 은령이 몸을 일으키며 한 소리다. 화장기 없는 얼굴이 촛농처럼 창백해 보인다.

「지금 배고프다는 소리가 나오냐? 거의 마무리된 것 같으니까 끝까지 제대로 해. 한 달 월급을 고스란히 바치는 건데 얻는 게 있어야 할 거 아냐.」

미림의 힐난에 은령이 쓰게 웃으며 제 어깨를 주물렀다. 온몸이 쑤시고 저릴 터이다. 들러리 서러 온 우리야 아무 때나 들락날락하며 술까지 마셨지만 은령은 쉬는 시간에 물 몇 모금 마시고 변소 두어 차례 다녀온 게 다였다.

「그렇잖아도 본전 생각하면 산 아래로 뛰어내리게 될 것 같아 잊어버리기로 했어요. 얼른 내려가서 고기 지글지글 구워 먹고 싶어요. 이왕 미친 김에 제가 거하게 쏠게요.」

「누가 쏘든 고기는 내려가서 먹기로 하고, 상에 있는 건 아직 손대면 안 되는 것 같으니 우선 이거나 먹어.」

미림이 제 가방에서 생밤을 주먹 주먹 내놓았다. 굿당 주변에 밤나무가 여러 그루 있더니 수시로 들락이며 밤을 주웠던 모양이다. 은령이 알밤을 집어 깨물었다. 어제저녁도 제가 벌인 짓이 기가 막혀 굶었다 했다. 안 먹은 게 아니라 못 먹었을 것이다.

「무등등주(無等等呪), 무유등등(無有等等). 이 산 없었다면, 산 아래 동네 사람들은 전부 어떻게 살았을라나 몰라. 새해 일출 보러 기어오르고 단풍놀이하러 오고 봄맞이하러 오고, 비가 와서, 눈이 와서 오고. 그래도 이 산속에 들어와 난리 굿판까지 벌이는 줄은 오늘에야 알았네. 부처님이 아직 계신지는 몰라도 귀신은 드글드글할 텐데 산이 아직 멀쩡한 게 신통할 지경이야. 어쨌든 이 산인지 굿당인지가 영험하긴 한가 봐. 그러니 조은령, 오늘 이후에는 뭐든 다 잘될 거야.」

은령의 본전을 채워 주고 싶은지 배현옥이 무당의 주문처럼 산 이름의 유래까지 떠벌리며 거창한 덕담을 안겼다. 미림도 고개를 끄덕이는데 나는 할 말이 없었다. 낯선 남자와 뒤엉켰던 시간이 은령에게 미안했다. 지난 10여 년간 치른 섹스를 다 합친 것보다 더 길었던 것 같은 그 시간들. 좀처럼 사출하지 못하던 남자는 목숨을 건 듯 집요했고 나는 내가 이해할 수 없는 모든 것들에 분노했다. 집요함과 분노가 서로를 물어뜯으며 신음소리도 없이 사투를 벌였다. 남자가 내 정수리에 입술을 묻고 절정에 이른다 싶었을 때 나도 그의 목젖 부위를 물고 정점에 도달했다. 우는 남자를 그곳에

천적 퇴치법 275

버려두고 내려온 뒤 나는 방 밖으로 한 발자국도 나가 보지 못했다. 아랫도리는 쓰렸고 전신은 결렸다.

「맞아, 최소한 이 산에는 귀신이 있는 것 같아. 그래서 저쪽 큰 방은 지금 큰일이 났다잖아. 그 방 천도재는 죽은 여자 모친이 벌였나 봐. 아들 넷에 딸 하나를 키워 낸 칠순 노인인데 딸 귀신이 밤마다 어머니 꿈에 나타나서 울었대요. 어디로 가야 할지 길을 몰라서 눈물 난다면서. 눈치를 봐하니 여자가 험하게 죽은 거 같아. 노인이 딸자식 천도재에 참석하지 않는 아들한테는 재산을 한 푼도 안 주겠다고 큰소리를 치셨다나. 그래서 그 방에 사람이 그렇게 많은 건데 문제는 정작 필요한 사람이 사라진 거야. 망자가 나타나서 자기 첫사랑인 첫 남편을 찾는데, 그 사람한테 용서를 빌고 배웅을 받아야 갈 길 가겠다는데, 이 사람이 나타나야 말이지. 사정사정해서 데려다 논 건데, 주변을 아무리 뒤져도 없고 저 아래 주차장에 차도 없다는 걸 보면 술에 취해 아예 산을 내려가 버린 모양이야. 어디서 찾아. 전화도 물론 안 받고. 천오백만 원이나 들였다는 굿판이 지금 완전히 초상집이야. 무당들도 떼로 불려 올라오고 있고.」

미림의 수다가 무당의 사설처럼 길어지려는 참에 문이 열렸다. 연보라색 두루마기 차림의 진짜 무당과 조금 전까지 사설 풀이를 해대던 제자 무당이 들어왔다. 댓 평 남짓이나 될 방 안에 큰 체구의 남자들 둘이 들어오니 은령을 제외한 우리는 가까운 벽으로 쫓

기듯 붙어 앉았다. 제단을 향해 가볍게 합장을 하고 돌아선 두 남자가 은령의 몸을 제단 쪽으로 돌려 앉혔다. 제자 무당이 아까 자기가 앉았던 자리에 다시 앉아 북채며 징채를 잡았다. 무당은 왼쪽 벽에 걸려 있던 색색의 긴 천 자락들을 내려 손에 쥐었다. 덩 하는 징 소리에 맞춰 무당이 은령의 머리 위에서 덩실덩실 춤을 추었다. 그의 난데없는 춤이 어리둥절해 솟구치려는 웃음을 참으며 쳐다보고 있으려니 무당이 한참 만에 춤을 멈췄다. 천들을 바닥에 내려놓고는 빨간 천을 잡아서 은령의 왼팔과 오른팔과 다리를 훑쳐맸다. 흰 천으로는 은령의 턱에서 머리 위로 타원형의 매듭을 지었다. 북소리와 징 소리와 꽹과리 소리는 급하게 혹은 느리게 무당의 몸짓을 부추겼다.

잠잠히 무당의 손길을 견디던 은령이 갑자기 몸을 뒤틀었다. 여전히 고개를 숙인 채 몸을 흔들면서 어깨를 들썩댔다. 뒤늦게 서러워졌는가 싶어 약간 걱정스러운데 무당은 칼 네 자루를 양손에 나눠 쥐고는 은령의 몸을 묶은 천 조각을 잘라 내는 몸짓을 하기 시작했다. 은령의 몸부림이 너무 심했다. 저러다 기절하지 않을까 싶었다. 좀 잡아 줘야 하지 않을까. 나도 모르게 무릎걸음으로 은령에게 다가들다가 주저앉는다. 은령은 우는 게 아니었다. 간지럼을 참느라 몸부림을 치고 있었던 것이다. 내가 둔해 그렇지 다른 사람들은 벌써부터 눈치 챘던 모양이었다. 미림이 참지 못해 방바닥에 얼굴을 박으며 웃기 시작했고 현옥이 입을 막으며 구석으로 자지러졌다. 웃어도 괜찮은 것인지 무당들도 웃는 얼굴로 할 일을 했다. 제단 오른쪽에 매듭 지어져 걸려 있던 미백색의 비단 천 한 귀를 은령의 손에 쥐여 준 무당이 춤사위처럼 은령의 손에 들린 고를 풀어 나갔다. 설멍설멍 엮어진 매듭은 무당이 던지듯 당길 때마다 북소리에 맞춰 풀렸다. 제 몸에 감기거나 들렸던 천들이 풀려 가는 동안 간지럼이 절정에 이르렀는지 은령이 제 배를 끌어안으며 방바닥으로 뒤둥그러졌다. 일그러진 채 한껏 웃는 얼굴에 눈물이 줄줄이 새는 중이다.

폐원(廢園)에 돋는 별

 이쪽 땅 끄트머리와 저쪽 뭍 사이에 옹기종기한 섬들을 띄운, 맨 땅이라면 한달음에 건널 수 있을 만치 자그마한 바다여서 소머리 마을 사람들은 바다라는 말을 잊어버리고 그저 갯가라고만 불렀다. 갯가 모래밭도 말이 좋아 모래밭이지 두어 마장이나 될까, 그외에는 따개비가 다닥다닥 붙은 잔 바위투성이어서 놀 만한 자리도 마땅치 않았다. 뿐인가, 모래밭 언저리에는 머리 하나 가려 줄 만한 그늘도 없었다. 갯가에는 일군 밭 천지였고 오살나게 가파른 근방 산엔 사람이 범접도 못하게 숲이 우거졌다.
 아무리 뜯어 봐도 놀기에는 마땅찮아 뵈는 그 갯가로 바깥 사람들이 솔솔 찾아들었다. 하루 한 차례, 그것도 날이 좋아야 버스가 들어오던 10여 년 전부터였다. 그날 들어온 버스에서 색색이 곱던 가방을 메고 새로 짝 지은 서방 각시처럼 수줍게 들어서던 젊은 총각과 처녀를 적도댁도 다른 아낙네들과 콩밭을 메다가 보았다. 볼 거 없는 바다라곤 해도 한 해에 열 손가락 꼽을 정도의 낚시꾼이나 몇 패거리 정도의 피서객은 다녀가던 참이었다. 그때도 밭머리에 앉았던 누군가가, 돈 없어 갈 데 없고 할 일 없는 것들이 또 나타났구먼? 하는 소리에 아낙들이 일시에 콩 포기를 쥐어뜯으며 웃었다. 오늘 밤에 갯가 넘어가면 좋은 구경하겄다! 누군가 한마디 보탠 말에 여편네들은 호미를 내던지며 자지러들었다. 다섯 마지기 콩밭을 다 메 치운 해 질 녘까지 손놀림만큼이나 바쁘게 입방아를 찧었다. 그랬는데, 이튿날 새벽 물때를 좇아서 눈먼 낙지나 건져 볼 심산에 갯가로 넘어간 동네 안노인 둘이 그들을 발견하고는 산송장이 되어 고개를 넘어왔다. 젊은것들이 자빠져 있다는 것이었다.

  기겁한 동네 사람들이 넘어가서 본 그들은 모래톱에서 잠을 자고 있는 것 같았다. 그다지 깨끔한 모양새는 아니었지만 술을 많이 마시고 잠든 것 같을 뿐 언뜻 봐서는 주검으로 뵈지도 않았다. 그날 낮이 되어서야 소머리 마을로 찾아 들어온 읍내 경찰서의 순경들은 그 젊은 사람들이 동반 자살을 한 것 같다고 했다. 동반 자살이 뭐당가? 뭐긴 혼자 죽기 싫어 놉 사서 죽는 것이제. 그라믄 누가 놉이간디? 아따매, 그리 궁금하믄 자네가 한번 갯가에서 자빠져 보재? 동반 자살이라는 낯선 단어에 놀란 동네 사람들이 떠들어 대는 동안 두 주검이 실려 나가고 순경들이 몇 차례 들락이는 새에 동네는 그해 가을을 맞았다.

  사실 노인들이 늙어 돌아가는 것 말고도 마을에서 사람 죽어 나간 일이야 많았다. 심지어는 셋이 엎어져 나간 해도 있었다. 물론 사람이 많았을 때 일이었다. 옹색한 자리에 만들어진 동네치고는 꽤 커서 사람이 바글바글할 때도 있었던 것이다. 그때는 차보다 배를 주로 이용했다. 동네 앞 포구에서 배를 타면 여수로 나가기가 수월했고 집집이 배들이 있어 그물질을 했기 때문이다. 고기가 덜 잡히고 배가 줄어드는 것에 맞춰 그 많던 사람들이 썰물 나가듯 동네를 빠져나갔다. 아이들은 초등학교를 졸업하면 상급 학교 진학이나 돈벌이를 위해 집을 떠났고 이래저래 온 집안이 트럭을 타고 나가 버리는 일도 빈번해졌다. 그럴 무렵이었다. 남아 살던 사람은 그대로, 바깥으로 나갔던 사람들은 돌아와서 죄 제집 골방에 처박혀서 농약 병을 빨아 대는 통에 수시로 온 동네가 시끄러웠다. 제초제를 막걸리 퍼마시듯 마시고 목이 타서 미친개처럼 고샅을 쏠고 다니다가 돌담에 머리를 들이박는 사람에게 비눗물을 퍼먹이느라 난리굿을 치곤 했는데, 죽자고 덤빈 사람한테는 무엇도 소용없었다. 골방 벽에 머리를 박으면서도 밖으로 뛰쳐나오지 않고 혼자 죽은 처녀애도 있고, 제집에 불을 놓고 멸구 약을 퍼마시고 불 속으로 뛰어든 총각도 있었다. 집집마다 외지에 나갔던 자식들이 돌아오면 반가움보다 무서움에 떨던 그즈음에는 한 해 살아 내기가 참말 팍팍했다. 그랬어도 갯가에서 잠든 듯한, 그것도 나란한 주검은 보지 못한 동네여서 그 일은 겨울 내내 동네 안에서 묵은 먼지처럼 풀썩이고 일어나 말꼬리에 붙어 다녔다.

다음 해 여름에야 소머리 마을 사람들은 작년의 사고가 어느 지방 신문 한 귀퉁이에 났다는 것을 알게 되었다. 주검의 동무들이 떼 몰려 찾아와서 여기가 작년에 누구누구가 죽은 곳이 맞느냐고 물었던 것이다. 그 무리 중의 한 청년은 동무들이 떠난 뒤에도 남아 갯가에서 제일 가까운 연숙네 골방을 얻어 들고는 며칠 동안이나 동네 안팎을 기웃거리고 다녔다. 마을 나고 처음으로 돈 받고 방을 빌려 준 연숙네는 그 총각이 손에 든 작은 공책에다 노상 뭔가를 써대거나 그림을 그리고, 밤이면 또 갯가로 혼자 넘어갔다 와서는 날이 새도록 불 밝혀 놓기 일쑤라고 제집 손님의 동태를 물어 날랐다. 그 총각 하는 짓이 하도 괴이쩍어 연숙네가 이런 촌 동네에 뭣 하러 며칠씩이나 묵느냐고 물었더니, 죽음에 관한 연구를 한다는 희한한 말을 했던 모양이었다. 음마, 것이 뭔 귀신 씻나락 까 묵는 소리다요? 때 되면 가고 살기 싫으면 가는 것이제, 죽음 연구? 그걸 왜, 어떻게 하는 것인디? 연숙네가 얼마나 맹한 얼굴로 호들갑을 떨었는지 청년이 늙은 영감처럼 싱긋이 웃으면서 사람이 왜 사는지 알아보려고 합니다, 글을 쓰면서요, 하더라는 것이다. 그 청년이 돌아간 뒤부터 젊은 사람들이 차에서 내려 배낭을 메고 밭머리를 지나 재를 넘어가는 것을 보노라면 아낙네들은 불안과 호기심을 주체하지 못해 수군거리곤 했다. 저것들도 죽으러 왔으까? 아니 죽는 연구하러 왔겄제!

논밭이나 개펄에 엎드려서 일을 할 때마다 아낙네들이 조잘거렸던 것은 죽은 사람들이 아직 덜 잊혀진 탓이었지만 그해 여름엔 아무 일이 없었다. 대신 마을 아낙들이 면사무소로 몰려갔다. 마을 안이며 갯가가 더러워져 참을 수가 없게 되었던 것이다. 면장 이녁 같으면 이녁 집이나 면사무소가 온통 변소가 되고 쓰레기장이 되는 걸 참겠느냐고 중구난방으로 따졌다. 내년부터는 피서객이 마을로 들어오는 길을 막아 주되, 그렇지 않으면 노인네들부터 시작해서 여편네들이 전부 길에 드러눕겠다고 으름장을 놨다. 그러자 면장이 난색이 되어서 지역 개발 차원에서 그러면 안 되는 일이라고, 군청하고 의논해 방책을 강구하겠다고 사정을 했다. 면장이 강구한 방책이라는 게 '소머리 해변'에 변소와 샤워장과 쓰레기 소각장을 마련한 것이었다. 갯가가 해변으로 불리게 된 덕분인지 이듬해 여름에는 해변 쓰레기가 동네로 넘어오는 일이 줄긴 했다. 하지만 사고가 터졌다. 한층 많아진 사람들 틈바구니에서 물에 빠져 죽은 사람이 나왔던 것이다. 회사 사람들하고 놀러 왔던 총각이 헤엄을 치다 잠수하듯 물속으로 들어가더니 나오지 않았다고 했다. 수심이 빠르게 깊어지던 밀물 때여서 당한 일이었겠지만 덕분에 총각의 시신은 물을 따라 갯가로 밀려 나왔다.

아이들이 걸음마를 떼기만 하면 넘어가 노는 갯가, 수시로 넘어가 반찬을 캐내 오는 일터에서 사람이 빠져 죽을 수 있다는 것을 동네 사람들은 처음으로 알게 되었다. 물속에서 몸이 굳어 시퍼렇게 질린 아이들도 함께 간 아이들에게 끌려 나오거나 혼자서 기어이 헤어 나오기 마련이었다. 적도댁의 막둥이 종모만 해도 그랬다. 여덟 살 때였던가, 물속에서 놀다가 다리에 쥐가 나 갯물을 배 터져라 마시고 둥둥 떠다니다 근방에서 헤엄치던 제 형에게 끌려 나왔는데, 그 말을 저녁 밥상머리에서 했다가 되레 제 아비한테 머리통을 쥐어 박혔다. 동네 사람들은 아무도 그 정도를 가지고 죽을 뻔했다고, 10년 감수했다고 가슴을 쓸어내리지 않았다.

하루 한 대뿐이던 버스가 석 대로 늘어나고 자가용도 심심찮게 드나들기 시작한 그 이태 뒤 여름에는 떼 지어 놀러 왔던 고등학생들 가운데 둘이 한꺼번에 빠졌다. 계집애가 물귀신에 붙들려 가는 꼴을 보고는 함께 놀던 사내애가 구하러 들어갔다가 같이 못 나온 모양이었다. 썰물 때라도 물이 많이 빠지지 않는 곳이라 그 아이들을 찾기 위해 경찰들과 배 가진 삼동네 남정네들이 전부 동원되었다. 이틀 만에 건너편 섬 바위틈과 자갈톱에서 아이들 시신을 따로 찾아냈다. 그때서야 군청과 수협에서 나와 수영 금지선이라는 부표를 띄웠다. 위험이라는 뻘건 글씨가 부표마다 새겨졌다. 갯가에도 익사 사고 다발 지역이라는 흉한 팻말이 세워졌는데, 그도 보람없이 이태 뒤에 또 사람이 죽었다. 부표 안쪽에서 멀쩡하게 헤엄쳐 다니더니만 꼴깍 들어가서 나오지 않더라고 했다. 대학생이라는 청년의 집안에서는 이듬해에 동네가 떠들썩한 진혼굿까지 치렀다. 그때, 귀신들은 물론이고 마을 사람들 전체가 잘 얻어먹은 와중에 아낙들은 마음을 다해 손을 비볐더랬다. 제발 덕분에 외지 사람 들어와서 죽어 나가는 일이 없게 해달라고. 이 사그라져 가는 동네에 미련 두어 다른 원혼 만들지 말아 달라고, 가는 청년의 혼에게 절하며 빌었다. 그랬는데도 젊은 여자애가 또 들려 나왔다. 다시 한 해를 거른 다음 여름이었다. 모래밭에서 한참 들어간 개펄에 드문드문 박혀 있던 바위틈에서 스무 살 남짓한 그 처녀는 무릎을 안은 모양새로, 짠물을 한 모금도 안 먹은 듯 불지도 않고 허옇게 바래 있었다. 일부러 들어가려 해도 쉽지 않을 것 같은 바위틈에다 이를 악물고 제 몸을 들여 앉힌 몰골로 발견됐던 것이다.

 작년, 재작년은 무사히 여름을 났다. 부정 탈까 싶어 아무도 주검들에 관한 말을 입에 올리지 않았지만 두 여름을 다 입추, 처서가 지나고 나서야 참았던 한숨들은 내쉬었다. 버스뿐만이 아니라 줄줄이 들어오는 자가용을 막을 도리는 없었다. 마을 사람들이 할 수 있는 일이라곤 갯가에 오는 사람들한테 방을 빌려 주지 않고 그들에게 먹을 걸 팔지 않는 정도뿐이었다. 맨 처음 일통을 냈던 처녀, 총각한테 물을 준 사람은 연숙네 옆집 아낙이었다. 그날 아낙이 적도댁의 콩밭을 다 메고 어슴푸레해졌을 때 집에 돌아가 씻고 있는데, 고개를 되넘어 온 총각이 갯가에 물이 없더라며 통을 내밀기에 펌프질을 해주었다고 했다. 물 한 통 가지러 재를 넘어온 게 안돼 보여서 갯가 어느 어름에 물이 나오는 샘들이 있다고 가르쳐 주기까지 했다. 갯가 절벽 쪽에는 저절로 물이 나오는 샘이 댓 군데는 되었던 것이다. 한 아낙은 함께 죽은 애들이 나왔던 고등학생 떼거리한테 밭에서 강냉이를 한 보따리 끊어 주었다. 몇 바구니 삶아 먹고 나면 소나 돼지나 닭을 먹이면서 말리게 될 강냉이를 애들이 욕심 내주는 게 고맙고 예뻐서였다. 어떤 아낙은 갯가로 넘어가다 자두를 쳐다보며 감탄하던 처녀들한테 먹고 싶은 만큼 따 가라고 선심을 썼다. 입 벌려 다 내놓지 않아서 그렇지 모두들 그렇게 알게 모르게 주검들과 상관해 왔던 것이다. 그러자고 의논한 바 없는데 여름이면 몇 푼씩 쥘 수도 있는 돈벌이를 아직 아무도 하지 않는, 못하는 까닭은 그 때문이었다.

그나저나 저것들이 언제부터 와 있었을까. 적도댁은 자신의 버섯 밭을 차고 앉은 어린것들을 눈앞에 두고 앞선 주검들을 떠올리다가 주머니를 뒤적인다. 담배와 라이터가 잡혀 나왔다. 몇 해 전부터 어쩌다 한번씩 늙은 서방의 담배를 훔쳐 피우던 것이 인이 박여 가는지 요즘엔 하루 몇 차례는 하게 되었다. 지금도 혼자 담배 한 대 피우려고 자신의 버섯 밭으로 왔는데 갯가에 요란하게 섞여 있어야 할 어린것들이 떡하니 남의 자리를 차지하고 있지 않은가. 여름이라 비워 둔 버섯 집 주변엔 망초며 쑥부쟁이, 지칭개들이 사람 키만큼 자라 있었다. 그것들을 헤치고 군데군데 바스러진 채 널려 있는 벽돌에 걸려 넘어지지 않도록 애쓰면서 버섯 집을 돌아 안쪽으로 들어섰을 때에야 아이들이 밝혀 놓은 불빛을 보았다. 예전 관사 터에다 텐트를 예쁘장하게 세워 놓고 주변에 컵 속에 담긴 촛불 세 자루를 앉혀 놓았는데, 들킬세라 얌전히 앉아 술병 하나씩을 손에 들고 소곤대는 사품이 갯가에서 시끌벅적하게 노는 애들하고는 뭔가 달랐다. 머리에 피도 안 마른 것들이, 싶으면서도 그 다른 게 어쩐지 마음 쓰여 적도댁은 되레 버섯 집들 가운데로 물러나 엉거주춤 주저앉은 참이었다. 당장 내 땅에서 나가 갯가로 넘어가라고 소리 질러도 무방할 텐데 좀 더 두고 보려니 싶어지는 것도 그 다름 때문이었다. 손에 쥔 담배와 라이터를 만지작거리기는 해도 담배 피울 엄두는 나지 않는다. 서른 걸음도 채 떨어져 있지 않은 아이들이 낯선 기척을 눈치 채고 놀라면 어쩌나 싶어서다. 한밤중 어둠 속을 어정거리는 늙은 여편네 몰골이 좀 무서우랴.

  적도댁이 집에 있기 싫고 다른 집으로 마실을 가기도 싫은 밤이면 괜히 올라와 보는 버섯 밭은 10여 년 전만 해도 학교였다. 몇 되지 않던 아이들이 면 소재지 학교로 합쳐지고 나자 학교는 여름날 간수 못한 장독에 쉬가 슬듯이 제 모습을 잃어 갔다. 산이며 언덕들에서 뗏장을 떼다가 학교 잔디밭을 만들던 때 적도댁의 나이는 스물넷이었다. 곧 첫애가 태어날 즈음이었고 그 애가 자라서 학교를 다니리란 생각에 솔란 한 포기, 참꽃 한 그루를 옮겨 심는 손길에도 따사로움이 같이 심겼다. 하지만, 배 속에 아이를 담고 학교를 가꾼 어미 손길과는 상관이 없는 것인지 적도댁의 아이들은 공부를 못했다. 남들 다 가는 중학교엔 갔지만 큰 도시 고등학교에는 원서도 못 냈다. 차례대로 읍내 종합 고등학교 실업과를 다니더니 제 길들 찾아 나서 버렸다. 큰아들은 졸업도 전에 제철소에 취직했다가 군대를 다녀와서 복직했다. 군대 다녀온 막내는 여수서 자동차 고치는 일을 하고 있다. 맨 위에 얹힌 딸 선희는 읍내서 동생들 데리고 자취하던 고등학교 때부터 연애질을 하는가 싶더니만 졸업하자마자 살림을 차려 버려 큰애가 벌써 중학생이었다.

막내인 종모 장가만 들이면 되는 터라 적도댁은 동네의 몇 되지 않는 또래 아낙들보다 일찍 자식들 근심에서 헤어나 늘그막에 팔자 폈다는 소리까지 들으며 그럭저럭 늙어 가는 참이었다. 내 팔자에 이 정도면 잘 산 셈이고 자식들도 그만하면 됐다 싶어 무슨 욕심 같은 것도 없었다. 그런데도 이따금 뭔가가 허전한 것 같았다. 밭을 매거나 소똥을 치울 때, 개펄을 뒤적여 꼬막이며 바지락을 캐거나 그것들을 끓여 밥상을 차릴 때, 잠에서 깨거나 잠이 들려 할 때 찬바람 같은 게 휑하니 가슴을 훑고 지나갈 때가 있었다. 그게 뭔지는 알 수 없었다. 적도댁은 나지막이 한숨을 들이쉬며 하늘을 올려다본다. 손을 들어 훑으면 한 주먹 가득 잡힐 것처럼 별이 소도록하게 떠 있다.

「다른 사이트로 들어가 봐.」

약간 취한 듯한 계집애가 고양이 하품하듯 뭔가를 집어 입에 넣고 씹으며 알아들을 수 없는 말로 사내애를 채근했다. 사탕 같다. 아이들은 컴퓨터라는 물건을 함께 들여다보면서 사탕과 술을 먹으며 속닥이고 있는 참이었다. 계집인지 사낸지 외양으로는 얼른 분간이 안 가게 둘이 다 머리가 길고, 옷은 입었는지 말았는지 드러난 어깨며 가슴팍이 여린 불빛을 달고서도 반들거린다.

「다 폐쇄되었잖아. 다른 루트를 찾아야 하는데, 안 보여.」

사내애도 계집애 못지않게 취한 것 같은데 목소리는 아직 또록하다. 뭐가 되느니 안 되느니, 누가 오느니 안 왔느니, 어디로 들어가느니 마느니. 이따금 들리는 아이들 말을 적도댁은 하나도 알아듣지 못한다. 하기야 손자들 말도 못 알아듣는 게 태반이고 가끔은 서른 살 안팎의 자식들 말도 뭔 소린가 싶을 때가 있는데 남의 자식들 말을 무슨 수로 알아들으랴. 긴말을 나눌 것 같던 아이들은 또 조용히 사탕 하나 먹고 술 한 모금씩을 빨아 먹고는 컴퓨터를 들여다보고 있다. 요즘 젊은것들은 노상 떠들기 좋아하는 줄 알았는데 저 애들은 취해 가지고도 시끄럽기는커녕 굼뜨기까지 하다. 모기들이 윙윙거리다 적도댁을 비켜서 하마 아이들 쪽으로 가는지 멀어져 간다. 모기도 사람을 알아보는 법이다. 날마다 흙과 뻘을 뒤적이며 늙어 가는 여편네에게 뜯을 것이 없음을 모를 리 없었다. 그런데 이제 보니 아이들은 요새 애들답지 않게 모기에 대해서도 찍소리가 없다. 물것들이 비켜 가게 생긴 무슨 사달이 있는가. 적도댁은 담배를 주머니에 집어넣고는 손가락을 주물렀다. 쇠갈퀴처럼 메마르고 쉰 손가락들이 밤마다 쑥쑥 아렸다. 습한 땅기운으로 온 삭신도 썩썩 저려 온다.

「배터리가 다 돼 가나 봐.」

성마른 사내애 목소리에 적도댁이 고개를 빼 아이들을 건너다보았다. 계집애가 옆에 앉은 사내애 볼에다 입을 맞추었다가 떼어 내더니 소리 내어 웃는다.
「배터리가 다 됐으면 끝난 거지 뭐. 됐어. 뭐 좋네.」
 사내아이는 조급하고 계집아이는 심드렁하다. 배터리가 없어 컴퓨터 놀이가 끝났다는 건가. 배터리 정도야 적도댁도 못 알아들을 리 없는 단어였다. 컴퓨터가 전기로 움직인다는 것도 알고 있었다. 이제 끝났다는 말을 신음처럼 외고 있는 아이들은 학교 운동장이었던 자리에서 시커먼 덮개를 덮어 쓴 석 동의 버섯 집들 안에 전기가 있다는 걸 모르는 모양이다. 딱할 노릇이다. 지금 나서서 그걸 알려 줄 수도 없지 않은가. 갑자기 오금이 저려 왔다. 저녁 설거지를 하다가 두어 종지 따라 마신 소주 탓인지 오줌도 마렵다. 하는 수 없는 일이라고 혼자 고개를 끄덕인 적도댁은 슬그머니 일어나 버섯 집 사이에서 뒷걸음으로 몸을 뺀다. 젊은것들이 취해서 발을 헛디딜 물가도 아닌데 어떠랴. 어차피 빈집 하룻밤 빌려 줘도 무방할 것이다. 날 밝으면 와서 쫓아내면 그만이제. 적도댁은 누가 보는 것처럼 또 머리를 끄덕이며 물러나 옛날 교문이었던 출입구를 빠져나온다. 다 허물어지고 없지만 교문에 달린 계단만은 아직 쓸 만했다. 아이들에게 들릴 리 없으므로 서둘러 계단을 내려온 적도댁이 마을 진입로 갓길에 쭈그리고 앉아 오줌을 누었다. 따로 뿌리거나 가꾸지 않아도 저희들끼리 돋아나 늦봄부터 벌써 피기 시작한 키 작은 코스모스 꽃들이 적도댁 오줌 소리에 부르르 진저리를 쳤다.

학교 터에서 집까지는 담배 한 대 참도 안 걸리는 거리였다. 군내 버스가 들어와 돌아서는 자리, 마을 윗녘에 회관이 있었다. 적도댁의 집은 회관 바로 곁이었다. 마을 회관은 어둠에 잠긴 채 조용하다. 3년 전에 새로 지은 회관은 더워서 여름이면 아무도 들어가려 하지 않았다. 지금은 몇 척밖에 드나들지 않지만 한때는 왁자했던 포구 쪽을 내려다보게 지어졌는데 하루 내 햇빛을 받아서 동네에서 가장 더운 자리였다. 회관에서 한가롭게 시간을 죽일 남정네들이 없기도 했다. 남정네라곤, 밥을 먹으면 텔레비전 앞에서 곯아떨어질 중늙은이들과 소고삐도 잡지 못할 늙은이들만 남았으니까. 가로등이 깨진 지 오래건만 고치려 드는 사람조차 없다. 동네 사람들에겐 어둠이 불편할 까닭도 없는 것이다. 적도댁도 어둠 속에서 익숙하게 회관 건물 옆구리에 붙은 계단을 따라 옥상으로 오른다. 옥상 난간에 등을 기대고 앉으니 바닥이 뭉근하게 달궈진 온돌처럼 뜨듯하다. 고개 너머 갯가에서 울리는 요란한 노래가 멀면서도 소란스럽다.

낮에는 회관 옥상에서 친정이 있는 적도가 건너다 보였다. 일흔 살에서 아흔 살가량의 늙은이 일곱 명이 남아 있는 섬. 지난봄 아비 제사 때 다녀오고 건너가 보지 못한 적도는 머지않아 무인도가 될 것이다. 치마 주머니에서 담배를 찾아 문 적도댁은 딸려 나온 라이터를 켰다. 아직은 영감 몰래 한다고 하는 짓이지만 내색을 안

할 따름이지 영감도 눈치를 채고 있는 성싶었다. 면소재지나 읍내에 나갈 때면 한두 보루씩 사다 놓고 아껴 가며 피우는 담배가 야금야금 줆는 걸 모를 영감이 아니었다. 눈치 챘거나 말거나. 소리 내 중얼거린 적도댁이 담배 연기를 흠씬 빨아 당긴다. 연기를 내뿜으면 속이 시원해지는 게 담배 피우는 맛인 줄 알아 버린 터라 그만둘 수 있을 것 같지 않았다. 친정어미가 늘그막에 배운 담배로 골초가 되어 여든을 넘기고 있는데 적도댁도 닮아 가는 참이었다. 딸 다섯과 아들 둘을 낳았던 친정어미는 예순 줄에 술주정뱅이 영감을 여의고 담배 피우는 낙으로 혼자 살고 있었다. 낮이면 훤히 보이는 친정 섬을 적도댁이 건너다보듯이 늙은 어미도 넷째 딸네 동네를 하루에도 몇 차례씩 그렇게 볼 것이었다. 죽었다는 부고나 받아야 찾아들 자식들을 일곱이나 낳고 담배 피우는 낙으로 사는 여든 줄 노인네. 하늘을 향해 담배 연기를 뱉고 나서 적도댁은 고개를 끄덕인다. 늙은 어미가 눈에 밟힐 때마다 그저 고개나 끄덕이는 게 고작인 것이다.

　담배 한 대를 다 피우고 나니 할 일이 없다. 자신의 집 마당은 나올 때와 마찬가지로 어둠에 잠겼다. 집 뒤 축사도 잠잠하다. 얼마 전에 불어난 송아지까지 합치면 한우가 열다섯 마리였다. 오리는 서른 마리 정도인가. 그것들을 지키게 할 겸 축사에 함께 키우는 개가 세 마리다. 낯선 기척이 축사 주변에서 일기만 하면 개 세 마리가 동네를 뒤집을 듯 날뛰었다. 영감은 아무리 깊은 잠에 빠졌다가도 그것들 소리만 나면 벌떡 일어나 뛰어나갔다. 다른 집 개와 제 개 짖는 소리를 잠결에 어떻게 구분하는지 신기할 지경이었다. 영감과 둘이 사는데도 일이 끝도 없는 것은 수발해야 할 짐승이 많은 탓이었다. 날마다 거름을 내야 하고 지난번 낸 거름을 밭이나 논으로 날라다 뿌려야 한다. 사흘만 안 내도 거름이 축사를 넘쳐 집으로 넘어올 지경이 되어 버린다. 짐승들을 먹이고 치워 주느라 영감은 열흘 가야 동네 한 번을 벗어날까 말까 했다.

이제 집에 가서 자야 내일 일을 할 것이라고 생각하면서도 적도댁은 옥상 바닥에 몸을 누인다. 서른네 해를 보아 온 서방에게 이제 와 새삼 정이 떨어질 것도 없었으나 지금은 집에 가고 싶지 않았다. 읍에 사는 선희가 집주인이 급작스레 전셋돈을 천만 원이나 올려 달랜다며 농협에서 빚 좀 내줄 수 있겠냐는 말을 꺼냈다. 며칠 전 장에 나가 들렀을 때였다. 안팎이 붙어서 장사를 한다고 하건만 코흘리개들 주머니 털어 먹는 학교 앞 분식집은 노상 그 꼴이었다. 더구나 지금은 방학이라 올려 줄 전셋돈은 고사하고 다섯 식구가 먹고살 만큼 버는지도 의심스러웠다. 그 분식집을 낼 때도 천만 원을 보탠 까닭에 영감한테 말도 못 꺼내고 있는 참인데 오늘 늦은 저녁밥을 먹고 있을 때 또 전화가 왔다. 엄마, 아부지한테 말씀은 해봤소? 하는데 차마 입도 못 떼 봤다고 할 수가 없어서 내일 전화하겠다며 끊었다. 그리고 영감한테 이야길 했더니 말이 다 끝나기도 전에, 돼먹지 못한 년이라는 욕설이 앞에 없는 딸을 향해 떨어졌다.

　언제인가부터 동네에서는 선희네가 알부자라고 소문이 났지만 선희 아비는 인색하기가 자린고비 울고 갈 만한 영감이었다. 마을 떠난 사람들에게서 한두 뙈기씩 사들인 논이며 밭이 수십 마지기건만 손바닥만큼도 허물려 들지를 않았다. 허물자는 것도 아니고 그저 잠깐 밀어 넣고 빚 좀 내어 쓰자는 건데 어미 아비가 돼 가지고 그도 못해 주느냐 했더니, 지난번에 가져간 돈은 어떻게 됐느냐고 소리소리 지르는 게 아닌가. 그건 보탰던 거지 빌려 준 게 아니잖냐고, 그런 것도 안 할 거면 뭣 하러 밤낮 모르고 일하느냐고, 저승 갈 때 다 싸갈 거냐고 같이 소리 지르며 대거리를 했다가 결국 밥상이 뒤엎어지는 꼴을 당했다.

　큰아들 혼사 때도 소 몇 마리만 팔자고 얼마나 애걸복걸했는지 모른다. 광양에다 전셋집이나마 쓸 만한 걸로 얻어 주려니 속에서 신물이 올라올 지경이었다. 고등학교 졸업해 군대 갔다 와서 스물일곱에 장가가는 애가 무슨 돈을 얼마나 벌었겠는가. 마을에는 대학 졸업하고도 취직을 못한 자식들 뒷돈 대느라고 골병 든 집들이 여러 집이었다. 놀지 않고 제 벌이해서 먹고사는 것만도 애잔하고 대견할 법하건만 영감은 어미가 새끼들 버릇 버린다며 난리를 쳤다. 소 값이 돼지 값만 했을 때라 더 그런 걸 모르지는 않았다. 하지만 적도댁 생각으로는 다른 집보다 사료 덜 먹이고 키운 소니 돼지 값에 팔아도 큰 손해는 안 날 것 같았다. 또, 자식 큰일 치르려는 판에 손해 좀 보면 어떤가 말이다. 사료 값을 덜 들이기 위한 일에 적도댁의 뼛골도 영감 못지않게 녹아났다. 동네 안에서, 소꼴 베고 축사에 깔 짚으며 왕겨 아끼느라 갈퀴 들고 나무 밑 긁어 대는 여편네는 적도댁뿐이었다. 영감도 그걸 모르쇠는 못하겠던지 내 품값 내놓으라는 적도댁의 악다구니에 마지못해 삼천만 원이 든 농협 통장 하나를 내놓기는 했다.

이젠 가끔 술병이라도 날 때가 되었는데 영감은 일흔을 바라보는 나이에도 배앓이 한번을 하지 않았다. 술을 마시면 곯아떨어지는 일이 빨라지고 코 고는 소리가 경운기 딸딸거리는 것처럼 시끄러워졌다는 게 나이 표시일 뿐 동네 안에서는 아직도 힘쓸 수 있는 몇 안 되는 장정으로 통했다. 상스런 입질이나 제 회가 동하면 여편네 다리를 생짜로 벌리고 들어오는 짓거리도 여전했다. 가운데 토막에 힘이 떨어져서 거창하고 왁자한 시작만으로 끝나기 일쑤였으나 그 짓거리를 위한 행짜는 변하지를 않았다. 환갑이 바라다 보이는 마당에 머리칼이 허연 늙은 영감에게 당하는 짓이 우세스러워 남 앞에 내색도 못한다. 나이가 열 살이나 층이 지는데도 서방이 자신보다 몇십 년은 더 살리라는 예감이 나이 들수록 펄펄해졌다. 그건 고소했다. 그래 여편네 죽고 나서 바람벽에 똥칠할 때까지 혼자 살아라 이 영감탱이야, 험한 꼴을 피해 집을 나설 때마다 적도댁은 몸서리를 치며 그렇게 늙은 서방의 장수를 빌었다.

징그러워라. 무엇에 대한 징그러움인지 깨닫지 못한 채 적도댁은 문득 터져 나오는 한숨을 곱씹다가 몸을 뒤챈다. 마을엔 아흔을 넘긴 안노인들만 해도 셋이었다. 그중 한 노인은 허리가 굽다 못해 접힌 몸으로 날마다 해 뜰 녘이면 밭을 맸다. 다른 한 양반은 염소 몇 마리를 먹이며 살았다. 또 한 노인은 마을 아낙들이 번갈아 드나들며 밥 수발을 하는데 잘 뵈지도 않는 눈으로 방바닥을 파리가 낙상하게끔 항상 닦아 놓았다. 당신 마당이 귀신 나오게 생긴 것은 못 보면서도 엉금엉금 기어 다니며 방바닥만 닦고 사는 것이다. 낮에도 살아 움직이는 귀신이 있다면 아마도 그 양반들 모양새일 것이었다. 그나저나 몇 시나 되었을까. 옥상까지 올라온 땅기운이 자석처럼 몸을 붙들어 매는지 적도댁은 점점 움직이기가 싫다. 도깨비불을 따라 산속을 헤맬 때는 그게 도깨비불인 줄 알면서도 따라다닌다던가. 어릴 때 들었던 이야기가 떠올랐다. 내가 지금 홀렸구나 하는 것을 느낄 만치 반만 혼이 나간 상태로 밤 새도록 잡히지 않는 불을 쫓아다니다 멈추어 보면 아침이더라는 이야기.

초등학교를 졸업하자마자 시작된 남의집살이가 여덟 해로 접어들었을 때 다시 다른 집으로 옮겨 갔더랬다. 1년에 한 번 꼴로는 옮겨 다녔으니 일곱 번째 집 정도였을 것이다. 옮긴 이유는 늘 비슷했다. 주인집의 사내들이 어린 적도댁 순남을 탐하게 되고 그 사실을 안주인에게 들켰을 때 쫓겨나는 식이었다. 방문을 잠가도 소용없었다. 바깥주인이나 그의 아들들은 스스로 문을 따고 들어오거나 순남이 일에 지쳐 방심한 틈에, 어떻게든 순남의 가랑이 사이를 파고 들어왔다. 덤터기는 늘 순남이 뒤집어썼다. 그리고 안주인에 의해서 다른 집으로 옮겨졌는데 희한하게도 매번, 성질 순하고 손끝 야무지다는 보증과 함께였다. 앉은뱅이 바깥주인이 있던 집으로 가게 된 것은 스물한 살 때였다. 주인 부부는 각방을 썼지만 바깥주인은 앉은뱅이라서 순남의 방에 침입하지 못했다. 그는 사내 노릇을 할 수 없는 사람이었던 것이다. 가끔 목발을 짚을 때도 있지만 주로 휠체어를 타던 그는 그걸 탄 채 책상 앞에 앉아 책 쓰는 일로 많은 시간을 보냈다.

몇 년 전의 교통사고로 그리되었다는 그 앉은뱅이 주인의 점잖음이 순남은 마음에 들었다. 자식들이 외국에서 학교를 다니고 있어서 안주인이 수시로 집을 비웠지만 순남은 걱정할 게 하나도 없었다. 바깥주인의 불구가 안되었을망정 순남은 처음으로 봄을 맞은 듯 자유로웠다. 종일 시중을 들어야 하는 사람이 있고 워낙 넓은 집이라 쉴 짬 없이 일은 많았지만 날마다 콧노래가 나왔다. 그 집에 있은 지 1년 남짓한 늦여름 밤이었다. 비바람이 요란해 집 안 단속을 해놓고 잠이 막 든 참이었는데 비명이 들렸다. 순남아, 순남아. 뜰에서였다. 언제 뜰로 나갔던지 함빡 젖은 주인은 나무들 사이에서 휠체어 바퀴가 잔디에 묻혀 소리를 지르며 허우적대고 있었다. 순남이 달려 나갔을 때 천둥과 번개와 비바람 속에서 몸부림을 쳐대던 그가 휠체어에서 떨어졌고 순남은 그를 일으키기 위해 끌어안아야 했다. 마구잡이로 순남의 가슴팍을 파고들던 그의 숨결이 어느 순간 조용해졌다. 마흔 중반의 사내와 스물두 살 계집애는 그렇게 얽혔다. 휘날리는 장대비 아래서, 마침내 알몸뚱이가 되었을 때 사내의 머리는 순남의 아래`부리에 닿아 있었다. 제 안에 들어 있었으나 아무도 깨우쳐 주지 않았던 몸의 희열을 순남은 천둥 번개가 내리는 나무들 사이 잔디 위에서 그의 무릎에 올라앉아 처음으로 느꼈다. 천둥 번개가 몸 깊은 곳에서 그렇게 일어날 수도 있었던 것이다.

한 사람만을 위해 밥을 짓고 빨래를 하고 청소하고 차를 끓이고……. 이따금 치마를 걷고 그의 무릎에 올라앉아 살맛을 보았다. 사내가 자신으로 인해 차츰차츰 살아나는 것을 느꼈다. 순남은 그때 비로소 사람이 되었고 즐겁고 수줍은 스물두 살의 여자가 되었다. 아이들이 있는 캐나다에서 안주인이 돌아올 때까지, 아니 자신보다 먼저 안주인이 순남의 임신을 눈치 채고 채근당할 때까지 넉 달쯤 걸렸던가. 그전에 한번도 일어나지 않았던 일이라 잡아떼야 한다는 생각도 못한 채 순남은 술술 불었고 그날로 안주인 차에 실려 병원에 갔다. 깨어나 보니 곁에 안주인이 있었다. 순남의 짐을 모두 챙겨 가지고 나와 있던 안주인이 말했다. 석 달 치 월급을 덤으로 주마. 조용히 고향으로 가거라. 처녀가 애를 뱄던 게 밝혀지면 시집 못 갈 테니 입 꼭 다물고 살려므나. 교양 있고 예쁜 평소의 안주인답게 상냥한 말투였다. 눈길은 얼음장처럼 차가웠다. 순남은 그길로 적도로 돌아갔다. 돌아가는 길이 너무나 멀었으므로 아홉 해에 걸친 서울에서의 남의집살이 흔적이 하나 남김없이 다 떨어져 나갔다. 그 두어 달 뒤에는 물려받은 거라고는 불알 두 쪽뿐이지만 무섭게 바지런하다는 소머리 마을 늙은 총각한테 쪽배를 타고 시집을 왔다.

눈을 뜨니 별천지다. 너무 오래 잔 것 같았다. 그깟 소주 두어 잔에 까무러친 듯이 잤으니 정말 다 늙은 모양이었다. 몇 시나 되었을라나, 중얼거리며 깨어난 적도댁이 엉덩이를 털며 몸을 일으켰다. 장작불처럼 이글거리던 낮의 더위는 간 곳 없고 한기가 느껴질 정도로 밤 기운이 서늘하다. 몸을 움츠리며 옥상을 내려와 집으로 향하던 적도댁이 뭔가에 붙잡힌 듯 멈춰 선다. 너무 조용해서다. 새 소리나 풀벌레, 개구리 소리 따위는 바람이거나 공기 같은 거라서 소리로 여겨 본 적이 없다. 그것들을 제외하고 보니 갯가는 물론이고 마을 안 어느 곳에서도 개 한 마리 짖지 않는다. 동네가 온통 뭔가에 짓눌린 것같이, 아니 휩싸인 듯 침묵하고 있었다. 적도댁이 불현듯 버섯 밭을 향해 몸을 돌렸다. 갑자기 아까 어린것들 놀던 모양새가 마음에 걸렸던 것이다. 일통은 항상 조용한 것들이 내지 않던가. 텔레비전에서 보면 허구한 날 아파트 옥상에서 아이들이 뛰어내리는 것 같았다. 뒤따르는 설명은 늘 조용히 혼자 놀던 애라는 말이었다. 요새는 컴퓨터 안에서 만나 죽을 모의를 꾸미고 실제로 죽기도 한다는 괴상한 말도 심심찮게 나왔다. 사람이 컴퓨터 안에서 어떻게 만난다는 것인지 적도댁은 도무지 감이 잡히지 않았다. 전화기로 이야기를 나누는 것하고 같은 모양새이려니 짐작해 보지만 전화기에 대고, 너하고 나하고 같이 죽자고 말할 수도 있는 것인지는 알 수가 없었다.

 이래저래 생각이 번지다 보니 애들이 가지고 놀던 컴퓨터가 갑자기 흉한 물건처럼 느껴진다. 적도댁 걸음이 점점 바빠진다. 잠긴 듯이 보이도록 아물려 놓은 문을 들어서면서 부러 소리를 냈다. 교문에서 제일 가까운 버섯 집으로 들어서면서 알전구를 켰다. 겨우 삼십 촉짜리 전구임에도 가시에 스친 듯이 눈이 부시다. 엇갈리게 세워 놓은 버섯나무에 새 종균을 심을 때까지 비가 새지 않나 하는 정도만 들여다보면 되는 버섯 집 안에서 하릴없이 고무 자배기 하나를 찾아내 옆구리에 낀 적도댁이 들어왔던 반대 방향으로 나선다. 관사 터가 마주 보이는 문이었다. 낯선 침입자에 놀라 눈을 똥그랗게 뜨고 허둥대고 있을, 그러기를 바랐던 애들은 아무 기척이 없다. 촛불들은 다 꺼진 모양이고 텐트 안에만 불이 켜졌는데 아무도 없는 것처럼 고요하다. 옆구리에 끼었던 고무 자배기를 떨어뜨리고 텐트로 달려드는 적도댁의 몸이 마구 떨렸다.

 맙소사. 완전히 10여 년 전 마을에 와 처음 일을 낸 연놈들 꼴이었다. 나란히 누워서도 각기 다른 방향으로 얼굴을 돌리고 하얗게 떠서 잠든 듯한. 둘 가운데 술병과 수상쩍은 약 꼬투리들이 널려 있고 둘 다 알몸뚱이라는 게 다를 뿐이다. 사탕이라고 여겼던 게 약이었던가. 아이고 엄니. 적도댁이 비명을 지르며 반듯하게 누운 사내애 가슴을 손으로 내리쳤다. 꼼짝도 않는다. 야 이것아 하며 모로 누운 계집애 어깨를 사정없이 후려갈긴다. 계집애도 안 움직였다. 알몸의 젖가슴에다 귀를 대보았다. 심장이 아직 뛰었다. 사내애 가슴에도 귀를 대보니 아직 살아 있다. 아이고 이 망할 것들이 하필이면 내 밭에 와서! 비명과 함께 젊은 몸들을 와락와락 뜯어 대다가 이쪽저쪽 뺨도 때려 보지만 벌써 죽음에 취해 버렸는지 흔드는 대로 따라 흔들릴 뿐 아이들은 꼼짝도 하지 않았다.

적도댁은 아이들을 놓고 집으로 뛰었다. 대문에 들어서면서 소리쳐 영감을 깨우고 방에 들어가서는 영감 몸을 흔들며 애들이 우리 버섯 밭에서 약을 먹었다고, 어떻게 하냐고 소리를 지른다. 잠이 덜 깬 영감이 멀뚱한 얼굴로 테레비 보면 이럴 때 일일구로 전화하든디 해볼까? 하면서 전화기를 끌어당겼다. 영감이 전화하는 소리를 들으며 망연히 앉았던 적도댁은 내가 왜 이러고 있나 싶어서 발딱 일어나 꽁지에 불이 붙은 듯 다시 버섯 밭으로 뛰었다. 아이들에게 물을 들이붓다가 옷을 입히다가 또 물을 먹이고 혼자 굿을 하는 새에 읍내 소방수들이 교문 앞에서 기다리던 영감과 함께 왔다.

읍내 종합 병원 응급실로 실려 온 아이들은 위세척을 받고 링거 주사 한 대씩을 팔에 꽂은 채 병실로 옮겨졌다. 의사는 아이들이 술과 함께 먹은 건 수면제라고 했다. 한번에 보통 두 알씩 먹어야 하는데 서른 알 정도씩 삼킨 것 같다며 보름은 푹 자겠다고 농담까지 했다. 구급 대원들이 약 꼬투리를 아이들과 함께 집어다 바친 덕에 술을 얼마만큼 마신지는 몰라도 무슨 약을 얼마나 먹었는지는 알 수 있었던 것이다.

저희가 무슨 짓을 했는지, 적도댁이 무슨 난리를 치렀는지 알 리 없는 아이들은 그저 잠에 빠져 있을 뿐이다. 스무 살 남짓이나들 됐을까. 일부러 빚으려도 어려울 만치 예쁘고 젊은애들이 양쪽 침대에 하나씩 누워 술 냄새를 푹푹 풍기며 파리한 얼굴로 깊은 잠을 자고 있었다. 저승 구경들을 했을 것이다. 거긴 어떤 세상인지 모르지만 돌아오고 있다는 걸 보면 아이들에게는 아직 이쪽이 더 나아 보였던 게 틀림없었다. 날이 이제 막 밝은 참이었다. 종합 병원 앞으로 열린 길을 차들이 쌩쌩 지나다녔다. 막 올라온 햇빛이 저리 쨍한 걸 보니 오늘도 어지간히 덥겠다고 중얼거리며 적도댁이 하품을 하는데 병실 문이 열렸다.

「아직 안 깨난 모양이구먼?」

아이들 배낭이며 손가방을 줄레줄레 달고 들어서는 영감 목소리가 너무 커 적도댁이 눈을 흘긴다. 잠을 설치긴 마찬가지인 영감이 오토바이에 싣고 왔을 아이들 짐을 사내아이 발치의 보조 침대에다 부려 놓고는 양쪽 침대를 오가며 아이들을 들여다본다.

「머시매 이름이 임동원이라네. 가시내는 미연이고. 배미연.」

「어떻게 알았소?」

「경찰서서 오는 길이시. 순경들이 짐을 샅샅이 뒤져 보다가 학원

증인지 뭔지를 찾았는갑데. 대학 갈라고 재수하는 놈들인 모양이여. 참 멀리서도 왔더만. 서울 놈들이라네. 매꼬롬하게 생겨갖고들, 게서 여길 어째 알고 왔는지, 할 일도 없는 놈들이제. 애들 집에 연락이 갔으니 시방 바퀴에 땀나게 부모들이 쫓아오고들 있을 것이여. 시간은 좀 걸리겄제?」

「동네 사람들 다 알겄소?」

「간밤부터 부산하게 오토바이 부릉거리고 다니기는 했어도, 젊은것들 죽다 살아났다고 동네다 대고 외지는 않았응게 누가 아는지 모르는지 모르제. 알면 대순가?」

「해 걸러서 일어나는 사달이 뭔 좋은 일이라고. 그라고 우리 밭에서 일어난 일 아니오. 까딱 했으면 우리 밭에서 일 칠 뻔했는디, 나는 아직도 가슴이 벌떡벌떡하는구먼.」

「그건 그렇다 치고 임자, 자네는 그 시간에 거길 어째 갔더랑가? 그 야밤에?」

영감의 느닷없는 질문에 적도댁이 무춤해진다. 내가 그 밤중에 버섯 밭엘 왜 갔을까. 귀신 들린 건 분명히 아니었다. 도깨비불을 쫓아갔던 것도 아니다. 어쩌다 혼자 있고 싶을 때가 있었다. 아무도 나를 못 보고 내가 아무도 안 볼 수 있는 그런 곳에서. 어쩌다 밤에 버섯 밭을 찾아갈 때는 그런 때였다. 밤에 거기서 볼 수 있는 것이라곤 캄캄한 하늘밖에 없지만 그 하늘에 달이 뜨고 별이 돋아 있을 때면, 아무것도 없이 컴컴하게 빈 하늘에 바람만 오가도 그 바람 속에 앉아 있으면, 텅 빈 것 같고 바삭바삭 말라붙은 것 같은 몸속에 물기가 스며들어 차오르는 듯했다. 그뿐이다. 이유는 생각나지 않았다. 어젯밤 처음 갔을 때는 그래서였고 옥상에서 자다가 일어났던 나중에는 그냥 가봐야 할 것 같아서였다. 까닭이라고 할 것은 두 차례 다 없었으므로 영감한테 할 말도, 말할 재주도 없었다.

「나 사는 것이 분해서, 잠이 안 와서 밤이슬 맞는 년처럼 싸댕기다 그리됐소. 모르제? 저것들같이 나 누울 자리 찾으러 댕겼는지?」

할 말이 없어 그냥 늘어놓은 적도댁의 언사에 동원의 발치에 앉아 이부자리를 들쳐 보던 영감이 획 몸을 돌렸다.

「여편네가 숭한 꼴 보듬만 숭한 말을 잘도 해 쌓는구먼. 나 치우고 죽어야제 시방 뭔 소리를 하는 것여?」

「내가 이녁을 치우고 죽어요? 아이고! 그리되나 안 되나 어디 두고 봅시다. 온 순서 있제 가는 순서 있답디여? 그리 봐 대고도 모르요?」

「허어, 그만 못허는가?」

영감이 역정을 내며 일어서자 적도댁이 수굿해진다. 늘 이런 식이었다. 이러고 난 다음엔 영감이 박차고 나가던가 적도댁이 피해야 했다. 이번엔 자리가 자리인지라 영감이 나간다. 적도댁은 병실에 달려 있는 화장실로 들어가 오줌을 누고 세수를 하고는 치마 자락을 걷어 올려 얼굴을 닦는다. 거울 속에는 갯바람과 볕에 잔뜩 그을린 친정어미 비슷한 늙은 여편네가 허기진 얼굴로 서 있다. 짐승들 밥 때가 되었으니 영감은 성난 김에 오토바이 몰고 집으로 휭하니 가고 있을 것인데 적도댁도 허기가 졌다. 짐승들 밥 때가 그들 부부의 끼니때이기도 했던 것이다. 아이들 부모가 올 때까지는 여기 있어야 할 것이었다. 병원비가 적잖이 나올 터인데 그건 누가 치러야 할라나. 주머니를 뒤지니 달랑 한 개비 남은 헐렁한 담뱃갑하고 라이터뿐이다. 잠만 자는 애들한테도 병원 밥이 나올지는 알 수 없다. 영감탱이가 여편네 빈손인 건 생각도 않고! 구시렁대고는 변기 뚜껑을 엎어 놓고 앉아 하나 남은 담배를 꼬나문다.

  영감이 돌아온 건 한 시간 남짓이나 지난 뒤였다. 미연이 밑 보조 침대에 엎드려 자는 듯 졸고 있는데 벌컥 문을 열고 들어온 영감 뒤로 큼지막한 밥 쟁반을 인 젊은 아낙이 붙어 있었다. 적도댁이 일어난 자리에다 밥 쟁반을 놓은 아낙이, 다 잡순 담에 그릇은 복도에 내놔 달라는 싹싹한 말을 남기고 나갔다. 영감이 맞은편에 앉더니 밥그릇 뚜껑을 열고는 먹자는 말도 없이 먼저 국을 뜬다. 밖에서 제 돈 들여 밥 사 먹으면 큰일 나는 줄 아는 영감이 별일이라고 입을 삐죽인 적도댁도 허기에 쫓겨 수저를 놀린다. 쟁반에 차려졌던 밥이며 반찬들을 설거지 따로 할 것도 없게끔 비운 뒤 영감이 잠바 안주머니에서 적도댁의 지갑을 내주곤 일어섰다.

「그냥 가실라고요?」

「그라믄 자는 애들 옆에서 둘이서 뭐 하게?」

「저것들 치료비는 누가 내야나 싶어 안 그러요. 우리 밭에서, 내가 죽은 목숨들인디.」
「허, 길게 살다 보니 별 해괴한 소릴 다 듣겠네. 씻나락 까먹는 귀신들이 울고 가겠어. 지들 에미 애비가 멀쩡히 있는디 뭔 걱정이랑가? 그라고 임자, 자네가 죽은 건 맞는디 자네 거는 아닝게 오지랖 넓게 굴지 말고 애들 부모 올 때까지 눈이나 붙이소. 나는 더 더워지기 전에 가서 거름 내야겄네.」
「그럼 그러시구려.」
「이따가 보세. 그라고 선희한테 전화해서 별이나 내가 들른다더라 하소.」
「또 뭔 말씀을 하실라고요?」
「아, 돈이 필요하대매. 죽는 소리 하니 주긴 하는데, 지 에미 살살 볶아서 돈 뜯어 가는 싸가지 없는 짓거리를 언제까지 할라는지, 물어나 보고 줄라네.」
볶긴 누가 볶아요? 하려는데 영감은 벌써 밖으로 나가는 참이다. 문이 딸깍 닫혔다. 아직 에어컨도 안 나오는데 문을 왜 닫소? 적도댁이 소리치며 따라 나가 보니 영감은 어느새 복도 가운데 계단 쪽으로 돌아서고 있다. 사라지는 영감 뒷모습을 바라보다가 문을 열어 놓고 되돌아서는데 무슨 소리가 들렸다. 미연이었다. 미연이가 백지처럼 흰 얼굴을 있는 대로 찡그리며 신음을 흘리고 있었다. 가위에 눌리면서도 몸부림도 못 치고 있는 모양이다. 적도댁이 미연에게 달려들어 끌어안고는 괜찮다, 이젠 괜찮아 하며 어깨를 가만 가만 흔들어 준다.

■ 해설
'새삼' 같은 삶, 새삼스러운 이야기

장일구(문학평론가)

1

우리는 이야기를 통해서 삶의 체험을 나누고 정서를 교감하며 어우러진다. 이를테면 삶을 이어 가는 구심에 이야기가 자리 잡고 있는 셈인데, 늘상 이어지는 심상한 일상이라도 이야기를 통해 엮음으로써 삶의 의미를 찾는 계기로 변주된다. 삶과 동떨어진 이야기라도 삶의 단면을 역설적으로 투사한 소산이라고 하는 주장이 없지 않으나, 삶을 떠난 이야기가 허황한 관념을 전할 뿐 이야기의 본질에 근사하지 못하는 것은 분명하다. 그렇다고 삶의 표층만 이야기한다고 해서 다 이야기가 되는 것은 아니다.

바로 삶의 다층을 들추어 얘기하는 데 서사의 본질이 있다. 범상한 삶 속에서 지나치기 쉬운 일을 돌이켜 이야기함으로써, 미처 의식하지 못하였던 삶의 이면을 엿볼 수 있는 거점이 마련되는 것이다. 가령 소외된 이웃이 처한 삶의 단면이 이야기를 통해 전해짐으로써 우리의 관심사로 의식되는데, 남의 일이라고 치부하며 외면했던 일이라도 이야기를 통해 재삼 주목하게 된다. 인간 내면의 심리적 중층을 통찰함으로써 의식 이면의 정신 세계를 성찰하게 하는 이야기도 있게 마련이다. 꼭 자극적이거나 심각한 이야깃거리가 아니더라도 소소한 삶의 구석과 내밀한 의식을 묘파한 이야기에서 서사의 묘미와 진수를 맛볼 수 있는 여지는 많다. 이러한 이야기의 다면을 송은일의 첫 소설집에서 마주하게 된다.

2

예컨대 〈37도 2부〉는 언뜻 보기에 시시껄렁한, 이혼 후 연애담 수준의 이야기처럼 보인다. 그러한 이야깃거리는 여느 여성 작가들의 소설에서 흔히 보았음 직하여 이제는 식상할 정도다. 그런데 이 소설은 사뭇 흥미로운 전개 양상을 보이면서 긴장감을 유지한다. "37도 2부의 체온을 가진 숙주"라는 특유의 모티프를 통해서 범상한 이야깃거리가 심상치 않은 외연을 입은 것이다. 인물 간에 조성된 미묘한 애증 관계가 얽히고설켜 빚어진 이야기가 남긴 묘한 여운을 통해, 결혼과 이혼에 관여된 사랑 이야기는 시작도 끝도 모호할 수밖에 없다는 생각의 여지를 남기고 있는 듯하다. 그렇다면 심상치 않은 전언이 남겨진 셈인데, 주인공의 심리 역동이 사랑에 관한 상념을 이리저리 뒤집어 다면적으로 성찰하게 하는 이야기 구성의 밀도를 더한다. 사랑 탓에 마음에 상처를 입은 가녀린

한 영혼이 온전히 치유의 계기를 얻었는지는 이야기의 여운에 묻혀 선명한 소리로 드러나지 않았지만, 이야기로써 정신적 상흔을 어루만지고자 하는 서사적 책략만큼은 명징하다.

 소외된 이웃의 정신적 상처를 치유하고자 도모하는 서사의 한 본질을 구현하는 데 작가의 관심이 수렴된다고 해도 과언이 아닐 정도로, 여기 실린 소설에 등장하는 인물들의 심리적 역동은 다층의 삶을 엿보인다. 〈꽃집 아줌마 강선덕의 특별한 하루〉의 주인공은, 남편의 외도와 죽음이 겹친 데서 더해지는 삶의 중압감에 시달리는 이다. 외도로 생긴 남편의 아이를 빌미로 보상을 요구하는 아이 외삼촌의 집요한 전화와 협박 탓에 정신적 고통의 무게는 사뭇 크다. 환멸투성이인 세상과 담을 쌓고 자기 세계에서 살고 싶었을 법하다. 그러나 그녀는 남편이 없는 가정의 생계를 책임져야 한다는 현실을 온전히 등질 수 없다. 대신 생계를 위해 "15년 만에 얻은 직장"인 '동화화원'의 '동화'와 동화되는 식으로 제 심정을 투사함으로써 세계의 환멸감을 잊을 뿐이다. 그런데 그 화원 사장의 아들인 '동화'는 자폐증을 앓는 이다. 그런 인물의 속성을 주인공 스스로 자신의 실존적 의미로 삼는 셈인데, 두 인물 사이의 조응 관계에 이야기의 구심이 있다. 자폐는 순수한 자기 세계를 구축함으로써 부정한 세계와 거리를 유지하려는 잠재적 전략과도 같은 것이다. 일종의 정신적 증후를 극단적인 갈등 요인으로 과장하지 않고 상처받은 정신의 치유를 위한 단서로 활용하는 서사적 기획이

미더움을 자아낸다.

　이 소설집에 실린 소설을 통틀어 인물들의 심리적 고통이 정신적 장애의 단적인 부정항으로 작용하는 경우는 없다. 사실 현대인들이 일상 세계의 무료함이나 왜곡된 세계의 압박 탓에 심적 고통에 시달리는 경우가 허다하다고는 하지만, 모든 이들이 짐짓 정신증적 증후를 드러내는 것은 아니다. 흔히 정신 분석적 입장에서 인물의 심리 상태를 극화하노라면 실상을 과장하여 단적인 양상을 그리는 수가 많으나, 대다수 사람들은 정신적 상흔을 아물리기 위해 지혜로운 인내심을 발휘한다. 잠재의식에 각인된 정신적 외상, 곧 트라우마(Trauma)라도 외상후불안장애(post-traumatic stress disorder)로까지 치닫는 경우가 흔하지는 않다. 송은일의 소설은 이러한 실상을 과장하거나 왜곡하지 않고, 개연성의 자장 내에서만 적절히 허구화하기에, 선정적이거나 생경한 느낌을 자극하지 않는다. 〈너무 아름다운 예외〉가 주목을 끄는 것은 이런 맥락과 관련 있다.

　무참한 윤간에 유린당한 한 여인의 트라우마는, 그때 정황을 기억하지 못하였다는 설정과는 상관없이, 무의식의 저변에 잠재된 채 심각한 정신적 고통을 유발할 가능성이 크다. 실제로 그녀의 의식 세계를 드러내는 대목에 눅진한 고통이 배어 있다. 떠올리는 것만으로도 몸서리쳐질 참혹한 상황은 기억의 심연에 각인된 채 때로 의식의 겉에 떠올라 가여운 한 영혼을 괴롭히곤 했을 터이다.

그러나 그녀는 자신을 유린했던 한 사내와 '예외'적 사랑을 나눈다. 물론 그때 기억을 전혀 떠올리지 못한다는 설정이 개연성을 높이겠지만, 그 기억 상실이 당사자의 의도인지도 모른다는 여운 탓에 그리 단정할 수만은 없다. 소설 제목처럼 '아름다운 예외'를 허용한 것인가.

관건은 가해자였던 한 사내가 그때 기억 탓에 정신적 외상에 시달리고 있다는 '허구적 사실'이다. 그는 때로 현실과 꿈속의 경계에서 기시감(旣視感)을 느끼거나 도착 증세에 시달리는가 하면, 때로 자학적 공포감에 고통스러워한다. 물론 그 모든 증후에서는 한 여학생의 순결을 짓밟은 죄책감이 트라우마로 작동하고 있다. 단말만 잔뜩 부풀어 오른 욕망을 멋모르고 분출하는 데 급급하던 시절의 무도한 행위가 가해자인 자신의 의식 세계를 짓누른 채 고통스런 중압감을 안겼던 것이다. 대상을 자기화하거나 자기를 잊어 스스로의 존재감을 전환하려는 안쓰러운 몸부림이 일견 공명을 부른다. '깊은 어둠'으로 착색하여 얼굴을 그리고 성별을 알 수 없게 존재의 형상을 그렸다는 누드화의 모티프는 '아름다운 예외'의 함의를 고스란히 시사한다.

물론 이 소설 또한 결말이 선명하지 않다.

거울 속 여자가 거울 밖의 여자를 향해 도리질을 하며 뇌까린다.
난 괜찮아. (125쪽)

내면의 성찰적 존재가 실존에게 던지는 '괜찮다'는 말 자체가 정말 괜찮다는 것인지 그렇지 않다는 생각을 애써 부정하려는 것인지 모호하다. '도리질' 또한 무엇인가를 부정하려는 것인지 부정적 생각을 털어 버리려는 몸부림인지 단정하기 곤란하다. 무엇이 괜찮다는 것인지 무엇을 부정하려는 것인지, 그 대상도 선명하지 않다. 가령 지워진 기억의 기록에 대한 것인지, 운명의 장난과도 같은 사랑에 대한 것인지 가늠할 수 없다. 다만 '아름다운 예외'를 이야기함으로써 정신적 외상이 파국을 야기하는 형태로 분출되는 일을 피할 수 있다는 점만은 분명하다. 자칫 선정적인 무의식의 난장판으로 치달을 여지가 있는 이야기의 수위를 잘 조율함으로써 소설이 허탄한 가공의 것으로 전락하지 않도록 도운 전략이 돋보인다.

〈딸꾹질〉의 주인공도 첫 남편의 폭력으로 얼룩졌을 실패한 결혼 생활의 충격에서 비롯된 정신적 상처를 안고 살지만 그 심리 상태가 단적인 양상으로 비화되지는 않는다. 이를테면 심신증(psycho-somatics disease)적 증후인 지독한 '딸꾹질'로 고통스러워한다는 모티프가 이채를 띠는데, 버리듯 두고 온 아이와의 재회를 목전에 두고서 그 고통스런 병증이 잦아들 수 있다는 설정이 의미심장하다. 아이와의 만남을 애써 외면하고 피하려는 몸부림이 아이에 대한 죄책감과 연민을 역설적으로 투사한 것인지라 정신적 상처를 치유할 수 있는 유일한 방책은 아이와 재회하는 것일 터이다. 불행한 유년기를 지나온 탓에 그 아이라고 해서 심리적 문제가 없겠는가마는 그토록 모성을 갈구함으로써 정신의 안정과 위안을 얻고 자기 내면의 상처를 치유하려 도모하고 있다. 모녀의 해후가 암시된 결말을 통해 상처 입은 두 영혼이 치유될 것이라는 사실이 고지된다.

3

물론 그러한 치유의 서사가 명징한 징표를 통해 구상으로 그려지는 것은 아니다. 정신의 내밀한 심연을 쉬이 가늠할 수 없는 법이니 이야기의 결말이 뚜렷한 갈등 해소의 국면으로 치닫는 것이 꼭 타당할 수만은 없다. 게다가 무의식이 발현되어 드러나는 심리적 징후는 상징적 표상을 통해서 표현되는 만큼 치유의 양상 또한 상징 차원에서 이해되게 마련이다. 눈에 띄는 실체를 통해 지각할 수 있는 구상 차원이 아닌 것이다. 술에 취해 어머니를 구타하던 아버지의 형상을 콤플렉스로 지니고 사는 이가 아버지와 똑같은 행위를 한다는 상황 설정을 통해, 무의식의 심연에서 분출되는 트라우마의 부정적 에네르기를 연출한 〈아내의 진홍빛 슬리퍼〉는 단적인 사례다.

주인공은 "단념과 불안의 틈바구니", "의식과 무의식의 경계", "삶과 죽음의 경계"에 처하여 심리적 혼돈 상태를 추스르려 몸부림친다. 아버지의 폭력과 석연찮은 죽음, 그리고 어머니의 불륜과 재혼 등 우울한 밑그림이 기묘하게 어우러져 무의식에 각인된 유년의 기억이 의식 세계에 개입함으로써 심리적 불안정이 빚어지는

데, 주인공은 이를 극복하고자 '상불사'란 절을 찾는다. 그 절에서 만난 '일운'이라는 승려는 성속의 경계에서 절묘하게 줄타기를 하고 있는 듯한 인물 형상이며, 아내의 형상이 오버랩된 듯이 지각되는 '아일다'는 이름처럼 미륵보살의 형상과 함께 단말마적 고통에 몸부림치는 범부의 형상이 겹쳐 있다. 주인공은 그 아일다를 좇아, 시간과 인과의 무화 상태인 미궁과도 같은 숲 속에서 환상처럼 펼쳐지는 아일다의 춤에 취해 모종의 무아지경에 근사한 체험을 한다. 달을 향한 환희의 춤은 달무리와도 같은 둥그런 잔영을 남기는 몸놀림이다. 그 "움직임은 맺힌 데 하나 없이 굴러가는 굴렁쇠"와 같다던, 삼천 배를 드리던 아일다의 "둥그런 움직임"과 조응한다. 번뇌의 고통과 열반의 환희가 만다라의 원환에 어우러진 셈이라고 할까. 세속의 고를 짊어진 한 영혼은 성과 속, 환상과 현실, 취기와 각성이 어우러진 이 경계의 공간에서 치유의 계기를 얻는다. 물론 이는 현실의 속박에서 일탈하여 정신의 자유를 얻고자 하는 상징 차원의 서사적 공간에서라야 가능한 얘기다.

정신적 안정을 해칠 개연성이 다분한 현실에서 외면당한 이들은, 저처럼 현실과 다른 차원의 시공을 기획함으로써, 정신의 병증이 번져 심각한 정신적 장애 상태로 치닫지 않도록 적극적인 치유책과 예방책을 스스로 찾는다. "일상과 전혀 관계가 없"는 "하루 외출"을 기대하였던, 〈천적 퇴치법〉의 주인공이 겪은 일련의 체험이 이러한 '자가 치유'의 방책을 엿보인다. 주인공은 친구의 살풀이 굿판에서 들러리를 서게 된 터이지만, 산란하고 고통스런 심신을 달랠 요량으로 들어선 숲 속에서 예기치 않은 일을 겪는다. 살풀이굿이 펼쳐지던 "난장판에서 어이없이 생긴" "성욕"에 몰려 한 남자의 몸을 받아들이는 것이다. 아내의 천도재를 지내러 왔다는 남자와 관계하는데, 가장 밑에서 끓어오른 욕망을 채우는 과정에 상응하여, 천적과도 같다는 '가물치'를 조리하던 기억이 의식에 펼쳐진다. 그 끝에서 "갓난아이 울음을 닮은 이명"이 환각되고 그 이명이 사라진 것은 남자와의 관계가 끝난 즈음이다. 유산의 아픈 기억 탓에 "아이도 못 낳는 반편이"라고 스스로 자책하는 이 여인의 상흔이 봉합되기 시작한 것이 때를 같이 했을 것이다. '은령'의 살과 한을 푼다는 상징성을 지닌 고풀이는 아마도 주인공 자신의 맺힘을 푸는 의례적 연행으로 받아들여졌을지 모른다. 그 연행은 "일그러진 채 한껏 웃는 얼굴에 눈물이 줄줄이 새는" 것처럼, 명징한 징표로써 실증되는 것이 아닌 모호하고 현묘한 징후만 내포하고 있을 뿐이다. 더욱이 '하루 외출'인 만큼, 그 상징적 연행의 주술이 온전히 적중되어 즉효를 발하고 효과가 지속되리라 기대할 수는 없는 노릇이다. 그렇지만 적어도 심각한 정신적 장애 상태에 빠지지 않을 계기가 조성된 것만은 분명하니, 짐짓 '서사적 치유책'이 제시된 것이다.

  이러한 서사적 치유의 방책은 죽음의 고통을 목전에 둔 주인공에게도 효험을 발한다. 〈꿈꾸는 실낙원〉의 주인공 '중진'은 몸이 나락으로 떨어지는 듯한 고통스런 병증에 몸을 가눌 수조차 없는 이다. 농촌 현실의 고역도 고역이지만 암으로 잦아드는 제 몸을 짓누르는 죽음의 공포가 주는 압박감이 만만치 않을 법하다. 주변의 가족과 친지가 함께할 걱정과 연민의 강도도 말할 나위 없다.

그런데 농촌의 일상 속에서 펼쳐지는, 가슴을 아리게 하면서도 훈훈하고 감동 어린 이야기가 죽음의 병증을 어루만지듯 전해진다. 고통 속에서 피어나는 이야기 마당이 담화의 풍미를 풍기는데, 병든 한 젊은이를 연민하고 희망을 돌이키는 후덕한 마음이 교감되는 맛깔스런 담화의 장이 이 소설을 통해 펼쳐진다. 그 속에서 피어나는 밝은 마음이, 주인공에게 실제 밀어닥칠 죽음의 암운을 걷어 낼 것이 서사적으로 자명해 보인다. 시골 청년의 가슴애피를 위무하고 풀어 줄 것처럼 시사되던 청춘의 로맨스나, 죽음의 고통에 시달리는 친구를 사심 없이 다독일 줄 아는 우정을 통해, 요절로 맺힐 모종의 정신적 내상의 징조가 흐려질 것이라는 점이 제법 뚜렷이 고지된다. 농촌의 고역스런 현실과 낭만이 어우러진 진솔한 이야기가 잔잔한 감동을 넘어 교감의 자장을 형성함으로써, 모순된 현실에서 소외된 이들이지만 삶의 자리를 지키려는 존재의 진정한 실재성을 구상화한 수작이 빚어진다.

삶의 구석으로 내몰려 소외된 이들이 겪는 삶의 단면을 그리는 이와 같은 솜씨가 이 소설집에 실린 작품 곳곳에서 돋보인다. 가족에서 소외된 채 PC 방을 전전하는 한 아이의 이야기와 남다른 성적 취향 탓에 방황하는 한 사내의 이야기가 절묘하게 조응하는 〈랩소디 인 블루〉가 그러하며, 다운증후군으로 고통받는 '정선'과 삶의 고역을 짊어진 채 생을 마친 가련한 '써니 아줌마'의 운명적 조우를 통해, 소외되었으나 순박하기 그지없는 이들을 연민함으로써 현실에 우의적 냉소를 보내는 〈써니를 위하여〉가 그러하다. 한 마을을 짙은 죽음의 그림자로 뒤덮이게 하는 연쇄적 자살 사건을 이야기하는 과정에서 드러나는 '적도댁 순남'의 인생 역정이 감성을 자극하는 〈폐원에 돋는 별〉에서도, 죽음의 충동질을 견디지 못할 정도로 삶의 구석에 내몰려 소외된 이들을 연민하고 그 가련한 심령을 다독이려는 이야기 줄기를 추려 낼 수 있다. 이야기의 인과적 결말이나 개연성을 넘어선 서사적 치유의 희망을 명징하게 엿볼 수 있는 것은 의미심장한 이야기 구성이다.

이러한 구성의 역동성에 힘입어, 단순히 제재를 재구하는 데 그치지 않고 실로 서사적 치유를 수행하는 듯하여, 그 자장이 독자들에게까지 확산될 기세가 보인다. 이를테면 이 소설집에 실린 이야기들을 읽고 있노라면, 인물들의 지각과 의식에서 발현된 담화에, 그리고 무의식에서 추동된 뒤틀린 욕망의 투사 행위에 조율되어 이야기의 세계에 몰입할 여지가 조성된다. 허구인 것이 분명하면서도 지극히 현실적인 이야기, 누군가 경험한 일상일 듯하면서도 가상적인 이야기, 즉 허구와 사실 사이의 경계에 걸친 이야기가 펼쳐지는 동안, 우리는 자유로운 서사적 시공으로 비상하게 돕는 가상의 기구를 얻는다. 모순된 삶의 현실이나 소외된 이웃에게 관심을 가졌던 이라면 그 기구를 어렵지 않게 조작하여 수월한 서사적 비상을 체험할 수 있을 것이다.

현실이 각박하고 고역스럽다고 한들 숫제 그러지 않을 것이며, 그런 현실에서 심리적 고통을 겪고 혼란스러워하며 때로 심리적 이상 징후를 체감한다 해서 쉬이 정신적 장애 차원으로 비화되지는 않는다. 설혹 무의식의 왜곡된 역동이 빚은 병증이 발현된다고 해도, 당사자의 고통은 아랑곳하지 않고 그저 재미난 이야깃거리로만 삼는 것은 왜곡된 가학적 도시욕(盜視欲)을 채우는 일밖에는 안 될 것이다. 혹 그 이야깃거리가 자기 체험에서 비롯된 것이라면 가학과 피학이 뒤엉킨 변태적 투사 행위로밖에 이해되지 않는다. 내면 심리의 중층을 다루려 하는 많은 소설이 그러한 차원의 소산인 데 비해, 이 소설집에 실린 작품은 모두, 인간 심리의 자기 치유력을 전제로 심리적 역동의 적극성을 옹호하는 이야기를 전함으로써 차원을 달리한다. 그 이야기를 읽으면서 느끼는 '잔잔한 감동'은 단순히 감성이 자극받아 반응하면서 생긴 것이 아니라, 일상의 표층과 정신의 심층이 역동적으로 작용하여 펼쳐지는 인간 세계의 본색을 묘파한 글을 읽으며 세계와 자신을 성찰하는 도정에서 체감된 것이다.

그러고 보면, 작가의 시선이 훑고 지나가는 세계가 다면과 다층에 걸쳐 있는 것이 우연은 아니다. 삶의 전면에서 부각되지 못한

이들의 소외된 삶과 그늘진 세계의 모습이 이 소설집을 통해 허구적으로 구성되어 구체를 얻음으로써, 미처 돌아보지 못한 각양의 삶이 의식될 계기가 마련되기도 하였다. 숱한 갈등을 빚어내는 정치적 담론에 눌리고 오감을 마비시키는 휘황한 문예적 담론에 가려진 세계의 이면을 들추어 이야기함으로써, 우리가 사는 세계의 진면을 직시하고 함께 사는 이들을 돌볼 수 있는 서사적 세계가 구획되었다고 해도 좋을 것이다. 눈에 띄는 갈등으로 점철된 이야깃거리를 짓고 선명하게 결말지어 쾌감을 불러일으킴으로써 욕망의 말단을 충족시키는 것을 온당치 않다고 몰아세울 수는 없는 노릇이지만, 인간의 정신이 그러한 감각의 단말을 통해 흐려지는 상황까지 옳다고 할 수는 없다. 서사가 세상의 문제를 밝혀 볼 수 있도록 돕는 기능을 해야 한다고 해서 고답적이라는 비난을 감수해야만 할까.

 물론 이 소설집에 실린 소설들이 재미없다는 얘기는 아니다. 그 이야깃거리들은 충분히 흥미로우며 등장인물들의 면면도 호기심을 자아낼 만하다. 이야기 전개 양상도 독자를 몰입하게 하기에 손색이 없다. 무엇보다 말의 맛깔을 잘 살린 언어적 미감이 돋보여, 작가는 언어의 관리자 격이어야 한다는 누군가의 말을 새삼 떠올리게 한다. 다만 흥미진진하고 읽기 편한 이야기에서 나아가 자기와 세계를 돌이켜 성찰하게끔 하는 이야기로 비약함으로써 서사의 본질을 한 층위 더 구현하였기에 고평할 여지가 더해진다는 얘기다. 〈딸꾹질〉에 얘기된 것에 빗대어 말하자면, 삶의 현실이 '새삼'과도 같이 얽히고설켜서 실존을 옥죄이고 있다면, 이야기는 그러한 삶의 난맥을 풀어 존재를 자유롭게 하기 위해 새로 기획된 기제라 할 수 있다.

4

이미 장편 소설 몇 편을 통해 이름을 분명히 알린 작가의 이력에 비추어 볼 때, 소설집을 처음으로 묶어 낸다는 점이 관심을 끌었다. 실은, 뒤늦게 낸 첫 소설집의 면모가 어떨지 다소간 의구심을 갖고서 작품을 대하기 시작했던 사실을 숨길 수 없다. 장편 소설과 단편 소설의 미학적 요소가 때로 상충되기까지 한다는 점을 굳이 의식하지 않더라도, 이야기 제재의 규모나 전개 과정이 서로 다를 것이며 이야기를 기술하는 문체적 기법 면에서도 상당한 차이가 있을 것이라는 사실을 의식하기 어렵지 않다. 짧은 이야기 속에 인간사의 단면을 응축해야 하는 단편 소설의 원리가 장편 소설과 같을 수 없는 것이다. 그런데 첫 작품을 대하면서 그런 의구심에 의구심을 품기 시작했으며, 하나하나 읽어 가는 도중에 그러한 의구심조차도 사라졌다. 이야기의 원리나 서사의 본질 등을 확인시키는 구체적인 단서를 더 얻었다는 지적 희열감이 남았을 뿐이다.

송은일은 이번 소설집을 통해, 특히 인간 내면 심리의 중층을 읽는 통찰력을 엿보여 경탄을 자아낸다. 그이가 들려준 이야기는, 인간의 정신이 분열증적 징후만 보여야 이야깃거리가 될 수 있으리라는 유행과도 같은 '문학적 오해'에 일침을 가한다. 삶의 구석과 벼랑에 내몰린 이들이라도 세상을 향한 의식이 편집(偏執)적인 욕망과 무의식에 지배되는 것만은 아니다. 이에 주목하였던지 송은일은 인간 정신의 심연과 중층을 추적하여 기술함으로써 심리 소설의 긍정적 가능성을 개시(開示)한다. 징후를 드러내는 데 그치지 않고 고통스런 병반을 치유하는 거점으로서 심리 소설 말이다. 삶의 뒤안길로 내몰리고 휘황한 현실의 빛에 그늘진 구석에서 신음하는 이들의 이야기를 풀어 놓는 미더운 솜씨 덕에 그러한 가능성이 더욱 분명한 구체를 얻을 것으로 기대된다.

세계의 그늘에서 고통받는 이들의 각양을 그리는 한편, 그들의 삶을 위무하는 서사적 연행이 펼쳐지는 이 드넓은 장에서, 표현의 디테일, 언어적 결구력, 담화의 구체성 등, 다면적인 서사적 변용의 유연성을 여실히 볼 수 있어서 기대감이 더욱 부풀어 오른다.

딸꾹질

초판 1쇄 인쇄일 • 2006년 6월 1일
초판 1쇄 발행일 • 2006년 6월 5일
지은이 • 송은일
펴낸이 • 임성규
펴낸곳 • 문이당

등록 • 1988. 11. 5. 제 1-832호
주소 • 서울시 성북구 동소문동 4가 111번지
전화 • 928-8741~3(영) 927-4990~2(편)
팩스 • 925-5406
ⓒ 송은일, 2006

홈페이지 http://www.munidang.com
전자우편 webmaster@munidang.com

ISBN 89-7456-341-X 03810

값은 뒤표지에 표시되어 있습니다.
잘못된 책은 바꾸어 드립니다.
저자와의 협의로 인지는 생략합니다.
이 책의 판권은 지은이와 문이당에 있습니다.
양측의 서면 동의 없는 무단 전재 및 복제를 금합니다.